錢穆作品精華

# 中國文學論叢

錢穆

三民書局

# 錢穆作品精萃序

錢穆先生身處中國近代的動盪時局，於西風東漸之際，毅然承擔起宣揚中華文化的重任，冀望喚醒民族之靈魂。他以史為軸，廣涉群經子學，開闢以史入經的嶄新思路，其學術成就直接反映了中國近代學術史之變遷，展現出中華傳統文化的輝煌與不朽，並撐起了中華學術與思想文化的一方天地，成就斐然。

三民書局與先生以書結緣，不遺餘力地保存先生珍貴的學術思想，希冀能為傳揚先生著作，以及承續傳統文化略盡綿薄。

自一九六九年十一月迄於一九九一年十二月，二十多年間，三民書局總共出版了錢穆先生長達六十餘年（一九二三～一九八九）之經典著作——三十九種四十冊。茲序列書目及本局初版日期如下：

中國文化叢談……（一九六九年十一月）

中國史學名著……（一九七三年二月）

二〇二二年，三民書局以全新設計，將先生作品以高品質裝幀，隆重推出珍藏精裝版，沉穩厚實的木質色調書封，搭配燙金書名，彰顯國學大家的學術風範，並附贈精美藏書票，期能帶領讀者重回復古藏書年代，品味大師思想精髓。

謹以此篇略記出版錢穆先生作品緣由與梗概，是為序。

三民書局
東大圖書　謹識

# 再　序

余之此書，初次付印，在民國五十一年之春。乃彙集此前數年來在各地有關中國文學之講演稿及少許筆記而成。書名《中國文學講演集》，所收凡十六篇。此下又續有撰述，今再加進，編為一書，改名為《中國文學論叢》。所加入者，共十四篇，再以付印。前後相距，則已逾二十年之久矣。

自念幼嗜文學，得一詩文，往往手鈔口誦，往復爛熟而不已。然民國初興，新文學運動驟起，詆毀舊文學，提倡新文學，甚囂塵上，成為一時之風氣。而余所宿嗜，乃為一世鄙斥反抗之對象。余雖酷嗜不衰，然亦僅自怡悅，閉戶自珍，未能有所樹立，有所表達，以與世相抗衡。

但亦僅以如此，乃能粗涉《四庫》，稍通經史，凡余之於中國古人略有所知，中國古籍略有所窺，則亦惟以自幼一片愛好文學之心情，為其入門之階梯，如是而已。

今年已老，雙目模糊，書籍文字，久不入眼。前所誦記，遺忘亦盡。學無成就，亦惟往年愛好之一番回憶而已。重編此書，慚汗何極！

民國七十二年夏時年八十九錢穆自誌於士林外雙溪之素書樓

# 自序

貫之屢次要把我幾篇有關中國文學的講演記錄彙印一單本，我都婉言拒絕了。一因我這幾次講演並不是同時繼續的。多是隔著一年兩年，應人邀請，偶爾拈一題，講過即擱置了，其間並沒有一貫的計畫和結構。二則聽眾對象不同，記錄人亦不同，因此所講所記，精粗詳略各不同。其中有兩篇是我捨棄原記錄稿而逕自另寫的。有幾篇我只就記錄稿刪削，並未多加潤色。亦有記者把我所講遺漏了一節，我也懶得整段添進去。而且講演究和著作不同，有許多意見，我自知非精密發揮，不僅不易得人同意，抑且容易引起誤解。我曾在新亞講過兩年中國文學史，比較有系統，但我在冗忙中，並未能把學生課堂筆記隨時整理改定。我又想把平日意見挑選幾個重要題目，分別寫成專文，先後已寫了〈讀詩經〉、〈讀文選〉及〈略論唐代古文運動〉等諸篇（均已散入《中國學術思想史論叢》中），但也是隔著一兩年遇興到，又得閒，才寫一篇，終非一氣呵成。又不知究須到何時才能把我心中所想寫的都絡續寫出。因念貫之厚意不可卻，而那些講演稿，雖是一鱗片爪，儘多罅漏，也終還有值得一讀處，所以終於重把來再看一遍，又在文字上小有刪潤，集為此編。偶有幾篇小筆記，亦是臨時遇索稿者，信手拈筆為之，更不成體段，而尚幸其未散落，仍在手邊，姑附於後，聊充篇幅。此等講演和筆記，大部分是在到香港後這十幾年中所成，很少一兩篇，成於未到香港以前。我在此更不注明年月。原記錄人姓名能記憶者，有孫鼎宸、黃伯飛、葉龍、楊遠、陳志誠，記此誌謝。

我更應感謝貫之屢次催索之誠意，沒有他這般催索，此書不會在此刻出版。

壬寅歲暮錢穆識於九龍之沙田

# 中國文學論叢

# 中國民族之文字與文學

## 一

一民族文字、文學之成績，每與其民族之文化造詣，如影隨形，不啻一體之兩面。故覘國問俗，必先考文識字，非切實瞭解其文字與文學，即不能深透其民族之內心而把握其文化之真源。欲論中國民族傳統文化之獨特與優美，莫如以中國民族之文字與文學為之證。

中國文字由於中國民族獨特之創造，自成一系，舉世不見有相似可比擬者。而中國文學之發展，即本於此獨特創造之文字，亦復自成一系，有其特殊之精神與面貌。即論其語文運用所波及之地域，及其所綿歷之時間，亦可謂舉世無匹。

姑就盡人皆曉者言：「關關雎鳩，在河之洲。窈窕淑女，君子好逑。」此已是三千年前之詩歌。「時甲子昧爽，王朝至于商郊牧野，乃誓。王左仗黃鉞，右秉白旄以麾，曰：『逖矣西土之人。』」此亦是三千年前之史記。子曰：「學而時習之，不亦說乎？有朋自遠方來，不亦樂乎？人不知而不慍，不亦君子乎？」此乃二千五百年前一聖人之言辭。「北溟有魚，其名為鯤，鯤之大不知其幾千里也。化而為鳥，其名為鵬，鵬之背不知其幾千里也。」此亦二千三百年前一哲人之著作。「孟子見梁惠王，王曰：『叟不遠千里而來，亦將有以利吾國乎？』孟子對曰：『王何必曰利，亦有仁義而已矣。』」此又二千三百年前一哲人之對話。「道可道，非常道。名可名，非常名。」此又二千數百年前一哲人之格言。《詩》、《書》、《論》、《孟》、《老》、《莊》，為中國二千年來學者盡人必讀之書。即在二千年後之今日，繙閱二千年前之古籍，文字同，語法同，明白如話，栩栩如生，此何等事！中國人習熟而不察，恬不以為怪。試遊埃及、巴比倫，尋問其土著，於彼皇古所創畫式表音文字，猶有能認識能使用者否？不僅於此，即古希臘文、拉丁文，今日歐洲人士能識能讀者又幾？猶不僅於此，即在十四、五世紀，彼中以文學大名傳世之宏著，今日之宿學，非翻字典亦不能驟曉也。

中國人最早創造文字之時間，今尚無從懸斷。即據安陽甲骨文字，考其年代已在三千年以上。

論其文字之構造，實有特殊之優點，其先若以象形始，而繼之以象事（即「指事」），又以單字相組合或顛倒減省而有象意（即「會意」）。復以形聲相錯綜而有象聲（即「形聲」，或又稱「諧聲」），合是四者而中國文字之大體略備。形可象則象形，事可象則象事，無形事可象則會意，無意可會則諧聲。大率象形多獨體文，而象事意聲者則多合體字。以文為母，以字為子，文能生字，字又相生。孳乳寖多，而有轉注。轉注以本意相生，本意有感不足，則變通其義而有假借。注之與借，亦寓乎四象之中而復超乎四象之外。四象為經，注借為緯，此中國文字之所謂六書。一考中國文字之發展史，其聰慧活潑自然而允貼，即足象徵中國全部文化之意味。

故中國文字雖原本於象形，而不為形所拘；雖終極於諧聲，而亦不為聲所限。此最中國文字之傑出所在。故中國文字之與其語言乃得相輔而成，相引而長，而不至於相妨。夫物形有限，口音無窮。泰西文字，率主衍聲。人類無數百年不變之語言，語言變，斯文字隨之。如與影競走，身及而影又移；又如積薪，後來居上。語音日變，新字疊起；文字遞增，心力弗勝。數百年前，已成皇古。山河暌隔，即需異文。歐洲人追溯祖始，皆出雅里安種。當其未有文字之先，業已分馳四散，各閱數千年之久。迨其始制文字，則已方言大異，然猶得追跡方言，窮其語根，而知諸異初本一原。然因無文字記載，故其政俗法律、風氣習尚，由同趨異，日殊日遠。其俗乃厚己而薄鄰，榮今而蔑古，一分不合，長往莫返。

至於中國，文字之發明既早，而語文之聯繫又密。形聲字，於六書占十之九。北言「河」、「洛」，南云「江」、「漾」，方言各別，制字亦異。至於古人言「厥」，後世言「其」；古人稱「粤」，後人稱「曰」，亦復字隨音變，各適時宜。故在昔有《右文》之編，近賢有《文始》之緝，討源文字，推本音語。故謂中國文字與語言隔絕，實乃淺說。惟中國文字雖與語言相親接，而自具特有之基準，可不隨語言而俱化，又能調洽殊方，溝貫異代，此則中國文化綿歷之久，鎔凝之廣，所有賴於文字者獨深也。

## 二

中國文字又有一獨特之優點，即能以甚少之字數而包舉甚多之意義。其民族文化綿歷愈久，鎔凝愈廣，而其文字能為之調洽殊方，溝貫異代，而數量不至於日增，使其人民無不勝負荷之感，此誠中國文字一大優點。考之《說文》，如曰：「騭，牡馬也。」今則逕稱牡馬；又馬一目白曰「馵」，今逕稱馬一目白；又馬淺黑色曰「騩」，今則逕稱馬色淺黑；又馬銜脫曰「駘」，今逕稱馬銜脫；牧馬之苑曰「駉」，今逕稱牧馬苑。此類不勝枚舉。古言牡馬聲若「郅」，故特象聲造此「騭」字。後世語變，只稱牡馬，或曰雄馬、公馬，則「騭」語既廢，「騭」字亦不援用。此因語言之變，自專而通，而文字隨之簡省，其例一也。

又如《方言》：「亟、憐、憮、㤿，愛也。東齊海岱之間曰『亟』，自關而西秦晉之間凡相敬愛謂之『亟』，陳楚江淮之間曰『憐』，宋衛邠陶之間曰『憮』或曰『㤿』。」又如：「眉、梨、耋、鮐，老也。東齊曰『眉』，燕代之北鄙曰『梨』，宋衛兗豫之內曰『耋』，秦晉之郊、陳兗之會曰『耇鮐』。」夫愛而曰亟，老而曰梨，儻各依方言，自造新字，則文字既難統一，而方言亦且日淆。因中國早臻一統，能以政治握文字之樞紐。周尚雅言，秦法同文，於是亟、憐、憮、㤿，必曰愛；眉、梨、耋、鮐，必曰老。文字不放紛，語言亦隨之凝聚。今雖遐陬僻壤，曰愛、曰老，無不曉領。以文字之明定，馭語言之繁變。故今中國雖廣土眾民，燕、粵、吳、隴，天曠地隔，而文字無不一致，抑且語言亦相通解。凡《爾雅》、《方言》之所載，轉注、互訓之所通，約定俗成，漸趨一致。此又語言之變，自別而通，而文字隨之簡省，其例二也。

由第一例言之，後世有事物新興，而必有新興之言語。輪船鐵路，電影飛機，凡此之類，即以舊語稱新名。語字不增，而義蘊日富。近人有謂當前事物，求之雅言，皆有相應字語可以借用，如車輪外胎，尋之古文，曰「輮」、曰「輞」。車行暫止，曰「輟」。然今直言車胎，或曰橡皮車胎，不必復用古文輮、輞諸字，又不必別創橡輞、橡輮之名，更不必為橡皮車胎另造新字。至車行暫止，則直言車站，不必假借輟字，更不必再制新字。此見中國語言文字之簡易而生動。輟之與輮未必雅，車站車胎未必俗。蓋中國語字簡潔，一字則一音，一音則一義。嗣以單音單字，不足濟用，乃連綴數字數音，而曰車站，曰橡皮車胎，即目之為一新字亦無不可也。如此連綴舊字以成新語，則新語無窮，而字數仍有限，則無窮增字之弊可免。抑且即字表音，而字本有義，其先則由音生義，其後亦由義綴音。如是則音義迴環，互相濟助，語音之變不至於太驟，而字義之變又不至於不及。此中國文字以舊形舊字表新音新義之妙用一也。

惟其音義迴環相濟，故方言俗語，雖亦時時新生，而終自環拱於雅文通義之周側，而相去不能絕遠，逡巡既久，有俗語而上躋雅言之列者，有通文而下降僻字之伍者。故中國文字常能消融方言，冶諸一爐。語言之與文字，不即不離，相為吞吐。與時而俱化，隨俗而盡變。此又中國文字不主故常，而又條貫如一，富有日新，而能遞傳不失之妙用二也。

## 三

世界各民族最古文字，主要有埃及、巴比倫、中國三型，其先皆以象形為宗。然就此三者之體制而較論之，則實以中國文字為最優。巴比倫楔形文字，畫作尖體，縱橫撇捺，皆成三角，又一切用直線，如手字作「𠙴」，日字作「◇」，頗難繁變。埃及文則竟如作畫，其文字頗未能脫離繪畫而獨立。中國文字雖曰象形，而多用線條，描其輪廓態勢，傳其精神意象，較之埃及，靈活超脫，相勝甚遠。而中國線條又多采曲勢，以視巴比倫專用直線與尖體，婀娜生動，變化自多。巴、埃文字既難演進，則惟有改道易轍。故象形之後，皆繼之以諧聲。然巴、埃之諧聲字復與中土形聲有異，巴、埃諧聲特如畫謎，畫謎以圖代字，某字有若干音，就用若干同音物象拼合之。姑以中國語作例為說，如造「殺」字，則畫上獅下鴨二形，獅鴨切聲「殺」，此則獅鴨兩形僅等於一音符，不復是圖象。然其語言，不受文字控制，則不能如我之簡潔，一字多音，則借圖諧聲，其道亦苦。巴、埃文字，演進不深，職由此故。今所知者，埃及才有千餘字。亞述亦爾。而中國殷墟龜甲出土者逾十萬片，略計字數當在四千以上。此則我皇古先民倉、誦聖智，藝術聰穎，勝越巴、埃之一證也。

蓋中國文字雖曰形符，實多音標。而形聲、會意，錯綜變化，尤臻妙境。姑舉古聲之一例言之。大抵古語作「辟」音者，皆有分開在旁之意。故臂，上肢在身兩旁也；壁，室之四旁也；擘，大指獨分一旁也；躄，下肢離披不良於行也；擗，以手裂物分兩旁也；劈，刀剖物開也；襞，布幅兩旁相縫疊也；璧，玉佩身旁也；嬖，女寵旁侍也；僻，屏開一邊，側陋邪僻，不在正道也；闢，門開兩旁也；避，走向旁去也；譬，以旁喻正，使人曉瞭也；癖，宿食不消，僻積一旁也；又嗜好所偏也。故凡形聲字，聲亦有義，形聲實亦會意也。再進言之，聲相通轉，義亦隨之，如

「辟」通「邊」，「邊」通「旁」，又通「偏」，故通其聲斯識其義。凡謂中國文字僅為一種形符者，皆不識中國文字之荒言也。

巴、埃古文字，窒於演進，於是有腓尼基人變其趨向，不用字母集合，而用分音集合。借形定聲，拼聲成字。希臘人襲其成法，以子母音相配，遂為近代歐洲文字之肇始。故希臘人非能自創文字，特承襲之於腓尼基。腓尼基人亦非能自創文字，特承襲之於埃及與巴比倫。巴、埃古文字已途窮路絕，而腓尼基變之，然其初則商人用於帳簿作記號而已。然既易新轍，其事乃突飛猛進，迥異故態。文字隨語言而轉化，於是乃得與年與境相逐盡變。最近數百年來，歐西諸邦，各本其方言競創新字，相去不百里而文字相異，抑且相去不百年而文字又相異。其字數之激急增加，若足以適應於社會事物之日新無窮，而又簡易敏疾，明白準確，足以盡其記錄傳達之功用。就英文言，其普通字書，所收單字，常逾四、五萬。而回顧吾國，則三千數百年以前，即就貞卜文字言，已有四千字之多；乃秦漢一統，李斯之〈倉頡〉、趙高之〈爰歷〉、胡毋敬之〈博學〉等篇，都其文字，不過三千三百。下逮東漢許叔重撰集《說文解字》，所收字數，乃及九千三百餘文。若去其所謂重字一千一百餘，則仍僅八千餘字。然此乃字書，體尚廣搜。縱有逸文，殊不能多。民國以來，《中華大字典》所收四萬餘字。然亦備存體制，非關實用。清乾隆朝武英殿聚珍版，先刻棗木活字，共約六千數百字。《四庫》鉅著，唐宋鴻編，所用文字，約略可包。至於今日社會俗用，則一千二百字便綽有餘裕矣。或者遂疑中國文字本體有缺，不便演進。不悟中土造字，軌途本寬。四象六書，格律精妙，明其條例，可應繁變，隨時增創，不待倉、誦。故「膏」易為「糕」，「餳」轉為「糖」。比如「迹」「蹟」、「謀」「㖼」，雖分雅俗，要皆別造。秦皇改「辠」為「罪」，宋帝改「騧」為「駈」，此等事例，不勝羅舉。則中國文字實非增創之難，乃由中國文字演進，自走新途，不尚多造新字，重在即就熟用單字，更換其排列，重新為綴比，即見新義，亦成為變。故謂中國文字仍以單字單音為用者，是又不識中國文字之荒言也。

## 四

或疑中國文字不適於科學發展，其實中國科學亦別有發展。其文字構造，亦即一種科學也。又如以中國文字翻譯歐西科學，亦絕不見困難扞格。或疑中國文字不適於哲學思辨，此乃中西文化根本一異，非中國思辨無邏輯，乃中國人之思辨邏輯，自與歐人有不同。今以中國文字翻譯歐西古今哲人著作，亦非不能明達盡意。或疑中國文字不適於群眾教育，則當知中國教育不普及，仍自另有因緣，非關文字艱深。昔寓北平，有所謂小報者，車夫走卒，人手一紙，銷售甚廣。頃來川中，鄉農村老，亦多能識字作淺易書簡者。此等皆受村塾舊式教育，歷歲無多。若謂其下筆不能文從字順，又不能閱讀高文典冊，則西國教育普及，其國民入學讀書七、八年，如英、美諸邦，入其鄉僻，亦復拼音不準確、吐語不規律者比比皆是。彼中亦自有高文典冊，雖近在三、四百年間，即如莎翁戲劇，英倫傖粗，豈盡能曉？若中國經濟向榮，國家積極推行國民教育，多培良師，家絃戶誦，語文運用，豈遽遜於他邦？歐語同一根源，英人肄法文，法人習德語，寒暑未週，略能上口。驟治華籍，驚詫其難。今中土學者，群學西文，少而習之，朝勤夕劬，率逾十載，其能博覽深通，下筆條暢者，又幾人乎？今既入黌序，即攻西語，本國文字，置為後圖，故書雅記，漫不經心。老師宿儒，凋亡欲盡，後生來學，於何取法？鹵莽滅裂，冥行擿埴，欲求美稼而希遠行，其猶能識字讀書，當相慶幸。而尚怪中國文字之艱深，遂有唱廢漢字，創造羅馬拼音者，嗚呼！又何其顛耶？

## 五

其次請論文學。中國民族素好文學。孔子刪《詩》，事不足信。然當時各國風詩，亦決不盡於今《詩經》十五國風之所收，即《左傳》所載可證。而十五國風所載各詩，凡以登之廟堂，被之管絃，則殆已經王朝及各國士大夫之增潤修飾，非復原製。故此十五國風，以今地言之，西踰渭至秦，東踰濟達齊，南踰淮至陳，北踰河至唐，分布地域，甚為遼闊。而風格意境，相差不太遠，則早已收化一風同之效矣。故孔子曰：「不學《詩》，無以言。」又曰：「誦《詩》三百，使於四方，不辱君命。」是知文學趣味之交會，亦即當時國際溝通一大助力也。吳季札聘魯，請觀周樂，為之歌〈周南〉、〈召南〉，曰：「美哉！始基之矣！猶未也，然勤而不怨矣。」為之歌〈邶〉、〈鄘〉、〈衛〉，曰：「美哉！淵乎！憂而不困者也。是其衛風乎？」為之歌〈王〉，曰：「美哉！思而不懼，其周之東乎？」為之歌〈鄭〉，曰：「美哉！其細已甚，民弗堪也。是其先亡乎？」為之歌〈齊〉，曰：「美哉！泱泱乎！大風也哉！國未可量也。」為之歌〈豳〉，曰：「美哉！蕩乎！樂而不淫，其周公之東乎？」為之歌〈秦〉，曰：「此之謂夏聲，其周之舊乎？」為之歌〈魏〉，曰：「美哉！渢渢乎！大而婉，險而易行。」為之歌〈唐〉，曰：「思深哉！其有陶唐氏之遺民乎？」為之歌〈陳〉，曰：「國無主，其能久乎？」當時聲詩一貫，所謂十五國風，乃與雅、頌同一雅言，同一雅樂，固已經一番統一之陶鑄，而季子聞樂知俗，則此十五國風，仍未脫淨風土氣味也。然循此而往，中國文學之風土情味日以消失，而大通之氣度日以長成。雖亦時有新分子滲入，如漢、淮、江、海之交，所謂楚辭、吳歌，此乃十五國風所未收，而戰國以下崛起稱盛。然騷賦之與雅詩，早自會通而趨一流。故楚辭以地方性始，而不以地方性終，乃以新的地方風味與地方色彩融入傳統文學之全體而益增其美富。《漢書·藝文志》載，吳楚汝南歌詩十五篇，燕代謳雁門雲中隴西歌詩九篇，邯鄲河間歌詩四篇，齊鄭歌詩四篇，淮南歌詩四篇，左馮翊秦歌詩三篇，京兆尹秦歌詩五篇，河東蒲坂歌詩一篇，雒陽歌詩四篇，河南周詩七篇，周謠歌詩七十五篇，周歌詩二篇，南郡歌詩五篇。此所謂漢樂府，亦即古者十五國風之遺意，亦自不脫其鄉土之情味與色調。然當時文學大流，則不在風詩而在騷賦。魏、晉以下詩人模擬樂府舊題者綿綴不絕。此如漢人之效為楚辭，前此地方性之風味，早已鎔解於共通之文學大流，實不在其能代表地方性，而尤在其能代表共通性。此即所謂「雅化」也。若以今人觀念言之，則中國人之所謂「雅」，即不啻今日言國際文學與世界文學也。而中國人之所謂「俗」，實即相當今日所謂之民族文學與國別文學。

鄂君子晢泛舟新波，越人擁楫而歌曰：「濫兮抃草濫予昌枑澤予昌州州𩜱州焉乎秦胥胥縵予乎昭澶秦踰滲惿隨河湖。」鄂君曰：「吾不知越歌，試為我楚說之。」乃召譯使楚說之。曰：「今夕何夕兮搴中洲流，今日何日兮得與王子同舟，蒙羞被好兮不訾詬恥，心幾頑而不絕兮知得王子，山有木兮木有枝，心說君兮君不知。」此所謂越歌而楚說之者，其實即俗歌而雅說之者也。當是時，楚已雅化而越仍隨俗，繼此以往，則越亦雅化。故中國文學乃以雅化為演進，而西洋文學則以隨俗而演進。彼之越人，自隨其俗，自制新字，而歌俗歌，不求於楚說。故使今人不識古語，英人不通法字。其近代各國鄉土文學之開始，先後略當中國明代嘉、隆、萬曆之際，則如中國人治文學而推極祖始於歸有光、王世貞諸人而已。今若為中國人講文學而命其自限於歸、王以下，豈所心甘！且不僅此也，蘇格蘭人有以蘇格蘭方言寫詩，而英人或稱之為半外國的；法國南方詩人用其舊省土語寫詩，而法人不認以為法詩人。可知中國文學上之尚雅化，其事豈可厚非！

## 六

中西文學異徵，又可以從題材與文體兩端辨之。西方古代如希臘有史詩與劇曲，此為西方文學兩大宗，而在中土則兩者皆不盛。此何故？曰：此無難知。蓋即隨俗與雅化兩型演進之不同所致也。荷馬略當耶穌紀元前九世紀，適值中國西周厲、宣之際。其時希臘尚無書籍、無學校、無戲院，亦尚無國家、無市府。「夕陽古柳趙家莊，負鼓盲翁正作場。死後是非誰管得，滿村聽說蔡中郎。」荷馬當時，亦復如是。若在中國，則〈崧高〉、〈烝民〉、〈韓奕〉、〈江漢〉、〈六月〉、〈采芑〉、〈車攻〉、〈吉日〉、〈鴻雁〉、〈庭燎〉、〈斯干〉、〈無羊〉，風雅鼓吹，斯文正盛。中國當大一統王朝中興之烈，其文學為上行。希臘在支離破碎，漫無統紀之時，其文學為下行。故中國古詩亦可以徵史，而史與詩已分途。希臘則僅以在野詩人演述民間傳說神話而代官史之職，此一不同也。循是以下，不數百年，孔子本魯史為《春秋》，左丘明聚百二十國寶書成《左傳》，其時中國史學已日臻光昌，而詩書分科，史之與詩，已有甚清晰之界線。荷馬史詩之寫定年代，今雖無從懸斷，慮亦不能與此大相懸絕。正以中國早成大國，早有正確之記載，故如神話、劇曲一類民間傳說，所謂「齊東野人之語」，不以登大雅之堂也。

其後中國大一統局面愈益煥炳，文化傳統愈益光輝，學者順流爭相雅化。荊楚若較遲，觀於今傳楚辭，南方神話傳說，可謂極盛。然楚騷亦復上接風詩之統，蓋屈原、宋玉、唐勒、景差之徒，莫不隨俗味薄而雅化情深。故楚辭終為中國古代文學一新芽，終不僅以為楚人之辭而止。下逮漢初，蜀中文化亦闢。今觀《蜀王本紀》、《華陽國志》所載，其風土神話，亦殊瑋瑰絕麗。然以司馬相如不世卓犖之才，終亦不甘自限於鄉土，未嘗秉筆述此以媚俗。必遠遊梁國，一時如齊鄒陽、淮陰枚乘、吳嚴忌夫子之徒，諸侯遊士皆萃。相如既得與居數年而著〈子虛〉之賦，遂卓然成漢賦大國手。若使相如終老臨邛、成都間，不事遠遊，不交東方學士，不寄情於雅化，自以蜀語說蜀故而媚於蜀之鄉里，則適成其為一蜀人而已矣。苟蜀人群相慕效，則流風所被，亦將知有蜀不知有中國，蜀人早為夜郎之自大矣。蜀之先有楚，楚之先有齊，若復一一如此，則齊、楚亦夜郎也。中國皆夜郎，則中國常此分裂，常此負隅，亦如今西歐然。越歌不楚說，蜀才不東學。隨俗而不雅化，固非中國人之所願，然則縱使有負鼓盲翁如荷馬其人者，生於斯時，挾其《齊諧》志怪之書，遍歷三齊七十餘城，歌呼淋漓，繪聲繪色，亦僅如〈下里巴人〉，而不能為〈陽春白雪〉。俗人譏之，雅士呵之，若之何而牢籠才傑，播為風氣，而成其為文學之正統乎？

戲劇之不盛於中國，其理亦爾。伊士奇悲劇第一次獲獎之年，正孔子自衛返魯之歲（西元前四八四）。孔子曰：「吾自衛返魯，然後樂正，雅頌各得其所。」雅典文明，即限以雅典一城為中心。文學家之戲院，猶之政治家之演說臺，其所能邀致之聽眾有限。春秋時未嘗無優伶，優孟衣冠，維妙維肖，亦足感悟於楚王，而有其所建白。然志在行道天下者，則於此有所不暇、不屑，故在西土其文化常為中心之密集，在東方則常為外圍之磅礴。惟其為中心之密集，故其文人之興感群怨，亦即專注於此密集之中心。雅典有戲劇作家端由是起。惟其向外磅礴，故其文化空氣不免廣而稀，則一時文人之興感群怨，自不甘自限於此稀薄疏落之一隅，而不得不總攬全局，通瞰大體。具體乃劇曲所貴。故亞里斯多芬之喜劇，乃即以同時人蘇格拉底為題材。若在中國，則臨淄劇情不習熟於咸陽，鄢郢衣冠不見賞於邯鄲。局於偏方，格於大通，誠使中國有伊士奇、斯多芬，斯亦一鄉里藝人而已。彼且終老於社廟墟市間，徒供農夫野老市儈走卒之欣賞而讚嘆，流連而絕倒。縱其翱翔都邑，揖讓王侯，簡兮簡兮，亦非賢者所安。故中國民族文學之才思，乃不於戲劇見之也。

然則中國文學之取材常若何？曰：西方文學取材，常陷於偏隅；中國文學之取材，則常貴於通方。取材異，斯造體亦不同。以民間故事神話為敘事長詩，為劇本，為小說，此西方文學之三大骨幹，在中國亦皆有之，而皆非所尚。中土著述，大體可分三類：曰史，曰論，曰詩。中國人不尚作論，其思辨別具蹊徑，故其撰論亦頗多以詩、史之心情出之，北溟有魚，論而近詩。孟子見梁惠王，論而即史。後有撰論，大率視此。詩、史為中國人生之輪翼，亦即中國文化之柱石。吾之所謂詩、史，即古所謂《詩》、《書》。溫柔敦厚，《詩》教也。疏通知遠，《書》教也。絜靜精微，則為《易》教。《詩》、《書》之教可包禮樂，《易》則微近於論。木落而潭清，歸真而返樸，凡不深於中國之詩與史，將不知中國人之所為論。史籍浩繁，史體恢宏，旁覽並世，殆無我匹。中國民族之文學才思其滲透而入史籍者，至深且廣。今姑不論而論詩。

詩者，中國文學之主幹。詩以抒情為上。蓋記事歸史，說理歸論，詩家園地自在性情。而詩人之取材，則最愛自然。宇宙陰陽，飛潛動植，此固最通方，不落偏隅之題材也。然則風花雪月，陳陳相因，又何足貴？不知情景相融，與時俱新。有由景生情者，有由情發景者。故取材極通方，而立意不蹈襲。「昔我往矣，楊柳依依。今我來思，雨雪霏霏。」楊柳之在《詩》三百，固屢見不鮮。然後人曰：「忽見陌頭楊柳色。」此又一楊柳也。「楊柳岸曉風殘月。」此又一楊柳也。中國詩人上下千萬數，詩集上下千萬卷，殆無一人不詠楊柳，殆無一集無詠楊柳詩。然不害光景之常新。「月出皎兮。」月之在《詩》三百，又屢見不鮮。然後人曰：「明月出天山。」此又一月也。「暗香浮動月黃昏。」此又一月也。詩人千萬數，詩集千萬卷，何人不詠月，何集不有詠月詩？

然亦不害其光景之常新。天上之明月，路旁之楊柳，此則齊秦燕越，共睹共曉，故曰通方也。次乎自然則人事。即如蕭《選》所分諸類，如燕餞、遊覽、行旅、哀傷，大率皆人人所遇之事，亦人人所有之境，則亦通方也。否則如詠史、詠懷，史既人人所讀，懷亦人人共抱。要之，其取材皆貴通國通天下，而不以地方為準。

## 七

中西文學萌茁，環境之不同，精論之，則有影響雙方文學家內心情感之相異者。文學必求欣賞，要求欣賞對象之不同，足以分別其文學創造之路徑。鍾子期死，伯牙終身不復鼓琴；非郢人則匠石無所運其斤。文學亦然。文學萌茁於小環境，故其作者所要求欣賞其作品之對象，即其當身四圍之群眾。而其所藉以創作之工具，即文學，又與其所要求欣賞對象之群眾所操日常語言距離不甚遠。故諸作家常重視現實，其取材及表達，常求與其當身四圍之群眾密切相接。因此重視空間傳播，甚於其重視時間綿歷。一劇登臺，一詩出口，群眾之歡忻讚嘆，此即彼之鍾子期與郢人也。而所謂「藏諸名山，傳諸其人」、「豹死留皮，人死留名」，此乃中土所尚。因其文學萌茁於大環境，作者所要求欣賞其作品之對象，不在其近身之四圍，而在遼闊之遠方。其所藉以表達之文字，亦與近身四圍所操日常語言不甚接近。彼之欣賞對象，既不在近；其創作之反應，亦不易按時刻日而得。因此重視時間綿歷，甚於重視空間散布。人不知而不慍，以求知者知。鍾子期之與郢人，有遙期之於千里之外者，有遙期之於百年之後者。方揚子雲之在西蜀，知有司馬相如耳。故司馬賦〈子虛〉、〈上林〉，而彼即賦〈長楊〉、〈羽獵〉。及久住長安，心則悔之，曰：「雕蟲小技，壯夫不為。」於是草《太玄》，模《周易》，曰：「後世有揚子雲，必好之矣。」其所慕效者在前世，其所期望者在後世。下簾寂寂，斯無憾焉。若演劇之與唱詩，則決不能然。苟無觀者何為演？苟無聽者何為唱？故而西方文學家要求之欣賞對象，即在當前之近空；而中國文學家要求之欣賞對象，乃遠在身外之久後。此一不同，影響於雙方文學心理與文學方法者至深微而極廣大。故西方文學尚創新，而中國文學尚傳統；西方文學常奔放，而中國文學常矜持。阮籍孤憤，陶潛激昂，李白豪縱，杜甫忠懇，而皆矜持，尊傳統。所謂納之軌物，不失雅正。故西方文學之演進如放花砲，中國文學之演進如滾雪球。西方文學之力量，在能散播；而中國文學之力量，在能控摶。此又雙方文學一異點也。

古者聲詩一貫，《詩》三百皆以被管絃。而頌之為體，式舞、式歌，猶演劇也。然聲常為地域限。強楚人效北音，強齊人效西音，終非可樂。故自漢而後，樂府亦不為文學正宗，而音樂之在中國亦終不能大盛。魏、晉而下，鍾、王踵起，書法大興。書法固不為地域限，雖南帖北碑，各擅精妙，而結體成形，初無二致。抑且歷久相傳，變動不驟。故中國文人愛好書法，遂為中國特有之藝術，儼與音樂為代興。學者果深識於書法與音樂二者興衰之際而悟其妙理，則可以得中國傳統文化之一趣，而中國文學演進之途徑，亦可由此相推而深見其所以然之故矣。

## 八

然所謂中國文學貴通方，非謂其空洞而無物，廣大而不著邊際。謂中國文學尊傳統，亦非謂其於當身四圍漠不經心。中國文人常言「文以載道」，或遂疑中國文學頗與現實人生不相親。此又不然。凡所謂「道」，即人生也。道者，人生所不可須臾離，而特指其通方與經久言之耳。夫並論中西，非將以衡其美醜，定其軒輊。如實相比，則即彼而顯我，擬議而易知也。謂西方文學有地方性、尚創新，非謂其真困於邦域，陷於偏隅，拘墟自封，花樣日新，而漫無準則也。謂中土文學貴通方、尊傳統，亦非謂其陳腐雷同，無時地特徵，無作者個性也。蓋西方文學由偏企全，每期於一隅中見大通。中土文學，則由通呈獨，常期於全體中露偏至。故西方文學之取材雖具體就實，如讀莎士比亞、易卜生之劇本，刻劃人情，針砭時滯，何嘗滯於偏隅，限於時地？反觀中土，雖若同尊傳統，同尚雅正，取材力戒土俗，描寫必求空靈，然人事之纖屑，心境之幽微，大至國家興衰，小而日常悲歡，固無不納之於文字。則烏見中土文學之不見個性、不接人生乎？今使讀者就莎士比亞、易卜生之戲劇而考其作者之身世，求見其生平，則卷帙雖繁，茫無痕跡。是西方戲劇雖若具體就實，而從他端言之，則又空靈不著也。若杜甫、蘇軾之詩，凡其畢生所遭值之時代，政事治亂，民生利病，社會風習，君臣朋僚，師友交遊之死生離合，家人婦子，米鹽瑣碎，所至山川景物，建築工藝，玩好服用，不僅可以考作者之性情，而求其歌哭顰笑，飲宴起居，嗜好歡樂，內心之隱，抑且推至其家庭鄉里，社會國族；近至人事，遠及自然，燦如燎如，無不畢陳，考史問俗，恣所漁獵。故中國文學雖曰尚通方、尚空靈，然實處處著實，處處有邊際也。

## 九

中國文學之親附人生，妙會實事，又可從其文體之繁變徵之。史體多方，此姑勿論。專就詩言，三百篇之後，變之以騷賦，廣之以樂府。魏、晉以下，迄於唐人，詩體繁興，四言、五言、七言，古、近、律、絕，外而宇宙萬變，內而人心千態，小篇薄物，無不牢籠。五代以下有詞，宋、元以下有曲，途徑益寬，無乎不屆。漢、魏以下之文章，凡蕭《選》所收，後世謂之「駢體」，大多皆賦之變相耳。此可名曰「散賦」。韓愈以下之文章，凡姚《選》所收，後世謂之「古文」，則亦詩之變相耳。可名之曰「散詩」。大凡文體之變，莫不以應一時之用，特為一種境界與情意而產生。又不徒此也，前言西土文學下行，中土文學上行，此亦特舉一端言之。中國文化環境闊而疏，故一切宗教、文學、政治、禮律，凡所以維繫民族文化而推進之者，皆求能向心而上行。否則國族精神散弛不收。然而未嘗不深根寧極於社會之下層，新源之汲取，新生之培養，無時不於社會下層是資是賴。文學亦莫能逃此。「文以載道」，正為此發。及於交通日變，流布日廣，印刷術發明，中國文學向下散播活動亦日易。故自唐以來小說驟盛，並有語體紀錄，始乎方外，果及儒林。宋、元以來，說部流行，膾炙人口，如《水滸傳》、《三國演義》、《紅樓夢》諸書，獨《紅樓夢》年代較晚，《水滸傳》尚當元末，乃在西曆十四世紀之後半。其時歐洲民族國家尚未成立，近代英、法、德、俄諸國新文字尚未產生。《三國演義》儻稍後，亦當在近代歐洲各國新文學出世之前。若論禪宗語體紀錄，則更遠值西曆八世紀之初期。近人震於西風，輕肆譏病，謂中國文字僅上行不下逮，此則目論之尤。豈有文不下逮而能成其為文者？至於晚明崑曲，其劇情表演之曲折細膩，其劇辭組織之典雅生動，其文學價值之優美卓絕，初不遜於彼邦，而論其流行年代，亦正當與英倫莎翁諸劇先後比肩。崑曲何以產生於晚明之江南？此亦由當時江浙一帶文化環境小而密，學者聰明，樂於隨俗，而始有此等傑作之完成。元代戲曲盛行，則由蒙古入主，中國傳統政治破壞，學者聰明無所洩，故亦轉向於此。雅化不足以寄情，乃轉而隨俗。向上不足以致遠，乃變而附下。此正足證吾前此之所論。凡中國文學演進之特趨，所以見異於西土者，自有種種因緣與相適應而感召。而唐、宋以來隨俗向下之一路，愈趨愈盛，並有淵源甚古，惟不為中國文學之正趨大流耳。

## 十

民國以來，學者販稗淺薄，妄目中國傳統文學為已死之貴族文學，而別求創造所謂民眾之新文藝。夫文體隨時解放，因境開新，此本固然，不自今起。中國文字雖與口語相隔，然亦密向追隨，不使遠暌。古文句短而多咽滅，唐、宋以下句長而多承補，若馳若驟，文章氣體常在變動之中。而晚清以來，文變益驟，駸駸乎非轡勒之所能制。語體之用，初不限於語錄與說部，則詔令、奏議、公告諸體，亦多用之。詩求無韻，亦非今創，唐、宋短篇古文，味其神理，實散文古詩耳。今求於舊有軌途之外，別創新徑，踵事增美，何所不可？而張皇太過，排擊逾情，以為往古文語，全不適於當前之用，則即如林紓譯西洋說部，委悉穠纖，意無不達。謂其不解原本，轉翻有譌，此洵有之；謂其所操文筆已屬死去，不足傳達文情，苛論曲讞，寧非欺世？而頹波駭浪，有主盡廢漢字而為羅馬拼音者，有主線裝書全投毛廁者，趨新之論轉為掃舊。一若拔本塞源，此之不塞，則彼之不流。則往古文體不變，豈必全廢舊制，始成新裁？謬悠之論，流弊無極！欲盡翻中國文學之臼窠，則必盡變中國文化之傳統，此如蚍蜉撼大樹，「王楊盧駱當時體，不廢江河萬古流。」杜老深心，固已深透此中消息矣。

抑且又有進者，文運與時運相應，文字語言，足以限思想，亦足以導行動。故忠厚之情，直大之氣，恢博之度，深靜之致，凡文學之能事，如風之散萬物，其在社會，無微不入，無遠弗屆，而為時也速，有莫之見、莫之知而忽已然者。故時運之開新，常有期於文運之開新。而文薄風囂，衰世之象，亦必於是見之。斯時也！則刻薄為心，尖酸為味，狹窄為腸，浮淺為意。俏皮號曰風雅，叫囂奉為鼓吹，陋情戾氣，如塵埃之迷目，如糞壤之窒息。植根不深，則華實不茂；膏油不滋，則光采不華。中國固文藝種子之好園地也。田園將蕪胡不歸？竊願為有志於為國家民族創新文藝者一賦之。

# 文化中之語言與文字

中國文化又有一特徵，則為語言、文字之分途發展。故雖以廣土眾民，各地方言不同，而「書同文」之傳統，則歷數千年不變。如古詩三百首，有遠起三千年以上者，而今日國人稍識文字，即能通讀。此為並世其他民族所不及。

近人為慕西化，競倡白話文，不知白話與文言不同。果一依白話為主，則幾千年來之書籍為民族文化精神之所寄存者，皆將盡失其正解，書不焚而自焚，其為禍之烈，殆有難言。今姑舉一例為說。

余生前清之末，民國元年，僅十八歲，已熟聞人言中國人無公德，並舉古詩「各人自掃門前雪，莫管他人瓦上霜」為例。但中國文言，「德」字本指私德。孔子曰：「天生德於予。」此即私德。韓愈言：「足於己無待於外之謂德。」此亦私德。老子曰：「失道而後德。」《中庸》言：「苟非至德，至道不凝焉。」道始是公，德仍是私。在中國文言中，凡德字皆指私德，不言公德。惟道則指公道，亦無私道可言。而俗語白話，則道、德二字連稱，既非專指道，亦非專指德。須當先通道、德二字，乃能知其意義之所在。故非先通文字，即不能瞭解此一語言之意義。近人惟口語通行，不求甚解，則甚難深入，誠可憾矣。

今試申言之。人所共同當行者始是道，人之行道，則必有其德。如孝，人人當行，此是道。孝子能行此道，乃見其德。故孝道屬公，而孝德則屬私。何者乃為公德？如治國平天下，此屬大道，必具大德者始能之。如古之堯、舜、禹、湯、文、武、周公是也。但不得謂堯、舜、禹、湯、文、武、周公乃具有公德心。此「公德心」三字，從中國傳統文字言，則為不通。然今則成為一普通流行語，絕無疑其為不通者。是則凡屬不通，盡在古人。古人不復作，誰為之辨白乎？

又如修橋補路，今人稱之為公德心。不知此乃屬一善行。善行固是公，但有人來踐此善行，則屬其人之私德。當言公道，不當言公德。若由政府公共機關用公款來修橋補路，最多可謂政府此舉於人民有德，然不得言此乃政府之公德。若於此道、德兩字不先加明白，則進讀古書將倍感困難。但若果儘求白話通行，不能通讀古書，則文化傳統亦將中斷。故此語公德心不如改為「道德心」三字，始少錯誤。

中國人俗稱「道理」，其實此道、理兩字應有別。又俗稱「德性」，此德、性二字亦有別。又稱「道德」與「理性」，則此兩語更有別。實則中國人每一成語皆深有淵源，盡從古書古文中來。若果盡廢古書古文，則此話究含何意，將無人得知。今則俗語通行，儘教人要懂得道德，懂得理性，而不再誦讀古書。試問又有何人真能懂得此道德與理性兩語，則又如何教人來奉行？

又如「封建」二字，近人專用來詬厲人，謂其人有封建思想或封建觀念、封建頭腦等。不知封建乃中國古代治國平天下之一項政治制度。即就西周開國言，武王、周公推行封建，此乃當時一大道，而亦可見武王與周公之德。此須略治中國古代史始明其義。今人之所謂封建，其意義果何指，則未見有人加以說明，而竟通行於全國人之口中，此亦可憾也。

若謂「封建」二字乃指西方中古時期之社會情況言，則不當用中國古語「封建」二字來翻譯。誰為妄作此翻譯者，今人則絕不問，而一語及封建，則無不搖首。不僅中國三千年以上之此項政治制度已為之盡情打倒，即中國四、五千年來之全部社會情況，亦已為此兩字所打倒，又何從再來作一正確之理解？

又如「人權」二字，不數年前由美國前總統提起，乃在中國不脛而走，不翼而飛，口中筆下，甚囂塵上。不知此二字在西方固有淵源，在中國則自有文字書籍以來，絕不見此兩字之連用。中國人只言人道、人心，或言人性、人情，絕不言人權。果言人權，則夫有夫權，婦有婦權，父有父權，子有子權，五倫之道，豈不掃地以盡？即言政治，一國之君，有君位，有君職，但亦不言君權。秦以武力統一天下，自謂古有皇有帝，但未有如今之尊，乃自稱始皇帝。自此以往，二世皇帝、三世皇帝，以至萬世皇帝，一脈相承。此職此位，當永世相傳，如此而已。亦絕未言及皇權、帝權。其時博士官議復封建，始皇帝亦未坦率自作主張，乃下其議於丞相，由於丞相建議，乃始下焚書之令。此事昭垂史冊，明白可據。及始皇帝卒，不二世，秦即亡。始皇帝之為政，永為中國後世人詬病。然國人自受西化，乃稱中國自秦以來兩千年永為一君權專制政府，則試翻中國二十五史，以及十通諸書，何嘗有此「君權」兩字或「專制」兩字出現過？

孫中山先生主張三民主義，首為民族主義，次為民權主義，然民權與人權仍不同。民權之民，乃指全國人民言，不指全體人民中之每一私人言。中山先生猶曰：「權在民，而能在政。」在政則有職有位，縱有權，亦當為其職位所限。越職越位，此為不道無德，又烏復有權可言？今國人則盡謂人權自由，此乃中國人崇慕西化後乃有之。若謂中國人尚有自己傳統文化，則斷非此之謂矣。

又有「青年」二字，亦為民國以來一新名詞。古人只稱童年、少年、成年、中年、晚年。男二十而冠，女十八而笄，始為成年。亦即稱成人。男亦稱丁。至是始授田而耕，又當充義務兵役。男女成年始得婚嫁，結為夫婦。至中年，則已為人父母。乃獨無青年之稱。或稱「青春」，則當在成婚前後數年間。及其為人父母，則不再言青春矣。民初以來，乃有《新青年雜誌》問世。其時方求掃蕩舊傳統，改務西化。中年以後興趣勇氣皆嫌不足，乃期之於青年。而猶必為「新青年」，乃指在大學時期身受新教育具新知識者言。故「青年」二字乃民國以來之新名詞，而尊重青年亦成為民國以來之新風氣。在民國二十年左右，又有《中學生雜誌》問世，可證中學時期尚不獲稱青年。直至對日抗戰，先總統　蔣公號召青年從軍，大抵其年齡尚限在大學時期，與前無變。逮及最近，而青年一名詞可以下達中學時期，又可以上達至大學畢業為人父母以後。如每年社會選拔十大傑出青年，多有年近四十者。古人言：「四十強而仕。」孔子四十而不惑，孟子四十而不動心。在新文化運動旺盛時，已有人言，年過四十即不當再有生存價值。而今則曰四十為青年，或又謂人生七十方開始。要之，語言無定，則思想無定，一任所言，皆屬自由，而國人亦絕不以為怪。

提倡新青年，乃又提倡新文學。一時群認白話始為新文學，前所舊傳，則名之曰官僚文學、貴族文學、封建文學，皆在排斥之列。但此等皆近人所立之新名詞，儻起古人於地下而告之，如屈原，如陶潛，斥之為貴族，為官僚，為封建，聞及此等名詞豈不驚詫，更復何辭以答？

風氣已變，昔所排斥，今皆無存。即以余幼年在前清所讀上海商務印書館出版之小學國文教科書，今皆變為國語教科書，而逐次所變，其內容之深淺高下，果使有心人一一對讀，則中國近八十年來之文化進步，其快速之程度，亦可謂舉世莫比。而今人乃又以「古典文學」四字來稱舊文學。既曰古典，即見其不合時，可不再有排斥，而盡人知棄之不加理會矣。其實所謂現代化，亦不過為西化一變相新名詞。乃又有「純文學」一名詞出現，則試問當具如何條件始得稱之曰文學？又當具如何條件始得稱之曰純文學？凡此皆可不加討論，人云亦云，眾口一辭，而論自定。故今日已不待有如秦始皇帝之焚書，而線裝書自可扔毛廁裡不再須討論。文化惟競出新口語，競創新口號，競立新名詞，而一切自隨而化。要之，余之所言，惟求文言與白話相承相通，而後始有文化傳統之可言。孔子曰：「言之無文，行之不遠。」實則孔子意亦只求語言白話與書籍文字之相通。中國人每一語言，必求通之文字。語言屬現代化，文字則傳統化，現代與傳統相承，乃可行之久遠。故中國之言，亦能日變日新；而惟中國人之文，則可三千年相傳而不變。而今人則不務求之文，而僅惟求之言，而又尊稱之曰白話，無根源、無規律，隨意所欲，出口即是，此誠不失為中國傳統文化一大突變。舊者已掃地無存，而新者即萌芽方茁。求如西歐，求如美國，恐亦終難如意。是亦為國人一憾事，究不知將何道以赴。惟有再待新口語，再增新名詞之不斷出現，或庶有此一日，則惟有拭目待之矣。

# 中國文化與中國文學

## 一

文化乃指人類生活多方面的一個綜合體而言，而文學則是文化體系中重要之一部門。欲求瞭解某一民族之文學特性，必於其文化之全體系中求之。換言之，若我們能瞭解得某一民族之文學特性，亦可對於瞭解此一民族之文化特性有大啟示。此下所述，乃在就中國之文化特性而求瞭解中國文學特性之一種嘗試，而所述則偏重在文學之一面。

# 二

試分六端逐一述說之：

## 一、就表達文學之工具言

文學必賴文字為工具而表達，而中國文字正有其獨特之性格。與其他民族文字相比較，其他民族語言與文字之隔離較相近，而中國獨較相遠。但語言隨地隨時而變，與語言較相近之文學，易受時地之限制，而陷於地域性與時間性。中國文學則正因其文字與語言隔離較遠，乃較不受時地之限制。

就《詩經》言，雅、頌之與十五國風，其所包括之地域已甚廣大，但論其文學之風格與情調，相互間實無甚大差異。是中國文學在當時，實已超出了地域性之限制，可謂已形成了當時一種世界性、國際性的文學。秦代統一，書同文，此下中國長為大一統的國家，亦可謂乃有大一統的文學，此其基於文字之影響者特大，可無煩詳論。

再就《詩經》之時代言，其作品距離現代，最遠當在三千年以上，最近亦在兩千五百年之外。

但今日一初中學生，只須稍加指點，便可瞭解其大義。試舉例言之。如：

一日不見，如三秋兮。

此句除末尾一「兮」字外，上七字，即十一、二齡之幼稚學生亦可懂。故此一語，遂得成為二千五百年來中國社會一句傳誦不輟之成語。又如：

昔我往矣，楊柳依依。今我來思，雨雪霏霏。

此兩語，除「思」字外，「依依」、「霏霏」四字，須稍經闡釋，而此兩千五百年以前之一節絕妙文辭，其情景，其意象，直令在兩千五百年以下之一個十一、二齡之幼稚學生，亦可瞭解，如在目前，抑不啻若自其口出。又如：

投我以木瓜，報之以瓊琚，匪報也，永以為好也。

此一章，惟「瓊琚」二字須略加說明。全節涵義，躍然紙上，十一、二齡之幼稚生，仍可領會。

以上不過隨拈三例，其他類此者尚多。若使一聰慧之高中學生，年齡在十七、八左右，獲得良師指導，可以不費甚大功力，而對於此兩千五百年以前之一部最高文學，約可以誦習其四分之一，當無困難。國人習熟，視若固然。然試問，世界尚有其他民族，亦能不費甚大功力，而直接誦習其兩、三千年以上之文字與文學如中國之例否？

中國文學可謂有兩大特點：一普遍性，指其感被之廣。二傳統性，言其持續之久。其不受時地之限隔，即是中國文化之特點所在。此即《易傳》所謂之「可大」與「可久」。而此一特點，其最大因緣，可謂即基於其文字之特點。

本此觀點而專就文學立場言，此即中國文學上之所謂「雅」、「俗」問題。雅本為西周時代西方之土音，因西周人統一了當時的中國，於是西方之雅，遂獲得其普遍性。文學之特富於普遍性者遂亦稱為雅。俗則指其限於地域性而言。又自此引申，凡文學之特富傳統性者亦稱雅。俗則指其限於時間性而言。孰不期望其文學作品之流傳之廣與持續之久，故中國文學「尚雅」一觀念，實乃絕無可以非難。

## 二、就表達文學之場合言

文學表達，每有一特定之場合，指其有特定之時空對象，此乃連帶及於文學之使用問題。就廣義言，文學應可分為四項：

一、唱的文學：原始詩歌屬之。此殆為世界各民族所有文學之一種最早的共同起源。

二、說的文學：原始神話與故事、小說屬之。

以上兩項，亦可稱為「聽的文學」，乃謂其表達於他人之聽覺。

三、做的文學：即表演的文學，原始舞蹈與戲劇屬之。亦可稱為「看的文學」，乃謂其表達於他人之視覺。

四、寫的文學：此始為正式形之於文字之文學。亦可稱為「讀的文學」。此與上述第三項不同。因看表演與讀文字不同。讀的文學亦可稱為「想的文學」，因讀者必憑所讀而自加以一番想像。此亦可謂其表達於他人之心覺。

若我們稱前三項為原始直接的文學，則第四項表達之於文字之文學，實乃一種後起而間接之文學也。若我們認為第四項表達之於文字之文學始為正式的文學，則前三項僅是一種原始的文學資料。

繼此又有一問題連帶發生，即此一民族所發明之文字，苟其與此民族本有之語言相距不甚遠，則甚易把其原所本有之前三項直接的文學資料，即用文字記錄而成為寫的文學。故世界各民族一般文學之起始，往往以詩歌與神話、故事、小說及戲劇為主，職以此故。

但若此一民族之文字與語言，相隔距離較遠，則便不易將其在未有文字以前之許多原始文學材料，用文字記錄而成為寫的文學。於是此一民族之正式的寫的文學，亦易與前三項唱的說的做的原始文學隔離，而勢須別具匠心，另起爐灶，重新創造，此乃中國文學起源所由與其他民族甚有所不同之主要一因。此事固當從文化全體系中之各方面而闡說之，而文字之影響，要為其極顯然者。

今姑名前一種為較直接的文學，後一種為較間接的文學，當知兩者間可有甚大之不同。前一種文學之對象，因其常為直接當前之群眾，故創作者與欣賞者之間，易起一種活潑動盪之交流。而後一種文學，其對象則常非對面覿體，直接當前，讀者則僅在作者之心象中存在，故此項文學之創作者與欣賞者之間，相隔距離較遠，其相互間之心靈交流亦較不易見，因此亦較不活潑，而轉富於一種深厚蘊蓄之情味。

從另一面言之，前一種文學，因其對象直接當前而較多限制性，此即前文所謂時地之限制也。因於此種限制，而作者內心所要求於讀者之欣賞程度，亦不能不有所限制。故此種文學之內容，必然將更富於通俗性，更富於具體性與激動性。而此項文學之寫成，則往往可以經歷長時期多人之修改與增飾。因此項文學之主要特性，乃偏向外傾，常須遷就於當前外在之欣賞者而變動其作品之內容。後一種文學，其對象既不直接當前，因此較廣泛，較少時地限制，在作者內心所要求於讀者之欣賞程度，較可由作者之自由想像自由選擇而提高。因而此種文學之內容，則較不受外在欣賞者之影響。因欣賞者既不當前，則所謂「以俟知者知」，如是則較富於內傾性。而此輩知者，既常不在一地，乃至不在一時，因此其文學內容，亦比較多采抽象性，重蘊蓄，富於沉思性與固定性，乃由作者自造一批心象中之讀者，可以不顧有否外在之讀者而自抒心靈。此種文學，則必待讀者方面之深思體會，而始可以瞭解作家之內心。

我常言中國文化為偏向於內傾型者，而中國文學正亦具此特性。上述前一種較直接的文學，如神話、故事、小說、戲劇等，在中國古代文學開始，乃不占重要地位，亦並無甚大發展。此亦當於中國文化之全體系中之各方面而求其理解，此則亦僅就文學史立場言。

即就《詩經》三百首言，雅、頌可不論。即十五國風，亦已經政府采詩之官，經過一番雅化工夫而寫定。即如〈周南〉首篇「關關雎鳩」，其題材縱是采於江漢之民間，然其文字音節殆已均經改寫，決不當認為在西周初年江漢民間本有此典雅之歌辭。采詩之官，亦僅有采集之責，而潤飾修改之者則猶有人在。是則中國古代文學，一開始即求超脫通俗的時地限制，而向較不直接的雅化的趨向而發展，亦可斷知。

復有另一分辨當繼此申述者。上述前一種文學，比較多起於人類社會之自然興趣與自然要求。近代人則多稱此種文學為純文學，蓋因其不為社會之某種需要與某種應用而產生，此乃一種無所為而為者。亦可謂是由於人類心性中之特有的文學興趣與文學需求而產生，故謂之為是純文學性的文學。而後一種文學則不然，大體言之，乃多應於社會上之其他需要與特種應用而產生，此種文學乃特富於社會實用性。因而此種文學乃易融入社會其他方面，而不見其有獨特發展與隔別自在之現象。而中國文學之早期發展，則顯然屬於此一類。故經、史、子、集之次序，亦以集部之興起為最後。經、史、子三部皆非純文學，由其皆具特殊應用性，皆應於社會之某一種需要而興起而成立。

「六經皆史」，史指官文書言，可謂是一種政治文件，或政府檔案，此皆有其在政治上之特殊使用。《詩》三百首，不外頌揚諷刺，皆有政治對象，皆於政治場合中使用。其他諸經可以例推。史則屬於歷史記載，子則屬於思想著錄，是皆具備某種應用性而非可歸之於純文學之範圍，亦不煩詳說。

集部之正式開始，嚴格言之，當起於晚漢建安之後。故范曄《後漢書》乃始有〈文苑傳〉。若求之古代，惟屈原〈離騷〉，可謂是一種純文學作品。但若從另一方面看，亦可說屈原乃由於政治動機而作〈離騷〉。其內心動機，仍屬於政治的。太史公〈屈原列傳〉發明其作意，可謂深切著明。故就屈原個人言，決不當目之為是一純文學家，而〈離騷〉亦不得目之為是一種純文學作品。中國之有純文學家與純文學作品，嚴格言之，當自建安以後。因此在中國歷史上，開始並沒有一種離開社會實際應用而獨立自在與獨立發展之純文學，與獨特之文學家。此亦正如在中國歷史上，開始亦並沒有分離獨立之宗教與哲學，以及分離獨立之宗教家與哲學家等。蓋中國文化主要在看重當前社會之實際應用，又尚融通，不尚隔別。因此中國文學乃亦融入於社會之一切現實應用中，融入於經、史、子之各別應用中，而並無分隔獨立之純文學發展。此正為中國文學之特性，同時亦即是中國文化之特性。

## 三、就表達文學之動機言

中國古代文學，乃就於社會某種需要、某種應用，而特加之以一番文辭之修飾。故曰：「言之無文，行之不遠。」又曰：「修辭立其誠。」此種意見，顯本文辭修飾之效能言。至若純文學之產生，則應更無其他動機，而以純文學之興趣為動機，此乃直抒性靈，無所為而為者。此等文體，則大率應起於建安之後。屈原〈離騷〉，非由純文學動機來，前已言之。漢賦似當屬於純文學，然仍非由純文學動機來。漢賦之使用場合，仍在政治圈中，而實乏可貴之效能。故揚雄晚而悔之，轉變途向，模擬經籍，是仍未脫向來傳統。嘗草《太玄》，人譏其艱深，世無好者，謂僅可覆醬瓿。雄言：「無害也。後世復有揚子雲，必好之矣。」此一語，始啟以下文學價值可以獨立自存之一種新覺醒。曹丕《典論．論文》，謂：「文章乃經國之大業，不朽之盛事。」當知曹氏前一句，乃以前中國傳統文學之共同標則，而後一句，乃屬文學價值可以獨立自存之一種新覺醒。此之所謂「不朽」，已非叔孫豹立言不朽之舊觀念。若論立言不朽，叔孫豹所舉如臧文仲，此下如孔、孟、老、莊，下至揚雄作《法言》、《太玄》，亦皆立言不朽，惟其著意於文辭修飾，實已隱含有文章不朽之新意向，至曹丕而始明白言之。故曰：「年壽有時而盡，榮樂止乎其身，未若文章之無窮。」此種文學不朽觀，下演迄於杜甫，益臻深摯。其詩曰：「但覺高歌有鬼神，焉知餓死填溝壑。」世無好者，乃始有餓死之憂，然無害也。至於後世是否仍有杜子美，亦可不計。引吭高歌，吾詩之美，已若有鬼神應聲而至。此種精神，幾等於一種宗教精神，所謂「推諸四海而皆準，質諸天地鬼神而無疑，百世以俟聖人而不惑」。不僅講儒家修養者有此意境，即文學家修養而達於至高境界，亦同有此意境。中國文化體系中本無宗教，然此種自信精神，實為中國文化一向所重視之人文修養之一種至高境界，可與其他民族之宗教信仰等視並觀。而中國文學家對於其所表達之文學所具有之一種意義與價值之內在的極高度之自信，正可以同時表達出中國內傾型文化之一種極深邃之涵義。

此種精神，推而外之有如此。若言其收斂向內，則又必以作家個人為中心。所謂「道不虛行，存乎其人」也。請再舉陳子昂一詩闡說之。子昂詩有云：

前不見古人，後不見來者，念天地之悠悠，獨愴然而涕下。

此種文學家意境，實即中國文化中所一向重視之一種聖賢意境也。此詩從一方面看，則只見一愴然獨泣之個人；然從另一方面看，在此個人之意境中，固是上接古人，下待來者，有一大傳統存在之極度自信。彼之愴然獨泣，實為天地悠悠之一脈之所存寄。金聖歎批《西廂》，在其序文中，有〈思古人〉、〈贈後人〉兩文。遇見最高文學索解無從之際，便易起此等感想。而子昂此詩之意境猶不止此，蓋子昂身世，適值武后當朝，彼之〈感遇詩〉，正如嗣宗〈詠懷〉，各有茹痛，難於暢宣。其憂世深情，立身大節，實非具有不求人知之最高修養，勿克臻此。上言中國文學為一種內傾性之文學，此種文學，必以作家個人為主。而此個人，則上承無窮，下啟無窮，必具有傳統上之一種極度自信。此種境界，實為中國標準學者之一種共同信仰與共同精神所在。若其表顯於文學中，則必性情與道德合一，文學與人格合一，乃始可達此境界。而此種境界與精神，亦即中國文化之一種特有精神也。苟其無此精神，則又何來有可大可久之業績？

## 四、就表達文學之借材言

此即文學之內容，屬於題材選擇方面者。中國之經、史、子三部，此皆有特定內容，皆有所為而發。而中國集部之最高境界，亦同貴於有所為，此亦文化體系中一大傳統也。故中國文學家最喜言有感而發，最重有寄託，而最戒無病呻吟。論其取材方面，則亦有其獨特之匠心。蓋中國文學題材，多抽象，少具體。多注重於共相，少注重於別相。此層已在上文約略述及。試再舉例，如漢樂府：「上山采蘼蕪，下山逢故夫。」此即一種共相。至於此故夫與此棄婦兩人之個性如何，生活背景如何，相結合與相離棄之經過如何，凡屬具體之分別相，要為中國文學所不重視。中國文學正因其較不受時空限制，乃亦不注重特定之時間與空間之特殊背景，與夫在此特殊時空背景中所產出之特殊個性，而求能超越時空與個性而顯露出一個任何時地任何個性所能同鳴同感之抽象的共相來。此亦中國文化到處可見之一種共有精神也。

請試再舉中國之戲劇為例。戲劇亦文學中一支。中國戲劇發展較遲，並少獲文學界之特別注意，然亦不脫中國文學之傳統意境與共有精神。故中國戲劇亦深富一種特殊性，與其他民族之戲劇有所不同。戲劇表演應屬最富具體性者，應重別相，而中國戲劇顧不然。我嘗言：中國戲劇，乃「語言音樂化」，「動作舞蹈化」，「場面繪畫化」，此皆從注意抽象共相方面發展而來。故中國戲臺無特定而具體之時空布景。戲中角色，使用面具，成為臉譜，將人類各各個性略去，而歸納出幾個共相。所表演之故事，其實亦大同小異，忠奸義利，死生離合，悲歡歌哭，仍是側重在抽象與共相方面。因此使觀者得以遺棄跡貌，直透內情。縱使不瞭解其戲情本事，不熟悉其唱辭內容，亦能受甚深感動。蓋已擺脫淨了人世間種種特殊情況，而直扣觀者之心絃，把握到人心一種超越而客觀之同情，是亦中國傳統文學中理想的一種最高境界，而中國戲劇亦莫能自外。

然戲劇與小說，在中國文學史上，發展較遲，並受外來影響。若論中國文學正宗，其取材又必以作者本身個人作中心，而即以此個人之日常生活為題材。由此個人之日常生活，而常連及於家國天下。儒家思想所謂修身、齊家、治國、平天下，亦從個人出發，而文學亦然。此個人之日常生活與其普通應接，皆成為此一家文學之最高題材。此一作家，務求將其日常人生能融鑄入其文學作品中，而其作品，則又全屬短篇薄物，旁見側出，而不失為一作家本身之最高中心。中國文學重在即事生感，即景生情，重在即由其個人生活之種種情感中而反映出全時代與全人生。全時代之心情，全時代之歌哭，以及於全人生之想像與追求，則即由其一己之種種作品中透露呈現。此文學家之一生，即其全時代之集中反映之一焦點，即全人生中截取之一鏡，而涵映有人生全體之深面者。故時代醞釀出文學，文學反映出時代，文學即人生，人生即文學，此一境界，特藉此作家個人之生活與作品而表現。故中國文學之成家，不僅在其文學之技巧與風格，而更要者，在此作家個人之生活陶冶與心情感映。作家不因於其作品而偉大，乃是作品因於此作家而崇高也。中國文化精神，端在其人文主義，而中國傳統之人文主義，乃主由每一個人之真修實踐中而表達出人生之全部最高真理。故曰：「人能弘道，非道弘人。」故非瞭解中國文化之真精神，將不能瞭解一中國文學家；而苟能於中國一文學家有真切瞭解，亦自於瞭解中國文化有窺豹一斑之啟示矣。

由於上之所述，而有所謂「詩史」之觀念。然當知杜詩固不僅為杜甫時代之一種歷史紀錄，而同時亦即是杜甫個人人生之一部歷史紀錄。因此中國文學家乃不須再有自傳，亦不煩他人再為文學家作傳。每一文學家，即其生平文學作品之結集，便成為其一生最翔實最真確之一部自傳。故曰不仗史筆傳，而且史筆也達不到如此真切而深微的境地。所謂文學不朽，必演進至此一階段，即作品與作家融凝為一，而後始可無憾。否則不朽者乃其作品，而非作家。作家之名特附於其作品而傳，此乃一種反客為主。此乃外傾型文化之所有，而中國文化之傳統精神，則不在此。此亦所謂「人能弘道，非道弘人」也。

因此乃有專為文學家作專集編年之工作興起，而此一工作，實甚重要。若不能由讀編年詩文而進窺此文學家之成就，即為不瞭解中國文學家之最高造詣與最大成就者。換言之，若此一專集，缺乏有為之作編年之必要，是即證此作家之尚未能到達理想之最高境界。

由此言之，欲成為一理想的文學家，則必具備有一種對人生真理之探求與實踐之最高心情與最高修養。抑不僅於此而已，欲成為一理想的大文學家，則必於其生活陶冶與人格修養上，有終始一致，前後一貫，珠聯璧合，無懈可擊，無疵可指之一境，然後乃始得成為一大家。其真能到達此境界與否，則只須將其生平作品編年排列，通體觀之，便成為一最科學最客觀之考驗，而更無遁形。

故中國之集部，若分別觀之，則全是些零章短簡，小品雜作，若無奇瑰驚動之致，此雖大家亦不免。然果會合而觀，則《中庸》所謂：「君子尊德性而道問學，致廣大而盡精微，極高明而道中庸。」凡成為一文學大家，亦莫不經此修養，遵此軌轍而後成。茲試舉一例言之，東坡前後〈赤壁賦〉，固已千古傳誦，膾炙人口，婦孺皆曉矣。然試就《東坡編年全集》循序讀下，自徐州獲罪而下獄，自獄釋放而貶黃州，自卜居臨皋而遊赤壁，此三數年間之生活經過，真所謂波譎雲詭，死生莫卜，極人世顛沛困阨驚險磨折之至。若依次讀其詩詞信札、隨筆雜文，關於此段經過，逐年逐月，逐日逐事，委屑畢備，使人恍如親歷。讀者必至是乃始知東坡赤壁之遊之一切因緣與背景，然後當時東坡赤壁之遊之真心胸與真修養，乃可了然在目，躍然在心。然試思之，方其掌守徐州，固不知有烏臺之案；方其見囚獄中，固不知有黃州之謫；方其待罪黃州，亦不知有赤壁之遊，更不知此下之歲月與遭遇。此實人生遭際所最難堪者。讀者必循此而細誦其詩文之所抒寫，又必設身處地而親切體會之，然後始知一個文學作品之短篇薄物，彼之所為隨時隨地而隨意抒寫者，其背後具備有何等胸襟，何等修養。蓋其全人生之理想追求，與夫道德修養納入於此一短篇薄物之隨意抒寫中，固不求人知，抑且其全人生之融凝呈露於此日常生活與普通應接中者，在彼亦已尋常視之，並無可求人知，故在其當時，亦僅是隨意抒寫而止。至此始是中國文學家之最高的理想境界，此亦「君子無入而不自得」之境界。而中國文化關於人文修養之一種至高極深之意義與價值，亦即可於文學園地中窺見之。

## 五、就表達文學之境界與技巧言（上）

本於上述，可見中國文學之理想境界，並非由一作家遠站在人生之外圈，而僅對人生作一種冷靜之寫照；亦非由一作家遠離人生現實，而對人生作一種熱烈幻想之追求。中國文學之理想最高境界，乃必由此作家，對於其本人之當身生活，有一番親切之體味。而此種體味，又必先懸有一種理想上之崇高標準的嚮往，而在其內心，經驗了長期的陶冶與修養，所謂有「鑽之彌堅，仰之彌高」之一境。必具有此種心靈感映，然後其所體味，其所抒寫，雖若短篇薄物，旁見側出，而能使讀者亦隨其一鱗片爪而隱約窺見理想人生之大體與全真。

故所謂性靈抒寫者，雖出於此一作家之內心經歷、日常遭遇，而必有一大傳統、大體系，所謂可大可久之一境，源泉混混，不擇地而出。在其文學作品之文字技巧，與夫題材選擇，乃及其作家個人之內心修養與夫情感鍛鍊，實已與文化精神之大傳統、大體系，三位一體，融凝合一，而始成為其文學上之最高成就。一面乃是此一作家之內心生活與其外圍之現實人生，家國天下之息息相通，融凝一致；而另一面即是其文字表達之技巧，與其內心感映人格鍛鍊之融凝一致。在理想上到達人我一致、內外一致之境界，此亦中國傳統文化精神主要的人文修養之一種特有境界也。

## 六、就表達文學之境界與技巧言（下）

繼此復有一境界當加申述。人生不能脫離大群，而人群亦復不能脫離自然。故個人人生，不僅當與大群人生融凝合一，而又須與大自然融凝合一，此即中國思想傳統中之所謂「萬物一體」與夫「天人合一」。而此種精神之嚮往與追求，亦在中國文學中充分表達。

《詩經》三百首，即分賦、比、興三體。而比、興二體，實為此下中國文學表達之主要方式與主要技巧。其實比、興即是萬物一體、天人合一之一種內心境界，在文學園地中之一種活潑真切之表現與流露。不識比、興，即不能領略中國文學之妙趣與深致。而比、興實即是人生與自然之融凝合一，亦即是人生與自然間之一種抽象的體悟。此種體悟，既不屬宗教，亦不屬科學，仍不屬哲學，毋寧謂之是一種藝術。此乃一種人生藝術也。中國文化精神，則最富於藝術精神，最富於人生藝術之修養。而此種體悟，亦為求瞭解中國文化精神者所必當重視。

茲試再舉例略說之。孔子曰：

飯疏食，飲水，曲肱而枕之，樂亦在其中矣。不義而富且貴，於我如浮雲。

此一節自屬道德之修養之至高境界，然臨了「於我如浮雲」五字，便轉進到文學境界中去。因此五字，正是一種比、興。有此五字，全章文字便超脫出塵，別開生面；有此五字，便使讀者心胸豁然開朗，有聳身飆舉之感。凡讀中國文學，必須具此一法眼。而凡有志中國文化傳統中之道德修養者，亦必玩心於此一深趣。即研討此下宋儒理學，亦當於此一深趣中玩索之，而後可以免於枯槁拘礙之一境。

今試再拈唐人詩兩句，發揮中國文學中比、興之妙趣。王維詩：

雨中山果落，燈下草蟲鳴。

此十字所謂詩情畫意，深入禪理者。其實此十字之真神，正為有一作者之冥心妙悟，將其個人完全投入此環境中而融化合一，而達於一種無我之境界。然雖無我，而終有此一我默為之主。於是遂見天地全是一片化機，於此化機中又全是一片生機，而此詩人則完全融人於此一片化機、一片生機中，而若不見有其個別之存在。然若無此一主，則山果乎，草蟲乎，雨乎，燈乎，果之落乎，蟲之鳴乎，此一切若僅是賦而無比、興，則一切全成為一堆具體事物之各別存在，既不見有人，亦不見有天，其互相間，除卻時間空間之偶然湊合的關係外，試問尚有所餘賸乎？讀者試由此細參之，便知中國詩人於描寫景物之外，實自有一番大本領，而此番本領，實由於極深修養中來。故苟能極深瞭解中國之文學，同時亦必能體悟到此種極深之修養。故中國文學實同時深具一種極深的教育功能者。教育功能正為中國文化所重視，故中國文學而果達於至高境界，則必然會具有一種深微的教育功能。

又如杜甫詩：

水流心不競，雲在意俱遲。

此與上引摩詰詩復有不同。摩詰走了莊、老、釋迦的路，而子美則是走的孔、孟儒家的路。然雖路徑不同，而神理大體相似。此等意境，既不是寫實，亦不是寫意。西方人作畫，注重寫實。畫一蘋果，則必求其酷肖一蘋果。近代西方人作畫，又轉向寫意。畫一蘋果，卻求不像一蘋果，只求畫出看蘋果時心中之意像。寫實便不見有我之存在，寫意又不見有物之存在。其實見與所見，正貴融凝合一。摩詰詩若是寫物，然正貴其有我之存在。子美詩若是寫我，然亦正貴其有物之存在。一俯一仰之間，水流雲在，心意凝然。若如關著門，閉著眼，來學守靜居敬，則何如子美之心胸活潑而廣大，有鳶飛魚躍之樂乎？故學中國文學則必通比、興，知比、興則知文學修養，亦自知中國之文化精神矣。

上言比、興，亦僅就其淺顯易於舉例者。其實中國文學之全部精采，則正在比、興中。詩以言志，而志不易言。有不肯徑情直說者；有委曲宛轉，在已有不可不達，而在人有未必能知者。

詩人之一番深情厚意，方其窮而呼天呼父母，人亦僅聞其呼天呼父母而已，正不知其所為呼與所以呼是何蘊蓄，此始是文學中一種至高境界。上自《詩》、〈騷〉，下迄李、杜，莫不有此一境界。我們必由此而深體之，乃可見中國文化表現於中國文學中者有何等深致也。

## 三

中國文學中亦有小說、神話、戲劇、傳奇等，此等大體上皆所謂作家站在人生圈外，對人生作旁觀描述；或是作家遠走到人生面前，對人生作幻想追求。此等文學，在中國文學史上發展較晚，而大體都是受了外來影響。最先是印度佛學之傳入，最近是西方文學之傳入，皆給予此諸體文學以甚大鼓勵。亦可謂是在中國人心靈方面，因於外來啟示，而另闢了一些新的戶牖。一民族之文化，則必然期其多能與外來異文化接觸，而使其文化傳統更豐富、更充實。自唐之中晚期，迄於現代，中國文學中，小說、劇曲等開始占有重要地位。此下此一趨勢當望其逐步加強，此亦可謂是中國文學園地上一可歡迎之新客蒞止。然我們實不當認此才始是文學，更不當一筆抹煞了中國以往文學大統，而謂盡是些冢中枯骨與死文學。當知新文學之創興，仍必求其有得於舊文學之神髓，此乃文化大統所不能以時代與私人意見而加以輕蔑與破毀者。轉而言之，新文學運動則實是新文化運動之主要一項目。如何來提倡新文學，實即是如何來提倡新文化之一重要課題、一重要任務。孔子曰：「溫故而知新，可以為師矣。」有志提倡新文學，求為中國文學開新風氣，而仍望其所開新之可久可大，則必於舊有文學之傳統與其體系有所瞭解，而更必於舊有文化之傳統與其體系有所瞭解。本文之旨趣，則亦期於此能稍有所貢獻則幸甚。

# 中國文學史概觀

中國文學，一線相傳，綿亙三千年以上。其疆境所被，凡中國文字所及，幾莫不有平等之發展。故其體裁內容，複雜多變，舉世莫匹。約而言之，當可分政治性的上層文學與社會性的下層文學兩種，而在發展上則以前者為先，亦以前者占優勢。

西周以來，中國已成為封建的統一，黃河流域歷淮、漢而至江，在廣大地面上，無不奉周天子為一尊，其文學亦屬政治性。如《詩》之有雅、頌，乃王室文人所為，歌唱於周天子之宗廟與朝廷，諸侯來朝，同所諷誦，成為一大典禮。二〈南〉為風詩之首，采自民間，帶有社會性，然經周王室之改製與編配，譜以特定之樂調，施之特定之場合，便亦轉為政治性。其次如〈豳〉詩，雖亦帶社會色彩，而其為政治性者益顯。故《詩》之有風、雅、頌，實皆出於西周王朝周公制禮作樂一主要項目也。

自王朝文學推廣至諸侯，乃有列國風詩，鄭、衛、齊、唐、秦、陳皆有詩，富地方性，多采自民間，雖經政府改製，民間詩之特徵尚在，朱子謂其「多男女相悅相念之辭」是也。如〈召南〉之〈野有死麕〉即其例。如〈鄭風〉之〈子衿〉、〈將仲子〉，〈衛風〉之〈氓〉，〈齊風〉之〈雞鳴〉，其取材來源，顯見多自民間。惟經列國卿大夫之潤色，配以同一之聲樂，亦同在政治場合中使用，則仍是政治化了。風是社會性，雅、頌是政治性，風、雅、頌合稱「四詩」，則風詩之同具政治性可知。

〈關雎〉為二〈南〉之始，謂是文王之德化，然亦以諷康王之晏朝。有作詩之旨，有采詩之旨，有諷詩之旨，有讀詩之旨。「如切如磋，如琢如磨。」何嘗是說「貧而無諂，富而無驕」之不如「貧而樂，富而好禮」？然孔子許子貢可與言詩。春秋列國卿大夫賦詩，何嘗皆是詩之本旨？朱子有謂其是「男女淫奔之詩」者，乃指其本旨言。今謂《詩》三百皆屬政治性上層文學，乃指其應用言。當時中國已是一封建大一統之天下，文學發展受歷史時代之影響，宜無足怪。

屈原〈離騷〉，亦屬政治性上層文學，即宋玉及楚辭他篇，下逮漢賦皆是。《尚書》、《春秋》、《左傳》、《國語》、《戰國策》，下至司馬遷《史記》，乃散文體，屬史部。李斯〈諫逐客〉、賈誼〈過秦〉及其〈治安策〉，及董仲舒〈對策〉等，屬集部。亦均當歸政治性上層文學。惟漢樂府乃多為社會性下層文學，而其內容與風詩又不同。因《詩經》時代尚是封建社會，漢代工商業並盛，社會不同，故所詠內容亦不同。其性質極複雜，如〈相逢狹路間行〉，乃詠貴族家庭生活，然無關上層政治性。又如〈陌上桑〉詠秦羅敷，〈孔雀東南飛〉詠焦仲卿，則以詩歌而漸趨於敘事小說體，然其風終不暢。論漢代文學，終是以上層政治性為主。此因武帝後，士人政府正式形成，讀書人皆仕於政府為政治服務，甚少留滯社會下層與政治絕緣者，則宜其社會性下層文學之終難興展也。惟自秦、漢大一統以來，上層政治形式已變，故其政治文學甚難見作者私人之兼存，而下層社會文學乃更易接近前代作者與作品合一之舊傳統，此則又當分別而論。

漢末，王綱解紐，士大夫飽經黨錮之禍，藉門第為躲藏所。寒士無門第，則心情變，社會私情勝過政治關切，新文學亦隨之而起。五言詩與樂府代興，〈古詩十九首〉導其先路，此等皆初無作者主名，所詠盡屬死生男女、離合悲歡、社會私情。偶及仕宦，亦為富貴功名，為私不為公。惟作者則仍屬少數讀書人傳統，故建安新文學，乃舊瓶裝新酒，體裁猶昔，而內容多變，曹孟德可為代表。其身分已躍踞政府領袖，而其吐屬仍不失社會下層之私情緒。其〈短歌行〉：「對酒當歌，人生幾何？譬如朝露，去日苦多。」又曰：「月明星稀，烏鵲南飛。繞樹三匝，無枝可依。」可謂是士大夫之平民詩，異於雅、頌、騷、賦，與風詩之雖出民間而經上層政治之采選改造者亦不同。最特出者如其〈述志令〉，以丞相九錫之尊宣告僚屬，而所陳則皆私人情懷也。其二子子桓、子建，詩文皆承父風。而如王粲〈登樓賦〉，亦足為舊瓶新酒作證。《東漢書》始有〈文苑傳〉，可證文學獨立觀念自此始。

兩晉以下，《昭明文選》所收，循此風流，有沿無革。其作者莫非政治人物，而見諸篇章，則皆社會私情。八代之衰，主要在此。唐興，乃思改轍，實求復舊。陳子昂〈感遇詩〉開其端。其詩有曰：「玄天幽且默，群議曷嗤嗤。聖人教猶在，世運久陵夷。一繩將何繫，憂醉不能持。去去行採芝，勿為塵所欺。」杜工部美之，曰：「千古立忠義，〈感遇〉有遺篇。」李白踵起，其〈古風〉有曰：「〈大雅〉久不作，吾衰竟誰陳？……正聲何微茫，哀怨起騷人。……自從建安來，綺麗不足珍。……我志在刪述，垂輝映千春。……」彼二人所詠，不曰聖教，即曰〈大雅〉。徒工於文為綺麗，私人情志，未合大道，斯何足珍！此皆欲挽魏、晉以下文人積習，返之周、孔政治上層治平大道之公，以為所志所詠當在此。杜甫、韓愈，遵而益進。惟社會結構與時代情況，以唐視漢，終已大變，有關日常生活私人情志之羼進文學內容，此風不復可遏。雖心存君國，志切道義，然日常人生終成為文學主要題材，如杜甫、韓愈之詩文集，按年編排，即成年譜。私人之出處進退，際遇窮達，家庭友朋悲歡聚散，幾乎無一不足為當代歷史作寫照，此成為唐以下文學一新傳統。其作品之價值高下，亦胥可懸此標準為衡量。至於專熟一部《文選》，惟以應進士試，則見為輕薄。輕薄非文辭之不工，亦不盡如韓冬郎《香奩集》之描寫女性；即灞橋風雪，生活吐屬非不雅，然與生民休戚無關，不涉公共大局，斯即輕薄也。至如羅昭諫，十上不中第，自名曰隱，心中惟知有科名，〈謁文宣王廟〉有曰：「九仞蕭牆堆瓦礫，三間茅屋走狐狸。」而又曰：「釋氏寶樓侵碧漢，道家宮殿拂青雲。」則屬勢利。老、釋蔑勢利，而崇勢利者亦歸老、釋，此皆在社會之下層。故《詩》、〈騷〉屬上層文學，固非勢利。杜、韓關心世運，亦非勢利。驢背上灞橋風雪，與夫《香奩》豔情，本亦非勢利，特作者心情，不與國家安危、民生休戚相關，則惟見其輕薄，亦成為勢利。輕薄之與勢利，在其為私不為公，乃同成其為社會下層文學之一徵。其與政治上層文學之相異正在此。

唐代又有傳奇新文體，內容不外香豔、武俠、神怪之類，此在魏、晉、六朝已有之。然在先僅是一種筆記，至唐代乃正式浸染入文學情調。此皆一時文人，雖亦有心國政生民而擺脫束縛，取悅世俗，在我以一洩為快。在文學傳統中，則終非正體。略如西方文學中之小說，其對象乃在社會下層。因西方知識分子，本與上層政治隔絕，文學乃其一生業。不如中土，「用則行，舍則藏。」「學而優則仕，仕而優則學。」讀書人以仕進為業，上下層打成一片，耕於畎畝之中，而仍以堯、舜其君其民為職志。故其文學，每不遠離於政治之外，而政治乃文學之最大舞臺，文學必表演於政治意識中，斯為文學最高最後之意境所在。雖社會日進，知識分子範圍日擴，逸趣閒情，橫溢氾濫，偶爾旁及，則決非文學之大傳統。遊戲筆墨，可以偶加玩賞，終不奉為楷模。

詩之在古代，必配以聲歌，詩即樂也。行之以禮，便用於政治場合中。自建安以下，詩已獨立，自成一文體，然其內容意義，仍必導源風、雅，即不能遠離於治道民生而別有詩之天地。自晚唐以下，詩又與歌唱相配而有詞，驟視之若復古，實則更新出。因其歌唱，亦在社會下層，在私人生活中。故早期之詞，多選入《花間集》，可見詞之使用，不在宗廟朝廷，不在邦國會同，而只在花間。和凝為名詞人，及為後晉宰相，乃收拾舊作，不使流傳。此徵詞之興起，乃在晚唐、五代大亂黑暗時期，當時人亦自知其與舊傳統有扞格也。

但如南唐李後主，貴為國君，恣情歡樂，「佳人舞點金釵溜，酒惡時拈花蕊齅，別殿遙聞簫鼓奏。」其所詠如是。一旦亡國，日夕以淚洗面，而其詞調乃益工。自此所作，乃重回到文學傳統大路上去。故可謂李後主詞，乃是一種新瓶裝舊酒也。

建安以下詩，與古代詩不同，多詠作者個人私生活。但作者私人，仍多與政治發生關係，故其詩仍帶政治性。即如陶淵明，不為五斗米折腰，賦〈歸去來辭〉，唱為田園詩。然義熙後不再紀年，居田園不忘政治，遂為魏、晉以下第一詩人。詩餘為詞，亦專詠作者私人生活，與政治無關。李後主以亡國之君為詞，其私人生活中，乃全不忘以往之政治生活。故其詞雖不涉政治，其心則純在政治上，斯所以為其他詞人所莫及也。

宋人都好填詞，如范仲淹、歐陽修，依傳統言，其人應不似填詞的人。而歐陽詞云：「走來窗下笑相扶，愛道畫眉深淺入時無。」此豈竭意追隨昌黎文以載道者之所出？而如柳永，「凡有井水處，即能歌柳詞。」其詞云：「忍把浮名，換了淺斟低唱。」及應進士試，仁宗曰：「此人風前月下，好去淺斟低唱，何要浮名？」後乃以改名得中，但亦終不在政壇上得意。可見詞是社會下層性文學，終不與舊傳統政治性文學沆瀣一氣。蘇東坡、辛稼軒，刻意欲將詩和散文的豪情壯氣嵌入詞中，然亦終不能改變了詞的格調。即所謂「只合十七、八女郎，執紅牙板，歌『楊柳岸曉風殘月』」也。

宋代又另有一新文體，是為話本，此承唐代傳奇來。但唐、宋社會又已不同，一則讀書人更多，政治上不能容，多沉滯在社會下層。二則佛教向社會傳播，遂有話本，形成白話小說之一大支。三則印刷術日盛，社會一般人多閱讀機會。故唐代傳奇，雖其體裁內容，已與上層政治性文學之詩文傳統有不同，但仍多屬於上層傳統文學之作者偶爾為之，故其精神血脈仍不相遠。宋代話本，則多出社會下層不知名人之作，可證其已另成一派別。古詩三百首，絕大多數無作者姓名，但此下演變出楚辭、漢賦，則皆有作者可考。漢樂府、〈古詩十九首〉之類，亦無作者姓名，但建安以下五、七言詩，則皆有作者可考。宋話本都無作者姓名，但元、明之雜劇與小說，則又漸多有作者姓名。此亦中國文學史上演變一大例。亦可知中國傳統文學，乃不斷有新成分之加進，新方面之開展，惟其事必以漸不以驟，不可以一蹴而冀耳。

元劇創始，推關漢卿，乃金人，以解元貢於鄉，為金太醫院尹，金亡不仕。其次如王實甫，亦由金入元。更次如馬東籬，更次如白仁甫，其父華仕金，《金史》有傳，與元好問有通家之好。華得罪，仁甫受遺山撫養，華詩謝遺山：「顧我真成喪家狗，賴君會護落巢兒。」此四人，皆生北方金、元之際，與南方文化傳統疏隔，在異族統治下，對政治無親切感，故能從中國傳統文學中，特出新裁。然亦與宋人話本不同，因此四人皆有文學絕高修養。雖王實甫、馬東籬兩人，不能詳其家世，然亦決知其當在讀書人集團中，否則必不能有如此成就。故元劇乃是由舊傳統邁入了新境界。其關鍵乃在元劇作者皆在新環境中茁長，與傳統中讀書人有不同。馬東籬有迄今傳誦的小令云：「枯籐老樹昏鴉，小橋流水人家，古道西風瘦馬，夕陽西下，斷腸人在天涯。」若以全部中國文學史論，此四人處境正如此，皆是在中國作家中一批西風瘦馬在天涯之斷腸人也。論其時代，可謂是夕陽西下之時。論其處境，則枯籐老樹，小橋流水，差堪髣髴。今人好讀元劇，其亦有身世之同感乎？東籬又有句云：「為興亡，笑罷還悲嘆，不覺的斜陽又晚。想咱這百年人，則在這撚指中間。空聽得樓前茶客鬧，爭似江上野鷗閒。」此可推說元劇作者之心情，實寧願為江上之野鷗，不願聞朝政之興亡。故元劇雖可推為中國當時之一番新文學，流行在社會下層，僅見個人之私情懷；然在其字裡行間，作者之精神血脈，處處仍可窺見其遠自《詩》、〈騷〉以來之中國舊傳統。家國興亡實在其深憶遠慨中，而吐露於不自覺。故其內容，自非宋人話本所可比擬也。

元劇作者，多起於金、元北方，其新文體之漫衍而至南方，則如《荊》、《劉》、《拜》、《殺》乃至《琵琶記》等，都已在元、明之際。而同時南方，承南宋遺民之緒，一輩讀書人，大率隱遁山林，講學傳道，唐、宋詩文正規，不絕益振。故明初諸臣如宋濂、劉基、王禕、高啟等，群才薈集，歷代開國，無此盛況。惟明祖雖竭意網羅，其用意僅在朝政上知求善治非讀書人不可，而非在崇道尊賢上對讀書人具有敬意。故其振興學校，獎拔新進，亦為整飭吏務，不為宏揚儒業。宋濂〈送東陽馬生序〉，自述其年幼嗜學，家貧無書，乞借鈔錄，備極艱困。而從師問業，更增辛勞。至於當時之學於太學者，縣官有廩稍之供，父母有裘葛之遺，終日坐大廈，書不待求而集，師不待問而告。春風桃李，較之秋菊冬梅，其內在生命力之強弱，已不相侔。而又經受外面朝廷大力之驅遣束縛，故明代開國之新人，乃遠不如舊元隱遁之孑遺。而至永樂，病弊更大顯。方正學後，更無繼起。故明代學人，應分兩途：一則志在山林，屬舊傳統。一則起於市朝，屈從當代政制，僅供鞭策，與兩漢、唐、宋之書生從政不同。自永樂以至成化，八十年間，正國家治平之期，然論其文運，如三楊之館閣體，終不足以饜群望。而激起何、李之復古，然未有心情之內蘊，徒爭字句之形跡，面貌雖似，精神終別。故明代詩文正軌，乃不能與兩漢、唐、宋媲美。即近視元代，猶亦遜之。趙甌北謂：「高青邱後，有明一代竟無詩人。」其實散文家亦然。高、劉、宋、王之輩，此皆有元一代之結束，非有明一代之開山也。

明初章回小說，乃又得算為中國文學史上一新開創。如施耐菴之《水滸傳》、羅貫中之《三國演義》，其實此兩人亦皆元遺民也。劇曲之與小說，正如詩之與散文。一有韻，自《詩》、〈騷〉、漢賦來；一無韻，自《尚書》、《春秋》、《左氏》來。故劇曲之近源為詞，章回小說之近源為散文。所以得確然創出一新風格新體裁，則端在作者之心情，在其與政治之親切與遠隔。《殺狗記》作者徐仲由有云：「烏紗裹頭，清霜落，黃葉山邱。淵明彭澤辭官後，不仕王侯。愛的是青山舊友，喜的是綠酒新蒭，相迤逗。金樽在手，爛醉菊花秋。」仲由亦在洪武初徵秀才，辭歸。高則誠亦辭明祖聘，而明祖甚喜其《琵琶記》，曾曰：「五經四書為五穀，家家皆有。《琵琶記》如山珍海錯，富貴家豈可無耶？」是明祖僅以五經四書為五穀，可以果腹耳。此即徵其不知味。有韻如《詩》、〈騷〉，無韻如韓、歐，此皆山珍海錯也。至如《琵琶記》之在中國文學史上正是山蔌水鮮之屬，富貴人家可以偶備，非所必備。明祖不知此，故於諸儒，僅為果腹所需而勉加牢寵，非有喜悅之情，乃有刀鋸之加。無怪當代諸儒去之唯恐不遠，離之惟恐不速矣。

施耐菴兩避張米之招，《水滸傳》開首一王進，夭矯如神龍，見首不見尾，即為作者自身寫照。晁蓋、宋江，志在草莽，皆非官逼；關勝、呼延灼、盧俊義輩，則受盜逼，而非官逼。耐菴此作，自有影射。若果山泊一堂忠義，則耐菴將奔赴之不暇，何有閒情逸趣，在兵荒馬亂中，匿草澤間寫此書？事過境遷，後人不曉，乃謂其身在元，心在宋，雖生元日，實憤宋事，此豈懂得耐菴當時之心情？惟金聖歎差能從文字上得窺悟，然亦僅知《水滸傳》並不同情宋江，乃不知元、明之際一輩士人之內心，而施耐菴乃其中之一人。故知知人論世，事不易為。而耐菴之身遯草澤，心存邦國，《水滸傳》雖是一部社會下層文學，而實帶有中國傳統政治上層文學之真心情與真精神，而且有激烈濃重之致。縱謂其觀察有偏失，明代開國，決非草野造反可比。然而耐菴之憤悱內蘊，熱血奔放，則固一代大著作所必具之條件也。

《三國演義》所寫在政治上層，而內容又全屬社會下層。其中事實述據史傳，而人物則全屬新創。更要者在其富有一種倫理精神。尤其如寫關羽，遂成為此後中國社會竭誠崇拜之一人物。後人說《三國演義》，七實三虛，實亦摸不到《演義》之真血脈，搔不到《演義》之真痛癢。死讀書人，哪曾真讀到書！即就其所謂「三虛」言，如華容道義釋曹操，此等虛處，正是《三國演義》中最深沉、最真實、最著精神處。此之謂文學上之真創造。使讀其書者，全認為真，不覺其有絲毫創造。在諸葛亮身上尚可感有幾許創造，而牽涉不到關羽。其實《演義》中關羽為人，亦本史傳，非盡虛造。而渲染其人，達到盡善盡美，十足無缺的地步，憑空為社會後世捏造出了一個為人群所崇拜的人物，而尊之為武聖人，此尤是《三國演義》之極大成功處。

若把《三國演義》與《水滸傳》相比，《水滸傳》情存譏刺，多從反面、側面寫；《三國演義》志在表揚，多從正面、重疊面寫。兩書風格不同，正是兩書作者性格之不同。惜乎今對施耐菴、羅貫中兩人生平無可詳考，所知不多。惟若謂羅貫中同時寫此兩書，或謂羅貫中同時亦參預了《水滸傳》工作，則必大謬不然。李白是李白，杜甫是杜甫。韓愈是韓愈，柳宗元是柳宗元。作品與作者，須能混並合一看。而作品與作品、作者與作者間，須能看其各具精神，各有性格，各自分別，各見本真處。此始見到了中國文學之最高成就。社會下層文學之在中國，其短處在只有作品，不見作者，未能十足透露出中國文學之傳統精神之所在。其有最高成就者，則在其作品中仍能不掩有一作者之存在，此惟《水滸傳》與《三國演義》兩書足以當之。

說者每以《水滸傳》、《三國演義》與《西遊記》、《金瓶梅》並稱為「四大奇書」，謂是明代小說中四大巨著。其實後兩書距前兩書已逾兩百年，明中葉之昇平期，學風文風，變而益漓，遠不能比元末明初之禍亂期。後兩書只具遊戲性、娛樂性，只有寫作技巧，何曾有寫作精神？內不見作者之心意，外不見作者所教導。

吳承恩屢困場屋，沉於下僚。余曾讀其《射陽先生存稿》，其詩文雖不在嘉隆七子之列，要之，無當於唐、宋以來之大傳統。當時譽者稱之，亦只能謂其乃李太白、柳子厚之遺，絕不能與杜、韓相比擬。其詩有曰：「一片蟬聲萬楊柳，荷花香裡據胡床。」其人生理想如此。其為《西遊記》，最多乃名士才人之筆，與施耐菴、羅貫中異趣。

尤其是《金瓶梅》，乃特為袁宏道稱許。因公安派同是傳統詩文中之頹喪派，放浪性情，實近墮落，其關鍵在有明一代學術之大傳統上。

蓋明初學脈，至方正學已斷，後起如吳康齋、胡敬齋、陳白沙諸人，皆是田野山林之隱淪派，仍沿元儒舊轍，而諸人詩文轉有傳統風度。陽明踵起，其詩文亦沿此一脈。而涉足政治，先有龍場驛之貶逐，後有擒宸濠後之憂讒畏譏，故王門後起，仍走回隱淪一路，多留滯在社會下層，不肯涉足政治。遂有公安派求於傳統政治上層文學中爭取大解放，則其同情《金瓶梅》，亦無足怪。或疑《金瓶梅》出王世貞，此決不然。明中葉以下之散文家，能承唐宋韓、歐遺緒者，惟一歸有光，但以一舉子老鄉閭間，未獲撰述上層政治文字之機會，僅在家庭友朋間，抒寫社會下層題材，彼譏世貞為「狂庸巨子」，名之曰「俗學」。然有光沒而世貞讚之，曰：「風行水上，渙為文章。風定波息，與水相忘。千載有公，繼韓歐陽。予豈異趨，久而自傷。」則世貞雖妄、雖庸、雖俗，絕非荒唐輕薄之流。其非《金瓶梅》之作者可知。

其時如南曲，亦不振，遠不能與初明比。王世貞詩：「吳閶白面冶遊兒，爭唱梁郎雪豔詞。」梁伯龍外，如鄭虛舟《玉玦記》，論其題材與其劇情，要之，不脫「庸俗」二字。而人稱其典雅工麗，此特指文辭與曲調言，不知此實壯夫所不為也。而王世貞《鳴鳳記》，卻仍帶有上層政治意味。記中以楊椒山與嚴嵩為中心，人物賢奸，政事清濁，昭然筆下。世貞父即為嵩下獄治死，《金瓶梅》亦因此牽上世貞。然世貞終為一正人，可以為《鳴鳳記》，決不至為《金瓶梅》。故論中國文學作品，必兼及於作者。作品內容，悉係於作者之心情；而作者心情，則悉係乎其學術之師承。若治中國文學僅從作品入，不從作者入，上無師承，則必下儕庸俗。其僅師作品，炫於名而忽其實，僅知文辭，不知文辭中之性情，此即庸俗之流也。俗者，在其僅限於世俗，不知有時代長久之綿延性。庸者，在其僅限於庸眾，不知有獨特廣大之感通性。惟其作者能上感千古，其作品乃能下感千古。所謂「以待知者知」，因此文學有傳統。此傳統屬公不屬私，必雅必不俗。儒家教孝，上有承，下有續，為孝子即不是一庸俗人。故曰：「入孝出弟，行有餘力，乃以學文。」先培養其德性，乃可進之以文藝。先為一不庸俗人，乃能為一文學作家，乃能有真性情、真人生從其作品中流露。有真性情、真人生，乃始有真傳統。以此衡量，晚唐之詩人詞客，遠不如初元之劇曲作家；明中葉之作家，亦遠不如初明。文運必與世運相通，當先論其世，乃可知其人，遂從而論其文。中明之世，俗態畢露，人人心中已無一大傳統存在，故其世局為不可久，亦不待觀之史，即其文而可推測以知矣。

至如明末，阮大鋮之《燕子箋》，知其作者，斯知其作品之斷為亡國之音無疑矣。其詞有曰：「春光漸老，流鶯不管人煩惱。細雨窗紗，深著清晨賣杏花。」斯亦纖豔清麗，真所謂綺麗矣。然不能只知流鶯，只知杏花，只知窗紗，只知細雨，乃茫然不知斯世之為何世，此日之為何日。豈此乃為雅人之深致乎！此篇所謂上層文學與下層文學，其主要分別即如此。果使中國文學盡皆如此，則世道何寄，人心何託？《詩》、〈騷〉以來三千年之文學傳統，豈固僅此而已乎！則又何來有此民族之文化，亦何來有此文化之民族？或謂此劇亦為吳應箕、侯朝宗輩所愛賞，不知此正亡國朕兆所在。侯朝宗輩，亦亡國人物也。豈僅亡國，如顧亭林所言，斯亦亡天下之朕兆也。

然幸亦終有不亡者在。清康熙時，孔東塘作《桃花扇》，即述侯方域、吳應箕、阮大鋮當時事，亡國之痛，歷歷在目，而秦淮名妓李香君，貞固節烈，猶得維繫民族文化之一線。較之《燕子箋》，遠不相倫矣。同時有洪昉思《長生殿》，在當時與《桃花扇》相頡頏，然而以中國文學之大傳統言，則終非其敵。至如李笠翁，則更等而下之。笠翁好作喜劇，自謂：「惟我填詞不賣愁，一夫不笑是吾憂。」其《十種曲》之庸俗無聊，即此十四字可以知之。又如尤西堂，亦明遺民，而為清廷之老名士，其所為諸劇，亦絕不見故國興亡之感。即如蒲松齡《聊齋誌異》，亦復無絲毫祖國餘思。然則滿人入關，較之蒙古，豈果更為成功乎？抑晚明社會較之南宋之遠為不逮乎？其中關係，恐學術分量更重於政治。而晚明遺老如顧亭林、李二曲、王船山、黃梨洲、陸桴亭之流，則皆在政治性的上層文學方面猶幸其尚存民族傳統之一脈也。

及於清之中葉，乃有蔣心餘，以名詩人稱。為其胸中非一刻忘世，乃有曲九種，其一曰《冬青樹》，以文天祥、謝枋得為經，緯之以南宋諸遺民，自謂：「落葉打窗，風雨蕭寂，三日成書。」是其蘊蓄觸發者深矣。其文詞淒厲，聲調悲壯。有說：「你看半江寒月，兩岸秋山，遊人甚多。在俺羅銑眼中，都是前朝眼淚也。」不謂至乾隆時，天下昇平，舉世酣嬉，心餘身為朝廷官，詩文名滿海內，乃其眼中，仍多前朝眼淚，《冬青》一樹，乃可與《桃花扇》後先暉映。此誠所謂傳統文學之精神所在也。

至如吳敬梓《儒林外史》，及曹雪芹《紅樓夢》兩書，雖固膾炙人口，視此為不類矣。《儒林外史》僅對當時知識界及官僚分子作譏刺，體不大，思不精，結構散漫，內容平俗，不夠說部之上乘。《紅樓夢》僅描寫當時滿洲人家庭之腐敗墮落，有感慨，無寄託。雖其金陵十二釵，乃至書中接近五百男女之錯綜配搭，分別描寫，既精緻，亦生動。論其文學上之技巧，當堪與《三國演義》、《水滸傳》相伯仲。然作者心胸已狹，即就當時滿洲人家庭之由盛轉衰，一葉知秋，驚心動魄。雪芹乃滿洲人，不問中國事猶可，乃並此亦不關心，而惟兒女私情、亭榭興落，存其胸懷間。結果黛玉既死，寶玉以出家為僧結局。斯則作者之學養，亦即此可見。跡其晚年生活，窮愁潦倒，其所得於中國傳統之文學陶冶者，亦僅依稀為一名士才人而止耳。其人如此，斯其書可知。較之滿洲初入關時有納蘭成德，相去誠邈然遠矣。

繼之有《兒女英雄傳》，亦為滿人文康作品。書中主人俠女十三妹，似乎針對著大觀園中十二金釵之柔弱無能。而何玉鳳、張金鳳同嫁安驥，亦似針對薛寶釵之與林黛玉。故其書亦與《紅樓夢》同名《金玉緣》。而文康與雪芹同是家道中落，其處境亦相似。殆文康心中，只知一曹雪芹，乃存心欲與一爭短長，其人之淺薄無聊又可知。即以此兩人為例，而此下滿族之不能有前途，亦斷可知。

同時有李汝珍之《鏡花緣》，其書亦以女子為中心。則更是消閒之作，無多感慨，不足登大雅之堂。由女子而轉為俠義，則有《七俠五義》、《施公案》、《彭公案》等，要之，同是消閒作品也。五言古詩起於晚漢，詞起於晚唐，白話語錄起於晚宋，劇曲起於金、元之際，白話小說《水滸傳》、《三國演義》起於元末明初，此等皆生於憂患之新文體，所堪大書特書者，因此於舊傳統之外又增入新傳統。惟明之一代，新舊傳統，皆不能發皇張舒，續有滋長。清代若稍勝於明，然中葉以後，亦復死於安樂，如《儒林外史》、《紅樓夢》，皆安樂中垂死之象耳。即詩古文舊傳統，亦僅勝於明，不能與宋相抗。洪北江、汪容甫之流，欲於老樹發新葩，以短篇駢文，敘述身世。曾湘鄉值洪、楊之變，其為古文，稍振桐城墜緒，然亦僅此而止。文運不興，即徵世運之衰。清中葉以後，亦無逃此例。

西風東漸，學者乃競唱新文學，群捧曹雪芹，一時有「《紅》學」崛興。豈彼輩乃求以《紅》學濟世乎？沉浸於舊文學傳統稍深者，終覺不能僅此兒女亭榭，即為文學之上乘；乃相繼比附，認為《紅樓夢》乃影射清初朝廷君臣事跡，此若稍近傳統之意，然終亦無奈考據之實證何。而一時意見，則以西方為例，謂文學何必牽附上政治。然不悟中西歷史雙方不同。讀中國文學作品，必牽涉到其作者。考究作者，必牽涉到其身世。其生平是何等人，乃可有何等作品。就中國傳統言，則吳敬梓、曹雪芹決不能與蔣心餘相比，阮大鋮更不能與孔東塘相比。推而上之，李白為詩仙，杜甫為詩聖，聖終勝於仙，此亦人更重於詩。謝靈運不如陶潛，宋玉不如屈原，文學作者為人之意義與價值更過於其作品。故曰：「一為文人，便無足觀。」此非輕視文學也。中國傳統觀念下，人的意義與範圍，非一職一業可限。故重通人，尤重於專家。有德斯有言，言從德來。詩言志，詩由志生。不能即以詩為志，更不能即以言為德。失德無志，更何詩文足道。中國傳統以人為本，人必有一共通標準。作者之標準，更高於其作品。作品之標準，必次於其作者。此即文運與世運相通之所在也。西方文學單憑作品，不論作者。欲求在中國文學史中找一莎士比亞，其作品絕出等類，而作者之真渺不可得，其事固不可能。在中國傳統文學中，必於作品中推尋其作者。若其作品中無作者可尋，則其書必是一閒書，以其無關世道人心，遊戲消遣，無當於立德、立功、立言之三不朽而謂之閒。是則在中國傳統觀念下，可謂始終無一純文學觀念之存在。豈僅無純文學，亦復無純哲學，純藝術，乃至無純政治。並無其他一切之專門性可確立。一切皆當納入人的共通標準之下而始有。所謂政治性上層文學，以其建立在人群最高共通標準上，故曰雅。所謂社會性下層文學，以其無此最高共通標準，故曰俗。若政治而無此最高共通標準，僅憑某幾人之權力地位，此乃霸道，非王道，亦非中國傳統觀念下之所謂政治也。

西方歷史演進，與中國不同，更要在社會之下層，與各業之專門化。近百年來，中國染此風尚，知識分子各自分業，可以終身與政治絕緣。若謂此是政治性上層文學，則必相鄙斥不齒。若謂此是社會性下層文學，則必群加推崇。此下演變，本篇無暇作深論。但若專就中國文學史言，則顯有此上下層之別，而且上層為主，下層為附。下層文學亦必能通達於上層，乃始有意義，有價值。如樂府，如傳奇，如詞曲，如劇本，如章回小說，愈後愈盛，必不當摒之文學傳統之外，此固是矣。然如《詩》、〈騷〉，如辭賦，如李、杜詩，如韓、柳文，亦同樣不得摒之文學傳統之外，決不當以死文學目之。縱謂其已死，乃死於今日以至後代。其在中國文學史上之地位，則栩栩如生，活潑常在，絕不能死。即在將來，其果死不復生乎？此亦大有問題。中國人生幾乎已盡納入傳統文學中而融成為一體，若果傳統文學死不復生，中國現實人生亦將死去其絕大部分，並將死去其有意義有價值之部分。即如今人生一兒女，必賦一名。建一樓，闢一街，亦需一樓名、街名。此亦須在傳統文學中覓之。即此為推，可以知矣。至新文學，其果當專限於神怪、武俠、戀愛、偵探等，而更不許較上層題材之加入否？其果專為遊戲消遣，庸俗閒暇所賞，而不許有人生更高共通標準之加入否？若真能寫一部像樣得體的中國文學史，確實以死者心情來寫死者，果真能使死者如生，則有了此一部中國文學史，對此下新文學之新生，舊文學雖死，宜亦有其一分可能之貢獻。此則本篇之作意也。今之提倡新文學者，其亦有意於斯乎？此固本篇作者所馨香禱祝以待也。

# 中國散文

## 一

中國散文本是對駢文而言，亦有是對詩而言。這是中國文學之一大支。就近代文學觀點看，除詩文以外，還應有詞曲、小說、戲劇等。但中國一向不重視小說，也不重視戲劇。在《四庫提要》裡，並無戲劇一目。

《四庫提要》所收詩文集中，散文就占了一半分量。可見散文在中國文學史裡比重極大。我們應該從中國文學史的發展中來講散文。反過來說，也可從散文的發展中，來窺知全部文學史。

再進一步說，如不從全部文化史作透視，也就無從徹底瞭解全部文學史。

西方文學如史詩、神話、戲劇等，開始就像是自然的、樸素的、天真的、民間的，以及地方性的。而中國則不然。中國文學雖亦源自民間，實際上卻經過了官方的一番淘洗。關於這點，卻被所有寫中國文學史的作者們忽略了。像中國最早一部文學作品《詩經》，就是出於政府的官書。若是地方性的文學，要滲透到全國的廣大範圍，就先須經過一層雅化。而此層雅化工夫，在古代則是操之於上層貴族手裡的，也可說操在政府的。這是由於中國地理、文化環境，與西方不同之故。

西方文學發展，普通是「說」，如神話、故事；是「唱」，如詩歌；是「演」，如戲劇。然而中國卻不這樣。在中國古代產不出像希臘的荷馬那樣的大歌唱家。這因中國國土大，語言難得一致。希臘城邦的單位小，又是語言統一，故歌唱家可以到處通行。在中國就不能。即如今天的京劇，還是不能通行全國。就如梅蘭芳、楊小樓那樣的名角，也只能在北方及華中一帶唱，到了廣東、福建等省，便不通行。

中國文學發達，與西方不同。主要緣於中國古代就有一個統一政府。各地地方性文學，要傳播到全國，不得不先經過政府之淘洗與雅化。因此我們說，中國文學主要決不是地方性的。

地方性的文學只在四個階段中滲透進文學範圍：

第一階段——是經過王官的淘洗，像剛才說過的《詩經》。

第二階段——是諸子百家言，如《莊子》、《孟子》等書中，就有不少民間故事。那些故事，因於透過了諸子的手筆，而始普及通行。

第三階段——如楚辭，它是代表當時楚地民族的文學，或可是由民間歌謠發展而來。但楚辭雖然有著鮮明的地方色彩，也還是透過了屈原、宋玉等人之手而成。實際上與第二階段仍多相同。

第四階段——是經過遊士之手。在《戰國策》中，所收有許多極好的散文。在那些散文裡，也附帶有不少本來是民間文學的素材。

這裡我們要特別提出，即中國文學的發展乃是由上而下，主要在貴族階級手裡來完成。西漢時的文學，乃由遊士之手，轉入宮廷的侍從們，像司馬相如等。直到那時，中國學術界，還未有純文學觀念出現。必待到東漢，才可說有純文學意態的觀念出現了。因此范曄《後漢書》裡，就首先有〈文苑傳〉。雖然過去已很久有極高的文學作品，但尚無明確地對文學有獨立的認識。許多散文其實只是應用文，甚至詩和韻文也都有應用氣味。

東漢的五言詩，才可算得是純文學了。像以前諸子百家著書，都不是純文學。嚴格說來，兩漢辭賦還是孕育在貴族宮廷手裡的一種應用文，也非純文學。

# 二

中國文學的確立，應自三國時代曹氏父子起。曹丕的《典論・論文》，是中國最早正式的文學批評。這在中國文學史上是一個劃時代的重要關鍵。因文學獨立的觀念，至此始確立。

中國文學另外一個特徵，常是把作者本人表現在他的作品裡。我們常說的「文以載道」，其實也如此。苟非其人，道不虛行，故「載道」必能載入此作者之本人始得。此又與西方文學有不同。設辭作譬，正如一面鏡子，西方文學用來照外，而中國文學乃重在映內。也可說，西方文學是火性，中國文學是水性。火照外，水映內。

漢、魏以後的文學，主要可看《昭明文選》。中國文學之有總集，不自《文選》始。惟《文選》所收集的，時間放長了，文體也放寬了。但《昭明文選》裡，不選經，不選史，也不選子，所收集的便只限於較近純文學的一部分。總分賦、詩、文辭三大類。由此可見昭明太子當時，已有文學獨立的認識了。尤其重要的，他不分詩與文，駢與散。這實在不像我們開頭所講，詩、文對稱，駢、散分立的說法了。換言之，散文也可有純文學價值了。

散文確獲有純文學中之崇高地位，應自唐代韓愈開始。韓愈提倡散文，實在有一些是採取《文選》中賦前之序而變化出來的。如〈送李愿歸盤谷序〉，為唐代一篇名文。此文有人把來與陶淵明的〈歸去來辭〉相提並論。我們若把《文選》中所收有些賦前之小序合看，便可悟其同出一類。又如韓愈〈送楊少尹序〉之類，此可謂是一種無韻的散文詩。韓愈於此等散文，本是拿來當詩用，這實在是一個脫胎換骨的大變化。再像〈祭田橫墓文〉，把祭文也改用散體。這一改變，遂破除了以前種種格調的限制與拘束。這也正如我們另換了一套寬大的衣服，而感得格外地輕鬆與舒適。散文在純文學中之地位崇高，其功當首推韓愈。

韓愈同時有柳宗元，下及宋代歐陽修等人，多擅記敘文章。如柳的山水遊記，歐的園林雜記如〈醉翁亭記〉之類，其實多有詩意。尤屬主要的，則須能把自己投入作品中。由於中國文學這一特性，遂引起後人為各著名作家編年譜，及把詩文編年排列，這又是中國文學與史學發生了關係。

宋、明理學注重人格修養，這正如韓愈所說：「我非好古之文，好古之道也。」尤其如朱子、陽明，是理學家中能文的。他們的文章，也都能把自己的日常生活一切事物及對外應接都裝入其詩文中去。從這裡，我們更看得清楚些，所謂「文以載道」，其實是要在文學裡表現出作者的人生。

由宋經金、元，駢文更走下坡路。到明代，駢文終於是沒落了，而散文則更為盛大起來。明代前後七子如王世貞、李夢陽和李攀龍等，都要力仿秦、漢。但比較有價值的文學家，還是要推歸有光，他是宗法唐、宋的。

歸有光極反對盲目模擬古人，並力斥前後七子的文章，都像是空架子，只在格調、詞藻方面下工夫。歸則以日常生活的描寫為主，他可算已抓住了極重要的一點，即是以文學來表現人生。這又回復到韓愈及宋學家們的精神了。

歸有光在政治上不得意，一生過的多是平民日常的生活。他因此最擅長在家庭中生活方面的描述，如〈項脊軒志〉、〈思子亭記〉等。他的文字很能學《史記》，尤其如〈外戚傳〉等。他從《史記》中領悟到寫文章的訣竅。關於這點，給清代的桐城派影響很大。他這種新的筆法，也可說唐、宋八家尚未暢行，可說給散文寫法又開闢了一條新路線。所遺憾的，是他的文章不能反映出當時的整個時代，這是因為他的生活環境限制了他。

## 三

談到清代的散文，多半只是桐城、陽湖兩大派勢力。桐城派的始祖是方苞，以後還有他的弟子劉大櫆和劉的弟子姚鼐。他們三人都是安徽桐城人，因而稱為桐城派。他們的系統，是遠宗唐、宋八大家的。

姚鼐在揚州、南京主梅花、鐘山書院諸講席，凡四十年，本桐城古文義法選輯《古文辭類纂》七十四卷。其中心貢獻在他為文章作分類的工作。他將各種文體，分為論辨、序跋、奏議、書說、贈序、詔令、傳狀、碑誌、雜記、箴銘、頌贊、辭賦、哀祭十三類。以後論文體者，莫不奉為圭臬。這是姚氏對文學史上一大貢獻。就《古文辭類纂》之文體分類言，實比《昭明文選》遠為進步了。但《古文辭類纂》也避去經、史、子專書不選，則仍是沿襲《昭明》意見。他又特別提出八個字來作為衡評文學的主要標準。此八字為「神」、「理」、「氣」、「味」、「格」、「律」、「聲」、「色」。此八個字遂為桐城派做文章的依據。我們可說神、理、氣、味四字，偏在文學的人生方面；格、律、聲、色四字，則偏在文學的技巧方面。桐城派主張義理、考據、辭章三者兼重，而桐城派言義理，其實有些即已涵在他們所舉神、理、氣、味、格、律、聲、色八字之內了。這是一個很有意思的主張。此神、理、氣、味、格、律、聲、色八字，即是文章與義理兼通互用融化合一了。因此桐城派主張文章的每一辭句，都得含有道德意味在內，都得慎細考慮，從嚴檢別。這樣的寫作態度，可算得是很嚴肅的。

又有陽湖派，如惲敬、張惠言諸人。他們能兼經、子、考據，因此陽湖古文雖是桐城別支，卻和桐城門徑廣狹不同。同時有洪亮吉，亦陽湖人，他亦能詩文，尤喜以駢文寫作，創為新駢文體。

我們再回頭看古文派的唐、宋八家，是以韓愈為主的。韓愈雖為散文提高了其純文學中之地位，但韓的文章實是從經、史、子中蛻變而來的。但以後的古文家，尤其在明、清兩代，漸漸不能遵從這條路了。這確是一大錯誤。從歸有光、方苞以下，古文的氣味轉弱，漸不夠有力了。古文派之所謂文以載道，本來是要抓住人生的道，而來表現在文學之中。並不是即以文學來表現文學。散文之所以被重視，正是因為它最容易表現人生。而桐城派在此方面之成就，實遠比不上唐、宋。

關於中國散文的確立及其發展，已經講過不少。下邊我們再提出一個反對的意見。章學誠所著的《文史通義》，也是我們研究近代文學所必讀的書。那是一部講文學及史學的通論。他說：「六經皆史。」就是說，古代的經學，實在也就是史學。這一論點，實是針對當時的經學派而發。當時對立的兩大派，經學派以戴震為首領，文學派當推姚鼐。他倆都沒有做過大官，戴只是個舉人，姚曾考為進士。

自歸、方評點《史記》的傳統，學文學應該讀《史記》，這已成為桐城派相傳的真訣。桐城派還特別看重評點。而章學誠則加以反對。就常情說，評點只能當為學文的入門，不能算是學文的歸宿。章氏說：「以古人無窮之文，而拘於一時之心手。」這是對評點的一針見血之論。

章學誠對文學的另一看法，他說：「文章之變化，非一成之文所能限。」這也可說，學文學不能單從文學本身去學。這一觀點，卻近於韓愈「文以載道」的說法。不能認為文學即是道，而是寄道於文學中。從這一觀點，章氏又申述「讀書養氣之功，博古通今之要，親師近友之益，取材求助之方」諸語。照這樣做來，則可成為如古代諸子，成一家之言，而不專限在文學中去學文學。因為章氏對當時的兩大派，經學與文學，都不滿意，而極想創造出一條新路徑。他當時評論古文，寫出〈古文十弊〉一篇，也是很有力量的。

章學誠又說：「文成法立，未嘗有定格。傳人適如其人，述事適如其事。」這是以文來寫人或事，不是以文來寫文。他這樣講文學，可謂已講到較高的一步了。最後他又講「文德敬恕」。他說寫文章最重要的態度，還是敬與恕。如果能這樣，在臨文時就當檢其心氣。他還主張，應明古人之大體，而文之工拙尚其次。這些意見都很重要。一般人寫文章，多不懂得這些大道理，又哪能注意到文德與敬恕呢？

其次，對桐城派提出批評的有阮元。他說六朝言文，一定指有韻的。由他這論點，引起經學考據家言文學之新根據來反對桐城派。但桐城派由於後起曾國藩的發揚光大，也能直延續到清末。

曾國藩遇到姚鼐弟子梅伯言，他又在倭仁處學得宋、明理學，繼在軍中選了《經史百家雜鈔》一書，分論著、辭賦、序跋、詔令、奏議、書牘、哀祭、傳誌、敘記、典志、雜記十一類。在文章分類方面，大體還承襲姚鼐。但他主張經、史、子同時就是文學，卻把文學門戶擴大了。曾氏又另選了一部《十八家詩鈔》。他主張學詩應分家去學，先注重作家，再從此作家來學此一作家之詩。此意見極重要，實在大堪注意。

曾氏批評古文，曾說：「古文無施不可，惟不宜說理耳。」此說亦甚有意思。因就散文在純文學之境地中來講，自然是不宜多於說理的。他又以為詼諧文並不好寫，他能在文章中特別提起詼諧一格，也是從純文學觀點出發。他最喜歡雄健的文章，他又主張學《漢書》，則是兼顧了當時考據學派如阮元等人的意見了。因此他的文章，多能宏深駿邁。實際上，曾氏已把桐城派加以改變。他一生在三十多歲時，始向學問路上跑，四十三歲進入軍界，六十二歲作古。他的文章能越過姚鼐，可獨成一家，但在學術界，則影響並不大。

到清末，王先謙有《續古文辭類纂》，補選清代之文，承續姚氏選法。又有曾國藩弟子黎庶昌，亦有《續古文辭類纂》，其所選文承續曾氏，兼及經、史、子，可補姚氏所未備。有吳汝綸私淑姚氏，少長，受知於曾國藩。晚年任京師大學堂總教習，遊日本考察教育。此君可為桐城派之殿軍。至章炳麟，乃經學中之古文學家，精訓詁，喜魏、晉文，又夾以先秦諸子來寫文章。以先秦諸子與魏、晉參合來創新文體。其實這一路徑，在龔定菴已開始。與章同時，有康有為，乃今文學家，與其弟子梁啟超，亦創新文體。康文渾灝流轉，可說是貽近於兩漢賈、董諸人。另有介紹西方文學的嚴復幾道和林紓琴南。嚴偏重哲學方面，林則是介紹西方小說的第一人。

嚴、林皆福建人。嚴先曾去英國學海軍，學識淵博，國內六十年來翻譯西方學術著作之多，無人可比。譯有《原富》、《天演論》、《群學肄言》等。從吳汝綸學古文，其所譯《天演論》序文，即請吳作。關於翻譯西書的技術，他定下「信」、「達」、「雅」三原則，作為後人譯書之準繩。

林紓先後譯有小說共一百五、六十種，包括美、英、法、挪威、西班牙、比利時以及瑞士等國。特別介紹歐文 (Washington Irving)、狄更斯 (Dickens)、大仲馬 (Alexander Dumas Pere)、小仲馬 (Dumas Fils)、托爾斯泰 (Tolstoy) 等諸名作家的作品。他有文學天才，能對原書的旨趣有極深刻的領悟，能把西洋文學融入中文。他用《史記》筆法來寫社會，寫人生。他雖不認識英文，只靠別人口述而他筆受的本領，居然能譯一百多種外國小說。質的方面不談，單以量來說，也實在夠驚人了。這的確是中國文學上的一項了不起的譯作。大體論來，林是沿了桐城派路徑而有成，嚴則偏於湘鄉及晚清看重諸子的影響為多。

## 四

以上關於古代及近代中國散文的演變已說了不少，現在該提到白話文了。民國六年，胡適發表了〈文學改良芻議〉一文，在該文中提出了改良舊文學的八項意見：

一、須言之有物。
二、不模倣古人。
三、須講求文法。
四、不作無病之呻吟。
五、須去爛調套語。
六、不用典。
七、不講對仗。
八、不避俗字俗語。

在全部中國文學史中，不論古今，真稱得上一件文學作品，真稱得上一位文學作家，何曾犯有胡適所舉之各病？文學中講及對仗，並非即文學之病。文學既有一傳統，又哪能絕無模倣？實際上，在胡適以前，已有人寫白話文了，如黃遠庸即是其中之一。然而正式提倡白話文，乃自胡適始。可是胡適實不是一位文學家。當時可當得文學家的，應算魯迅、周作人。魯迅一生的文學生涯，可分三階段：

一、同周作人譯《域外小說集》，那是有意學林紓的。
二、《吶喊》時期，這期間的文學意味夠濃厚。他的精神，實近於唐、宋八家，在文學中描寫人生。例如其中的〈社戲〉、〈孔乙己〉、〈藥〉、〈故鄉〉、〈端午節〉……等，都是偏重日常生活的描寫，實在主要是以描寫人生來作文章。

三、捲入政治漩渦以後，他的文字更變得尖刻潑辣了。實在已離棄了文學上「文德敬恕」的美德。

說到今天的問題，過去的一切，都忽略了。大家正處在舊的沒有，而新的還未產生出來的這一段真空地帶裡。總而言之，人的聰明，大體都還是一樣的，所差是我們這一代，尤其是近百年來，沒有一條可依歸的路。文學如此，其他學術也如此。因而大家的聰明，都近空費。目前最重要的課題，在能開一條路，使以下人才都因這條路而興起。

現在的我們，過去的路，因無興趣而不走了，同時又不知道該向哪條新路走，因而像是陷於迷路中。但知道「山窮水盡疑無路，柳暗花明又一村」，只要真懂得人生，真能瞭解文學史之大綱大節所在，艱險奮進，終可以創出新路，產生這時代的好文學來。

說到這裡，我該作一個結束了。其實我對文學並沒有甚麼研究，只是就我過去所曾留意到的一點舊知識，供獻給各位作參考就是了。

# 中國文學中的散文小品

## 一

韻文與散文在中國文學史上的地位，可謂平分江漢。通常一般人看散文比韻文尤高，許多詩文集，散文列在前，詩列在後，即其證。何以散文在中國文學中占較高地位，甚值討論。我想中國文學中之散文與韻文，正如中國藝術中之字與畫。有時書家更受重視勝過了畫家，這也是同樣的道理。

今天所講是中國散文中的「小品文」。所謂小品文者，乃指其非大篇文章，亦可說其不成文體，只是一段一節的隨筆之類。但這些小品，卻在中國散文中有甚大價值，亦可說中國散文之文學價值，主要正在其小品。

## 二

中國最古的散文小品，應可遠溯自《論語》。普通把《論語》作經書看，認為是聖人之言，不以文學論。然自文學眼光看來，《論語》一書之文學價值實很高，且舉幾例：

子曰：「歲寒然後知松柏之後凋也。」

此一章只一句話，卻可認為是文學的，可目之為文學中之小品。又如：

子在川上，曰：「逝者如斯夫，不舍晝夜。」

此章僅兩句，但亦可謂是文學，是文學中之小品。

以上兩章，後人多取來作詩題和詩材用。即論此兩章文字，亦是詩人吐屬，只是以散文方式寫出，大可說其是一種散文詩。詩必講比、興，而此兩章則全用比、興，話在此而意在彼，所以得稱為文學，而且特富詩意。

詩有賦、比、興三體。賦者直敘其事，把一事直直白地寫下，似乎不易就成為文學。惟賦體用韻文寫，始較易成為文學的作品。古人謂：「左史記言，右史記事。」記言記事都屬史。《論語》本係一部記言記事的書，記孔子之言行，屬賦體，而又用散文寫出，照理應不屬文學的。但《論語》中此類直敘其事的短章，亦有很富文學情味，實當歸入文學者。例如：

子曰：「賢哉回也，一簞食，一瓢飲，在陋巷，人不堪其憂，回也不改其樂，賢哉回也。」

此章純屬賦體，無比、興，全文共二十八字，而「回也」二字重複了三次，「賢哉」二字重複兩次，且又多出了「人不堪其憂」五字，像是虛設。本為讚顏子，何必涉及他人？此一章如用劉知幾《史通》「點煩法」，則二十八字中應可圈去十一字，大可改為：

一簞食，一瓢飲，在陋巷，不改其樂，賢哉回也。

此章正為多出了上舉之十一字，便就富了文學性，此所謂詠嘆淫泆，充分表達出孔子稱讚顏回之一番內心情感來。「人不堪其憂」五字，正是稱讚顏回的反襯，是一種加倍渲染。此章正為能多用複字複句，又從反面襯托，所以能表現得讚嘆情味，十分充足。若在字句上力求削簡，便不夠表達出那一番讚嘆的情味來。又如：

飯疏食，飲水，曲肱而枕之，樂亦在其中矣。不義而富且貴，於我如浮雲。

此章也是直敘賦體，若在「樂亦在其中矣」一句上截住，便不算是文學作品了。但本章末尾，忽然加上一掉，說：「不義而富且貴，於我如浮雲。」這一掉，便是運用比、興，猶如畫龍點睛，使全章文氣都飛動了。超乎象外，多好的神韻。因此此一章亦遂成為極佳的文學小品。

相傳清代乾隆下江南，路遇雪景，脫口唱道：

一片一片又一片，
兩片三片四五片，
六片七片八九片。

這是俗諺，不成詩，下面又沒法接得下，但紀曉嵐從旁接道：「飛入蘆花皆不見。」這一句也成為畫龍點睛，使上三句全都生動了，這就有了詩境和詩味，勉強也算得是詩了。此事固非實有，只是瞭解文字的人捏造來譏笑乾隆。但我們正可借來說明，一段文字，如何便不成為文學，如何便可被目為文學之所在。

再如：

顏淵死，子哭之慟。從者曰：「子慟矣。」曰：「有慟乎？非夫人之為慟而誰為？」

此章既曲折，又沉著。孔子當時自己哭得很悲傷，但他不自知，要由學生在旁告訴提醒他。那是何等描述，真好極了。可見即是賦體直敘，也可成為好文學。往下「曰有慟乎」四字，問得更妙。孔子哭得悲傷，但孔子不自知，旁人提醒他，孔子還是模糊如在夢中，一片癡情，更見其悲傷之真摯。文學最高境界，在能表現人之內心情感，更貴能表達到細緻深處。如是則人生即文學，文學即人生。二者融凝，成為文學中最上佳作。聖人性情修養到最高處，即是人生最高境界。如能描述聖人言行，到達真處，自然便不失為最高文學了。再往下「非夫人之為慟而誰為」，這一掉尾又好。孔子自知哭得過哀了，而還要自作解譬，說：我不為他哭成這樣，又將為誰呢？本章裡所表現出的情感真是既深摯，又沉痛。《論語》記者能用曲折而沉著的筆法來傳達，遂成文學上乘。若不沉著，便不悲痛；而愈曲折，則愈沉著。若我們要表達一種快樂心情，便不能用如此筆調。試把此章和「賢哉回也」章比讀便知。

上述此章，真可說是中國散文小品中一篇極頂上乘的作品了。現在再舉一例，普通不當作文學看，其實卻是上好的文學：

子曰：「道不行，乘桴浮於海，從我者，其由乎！」子路聞之，喜。子曰：「由也，好勇過我，無所取材。」

此章記孔子之概嘆而兼幽默。愈幽默，則愈見其概嘆之深至。重要在臨末「無所取材」四字。朱子解「材」字作「裁」字義，說子路修養不夠，還須經剪裁。此注未免太過理學氣味了。他說：「孔子並非真要乘桴浮海，只是慨嘆吾道之不行，但子路認錯了，以為孔子真要和他乘桴浮海去，聽了孔子稱讚他，喜歡不禁，實見他沒有涵養。所以孔子說：由呀！你真好勇過了我，但你這一塊材料還須好好剪裁一番呀！」這樣說，也非說不通，只是違背了文理。作文必先有作意，但作意不能雜，只能把一項作意來作一篇文字的中心，如此寫來便有了一條理路，此即所謂「文理」。清儒姚惜抱嘗舉「神、理、氣、味、格、律、聲、色」八字，作為衡量一切文章的標準。「神」是形而上，「理」是形而下，二者實是一事。此章既是一種概嘆，下文忽轉成教訓，短短幾十字，就有了兩種作意，兩條理路，在文理上說就不對了。理路分歧，便引起了神情渙散，不凝斂。上面正在慨嘆，下面忽發教訓，慨嘆既不深至，教訓亦覺輕率，想孔子當時發言，亦不致如此。所以此處「材」字，只應解作「材料」意。孔子說：「你能和我一同乘桴浮海，那是好極了，但我們又從何處去取為桴之材呢？」此一問，只是詼諧語，語意極幽默。孔子此處本在慨嘆吾道不行，而吾道不行，正為其無所憑藉；不僅無所憑藉以行道於斯世，即乘桴浮海亦須有憑藉。但孔子說：「我們連此憑藉也沒有呀！」此末尾一句，乃從詼諧中更見其感慨之深重。本章文字，全不落筆在正面。初看若很沉隱，但越沉隱，卻越顯露。此是文學中之涵蓄，但涵蓄中要見出得更明顯，不能晦，卻要深，那是文章難處，亦是文章高處。

或者會疑及《論語》記者未必真有意在要寫好文章，如我以上之所舉，或可是一種曲解，否則也是偶然有合。這裡我且再舉一例，初看像乾燥無味，決不是文學性的，而實對講究文學有關：

子曰：「為命，裨諶草創之，世叔討論之，行人子羽修飾之，東里子產潤色之。」

鄭為當時小國，全靠子產長於外交而能獲存在於晉、楚兩強之間。他們當時寫一篇外交辭命，亦要由四個人合力來完成。先「草創」，後「討論」，又次「修飾」，最後則有「潤色」。其實寫任何一段文字，亦應有此四過程：先把作意寫出來，是草創；在作意上有問題，須討論；經過這兩步工夫，那文章的實質方面，便大致完成了，於是再有修飾和潤色工夫。惟此所謂修飾和潤色的兩番工夫，究如何分別呢？我今且只就這一章本文來試為此兩項工夫作解釋。

這章凡列四人，即裨諶、世叔、子羽和子產。為何在子羽一人之上獨要加寫「行人」這一官銜呢？正因子羽是鄭之使官，負責傳達外交使命的正是他，所以在四人中特別為他加了「行人」

二字。就作文的技巧上說，特加此一官銜，這就是一種「修飾」了。得此一番修飾，可見鄭國當時，即非行人之官，也參加作辭命，那是子產在外交上之審慎處。而且行人之官所參預的，只是辭命中之修飾一項，更見子產安排之妥當。

再下面說到子產。如果在他上面不再加以一種稱謂，就覺行列不整。就文采文氣言，皆有缺。等如四個人在街上走路，中間第三人單獨戴著一帽子，其餘三人都不戴，就顯得這行列不調和、不好看。如果那戴著帽的是第一位或第四位，也勉強過得去，現在偏是第三人戴著帽，於是就得讓第四位也戴上一頂來作陪襯，那才比稱得較像樣，所以本章在子產頭上也得戴一帽。可是甚麼帽才好呢？若亦用官職，又覺不妥當。因本章只是子羽一人官職有關，其餘三人不必舉官職，若子產也加上了官職，反而容易引起誤會，像因他是執政者，因而特地加上了官銜。記者存心要避免這一層，於是經過一番斟酌，而改稱為「東里子產」了。此等於戴上了一假帽，就全章文字看，就整齊了。其實這「東里」二字，就文章本質論，本是可有可無的，亦可說是並無意義的。今特為增出此二字，這就是文章的「潤色」之工了。潤色與修飾之分別，於此亦可見。在孔子說話時，斷然是只說子產便得，決不會說東里子產的。這正可見《論語》記者寫出此章時，是下了文字上之潤色工夫的。孔子說：「不學《詩》，無以言。」當時孔子弟子，及孔門後學，必然都極看重文學修養。故今傳《論語》，縱不能說其全是文學的，但至少也不是非文學的，更不是不文學的了。

就文學言，《論語》中好文章，不止如上舉，上面則只是舉例而已。

## 三

《論語》之後，《小戴記》中的〈檀弓〉，也多文學小品。〈檀弓〉所講，都與喪葬之禮有關。記禮的文字，必然是呆板的。而喪禮又太嚴肅、太枯槁，似乎皆非文學題材。但〈檀弓〉篇中，卻不乏很多很好的小品文。這是難能可貴的。

《孟子》七篇，都是大文章。縱然是短篇，但仍用寫大文章的筆法寫。所以《孟子》一書，雖儘多極好的文學作品，但卻不是小品文。孟子好發大議論，議論說理，則與小品文不相宜。只有像「齊人有一妻一妾」章等，篇幅雖不小，卻該算得是小品。但在《孟子》七篇中，此等文章並不多。

由此說到《莊子》。莊子的文學天才實在了不得。他最擅長用比、興的手法，書中許多神話、小說、故事，多只是比、興。把《莊子》各篇尤其是〈內篇〉七篇，拆開逐段看，都是上等極妙的小品文，一拼起來，卻成了大文章。把小品拼成大文，《論語》中也有，如〈微子〉、〈鄉黨〉兩篇。〈微子〉篇中有許多章絕妙的小品，此事易曉。但〈微子〉一篇，各章可以先後配合，成為一整篇，懂得到此的便少了。又如〈鄉黨〉篇，本來不應是文學的，但最後加上「山梁雌雉」那一章，便使全篇生動，把各節都成了文學化，這最見記者編排篇章之一番匠心。但我們必須讀通了中國以後的散文，方可回頭來讀此兩篇，領略得它文學的意境。

《莊子》書中，〈逍遙遊〉很難懂，〈齊物論〉更難。《莊子》全書幾乎篇篇都難懂。一篇到底，一氣貫注。其中易懂的，反而不是莊子真筆。但我們不妨把它難懂的各篇拆開來，一段一段當作小品文去讀，便都易懂了。《莊子》是一部說理的書，說理文很難文學化，而且尤不宜作小品文。但莊子做到了，把說理文來文學化，來小品化，這真是文學中之最高境界。他的祕訣，便在用比、興法來寫小品文，再把小品彙合成大篇。《莊子》一書，可說是中國文學中最高的散文。後來的純文學作品，反而都難與之相比。假如在中國古典文學中，尋其他作品來比較，《論語》可比《詩經》，而境界尤高。《莊子》可比〈離騷〉，而〈離騷〉的文學情味，其實也並不比《莊子》高出。

《戰國策》中有許多小品文，亦很好。亦有許多小品，只錯見在大文中。但以較之《論語》、《莊子》，便低了。

至於楚辭，那是韻文，但其中如〈卜居〉、〈漁父〉，實也是散文，也該列入我此刻所講之散文小品中。《論語》中如「於我如浮雲」章，我說它是散文詩，則如〈卜居〉、〈漁父〉等篇，也可說是散文賦。由此可知，中國文學本不必嚴格分韻、散。從文學論，韻、散技巧雖不同，而境界則終是一樣的。

## 四

到了漢代，中國成為一個大一統的國家了。因此漢人喜作大文章，如漢賦及漢人奏議等都是。當時大文學家像司馬相如、揚雄等，皆喜作大文章。只有司馬遷，卻能作小品文。《史記》中各篇之「贊」，都是散文小品，都為境界極高之作，像〈孔子世家贊〉便是。本來讚孔子是很難的，但史遷那篇贊，仍能寫得有情調，驟然讀來，只見是平淡，但平淡便是文學中一種高境界，千萬莫忽略了。太史公的大文章也和《莊子》一樣，《莊子》是說理，《史記》是記事。論體與賦體，本都不宜於文學的。但莊周與太史公都能以小品拼成為大文，否則在大文章中穿插進小品。即如〈管晏列傳〉、〈蕭曹世家〉等，都把幾件小故事穿插其中，而使全篇生動，有聲有色。所以讀《史記》，也要懂得拆開一則則地讀。要看其如何由短篇小品再拼成大篇，然後再一篇篇地把《史記》全部一百三十篇一氣讀，要看出一部《史記》，竟是一篇大文章，那就更難了。

可是漢代亦只得一司馬遷能作散文小品，其他都是些韻文作者，而且多愛寫大篇。反而把文學性能減低了。揚雄晚年自悔少作，目之為「雕蟲小技」。但他晚年模倣《論語》作《法言》，模倣《易經》寫《太玄》，卻多不能算是文學的。故總括來說，漢代文學境界不算得很高，除了太史公。這正因為漢人不懂寫小品。

# 五

這裡面有一個大關係，正因中國古人，似乎並不太注重在純文學方面。他們寫的，如說理文、記事文、討論政治問題等，都是些應用文。甚至如《詩經》、〈離騷〉，論其動機，亦在政治場合中觸發，並非一種純文學立場。而要在實際應用文中帶進文學的情味，便走上了小品文穿插進大文章這一條路。直要到東漢末年建安時代，始是文學極盛的時代，也是開始注意要純文學獨立地位的時代了。其時乃有新的韻文，他們懂得改寫小賦，又有建安體的詩，那都是韻文方面的進步。而同時又有極精的散文小品，尤其如曹氏父子的書札，更是絕妙上品。再往下發展，又有在賦前面的小序，那些都是極妙的散文小品。即如王羲之的〈蘭亭集序〉，也算是好的小品，使我們覺得王氏不特書法好，文學也絕佳。

再下則如陶淵明之〈桃花源記〉和〈五柳先生傳〉等，都為極高境界之散文小品。即如他的

〈歸去來辭〉，亦可說是小品的賦，亦都是甚高的文學境界。

再說到《世說新語》，那一書裡所收，有些都是散文小品中上乘之作。還有《水經注》，雖是一部大書，但分開看，其中亦有描寫極好，可當得散文小品的。

## 六

唐代直到韓昌黎文起八代之衰，以及他同時的柳宗元，他們兩人提倡古文，其實亦皆以散文小品為最成功。如韓之贈序，柳之雜記，那全是古文中之新體，其實則都是些不成體的小品而已。韓、柳小品都寫得很好。不像〈原道〉、〈封建論〉等大題目，反而在文學眼光中看來不很出色了。寫字有用寫大字的筆法來寫小字的，又有用寫小字的筆法來寫大字的。韓、柳便懂得這方法，他們都能寫小品。即如韓之大文，如〈張中丞傳後序〉等，也都用小品堆成。這是他學得《史記》之神髓處。

人稱韓昌黎「以文為詩」，其實他更能「以詩為文」。如韓昌黎之贈序，其實都是以詩為文。又如書札，如其〈與孟東野書〉，可說是小札；〈與孟尚書書〉，可說是大札。猶如太史公〈報任安書〉是大札，楊惲〈報孫會宗書〉則是小札。楊惲模倣太史公，把寫大信件的筆法來寫小信件，遂成絕妙書札。韓愈懂得此巧妙，大信件、小信件，都寫得很好。如其〈與孟東野書〉，可稱是一首散文詩。唐人喜歡寫詩贈人，韓昌黎改用贈序和書札等，外形是散文，內情則是詩，是小品的散文詩。我常說韓文很多可稱是散文詩，其實清代文學家早就說過。清人認為韓愈的〈題李生壁〉，是一首無韻之詩，那便是說它是一篇散文詩了。又如柳宗元的雜記，尤其是山水遊記，則可稱為散體的賦，即無韻的賦。散文詩則是無韻之詩。

宋代能寫小品文的，以歐陽修、蘇東坡為最佳。王荊公能寫短文，但實都是大文，不是小品。如其〈傷仲永〉之類，可算小品，但不多見。歐陽修大文章固好，其贈序、雜記一類小品文更佳。蘇東坡小品最好的莫如《志林》，《志林》，全是些隨筆之作，篇幅有大有小，但均是絕妙的散文，又都是小品。《志林》中有一、二百字一篇的，也有數十字一篇的，都像只是輕描淡寫隨意下筆，不像用心要做大文章，這所以更好了。當然有些文章不能輕描淡寫而定要嚴肅深沉的，正如做客人則必得莊嚴些，在家閒居就可比較隨便些。

## 七

到了明朝，文人多喜歡作大文章，但很少人懂得文學真趣。只有歸有光，可謂獲古人文學真傳。他一生不得意，沒有做大官，寫文章逢不到大題目，因而多做了些小品文，只寫些家庭瑣事，卻使他成為明代最好的一位散文家。

民國五四運動時，大家提倡白話文，高呼打倒甚麼等口號。但這些只是劍拔弩張的標語，不能成文學；而且都該發大議論，不宜作小品。遂有林語堂提出寫小品文的號召，這一提倡甚有意義。但他不知《論語》、《莊子》、《史記》、魏晉文，下至韓、柳、歐、蘇，都有小品，並多以小品見長。明代歸有光，便是小品文大家。而他偏要提倡人學晚明鍾、袁諸人的小品。其實，小品在文學中有其極高境界，但不應有意專要寫小品。猶如一個人存心學裝大樣子，固不好；但故意要裝小樣子，更不行。鍾、袁諸人只因有意要寫小品，反而寫不好。但非在文學上真有修養，也不易分別出孰是有意，孰是無意。

清代桐城三祖的方望溪，他的文筆很可作小品，但終嫌太規矩、太嚴肅。劉海峰則根本不能作小品文。姚惜抱小品文也很少，他所選的《古文辭類纂》用意也偏重在大文章方面，縱然裡邊選到了許多小品，但也給人忽略了。現在人懂讀《古文辭類纂》的很少，但讀《古文觀止》的還很多。《古文觀止》只是通俗的選本，本無價值，但《古文觀止》裡面卻多選小品文，因而極流傳。惜乎《古文觀止》的編選人，自己不深懂文學，亦僅用他通俗的眼光來選到這些小品而已。

桐城派中有吳敏樹，算能寫小品，有幾篇寫得很好。但他自負很高，他不肯自認為學歸有光。

至於曾國藩，不能寫小品文，他亦不看重歸有光。他說以前人都學《史記》，他認為要兼學《漢書》，因《史記》行文是單的，《漢書》行文是偶的。其實《史記》正與《論語》同一格調，《漢書》則與《孟子》格調較近。這裡正有大文與小品之分。曾國藩因看不起歸有光一類的小品文，故而要教人學《漢書》與《文選》。他講《文選》，也都愛講長篇大賦，下筆篤重，又須格律嚴正，規模像樣，但不宜入小品。

其他清人能寫小品文的有汪中、洪亮吉、汪縉諸人，格調皆甚高，惜不為桐城派文人所欣賞。龔定菴也能寫小品。他們都從先秦或魏、晉學來。

## 八

現在講到民國五四時代。新文學運動起來，大家去讀先秦諸子，但似沒有從文學上用心，無意中都走上作大文章，發大理論的路。如他們高呼「打倒孔家店」、「全盤西化」等口號，此等全該作大文章。他們既無文學修養，亦少文學情味。因此都不能寫小品。

文學本是表情達意的工具，即如寫封信，也得下工夫。這正亦是文學。但寫信只宜作小品，不宜作大文。只有像司馬遷〈報任安書〉是大文，而能佳。但此極不易。最好是以小品文作法來寫信。我們真要學小品文，不妨從學寫信開始，但這事卻並不容易。

五四以來，寫文章一開口就罵人，不是你打倒我，就是我打倒你，滿篇殺伐之氣，否則是譏笑刻薄，因此全無好文章。即如小說、戲劇等，平心而論，至今亦尚少幾本真好的。只有魯迅。但魯迅最好的也是他的小品。像他的《吶喊》之類，這和西方小說不同，還是中國小品文傳統。周作人便不如魯迅了。他寫文像要學蘇東坡《志林》一類，但東拉西扯，只是掉書袋，很多盡是有意為之，因而少佳趣。他亦因有意要寫小品，反而寫不好。如陳獨秀，文多殺伐氣。胡適之，喜歡說俏皮話，亦不是真文學。又如近人多喜歡讀《紅樓夢》、《水滸》，那些也都是大文章。他們之長處，也都在能以小品文拼成之。又如《聊齋誌異》或《閱微草堂筆記》之類，內中卻儘有很好的小品，但近人多不注意了。

## 九

說到今天的文學氣運，應該是文體解放的時代了。如以前姚選《古文辭類纂》所收的十三體文章，各有格律，規矩森嚴，但現在人都可以置之不理。這真是文體解放了。但真要寫好文章，還不如先寫些無題的小品文。韓昌黎的小品，就如無題詩一樣。只要寫得好，寫封書信也就是文學。在報章上寫報導、通訊、雜記等，也都能成文學。只因現代人只知在句子上用技巧，尚雕飾，用幾個別人不用的字，或模倣外國句法——這都不一定就是好文學。

而且文體解放，也並不是說你想說甚麼就可寫甚麼，這不便算得是文學。因於沒有文學，遂不見了性情；因於沒有性情，遂不感到做人和作文要修養。這事有關人生世運極大，影響極深極重。我們若真要恢復文學，發揚文學，主要不必定在學西方，也不須定要寫小說、寫戲劇，也不必定要把歷史、哲學都帶進來。單看重文章的實質方面，且望能輕輕鬆鬆地寫些小品文，隨便的，不成體的，抒寫性靈，卻反使你走上文學道路。但千萬別說想甚麼就得寫甚麼。當知在文學上，也有該說的，有不該說的；有該如此說，不該如此說的。不能說高興寫甚麼就寫甚麼，是我的自由。文學也得好好學，不能儘自由。

再往深處說，我們學古人，也並不是只要學他寫文章。更要的，還是學其人。孔子在《論語》一書中所表現的，有他各式各樣的神情與意態，讀《論語》可見孔子為人之真面目。太史公說：「余讀孔氏書，想見其為人。」我們學文學，主要應在此。

今天我講散文中的小品，可說是希望各位能在文學上開一條路，由小品而大篇，漸成一大作家。

# 中國古代文學與神話

任何一個較原始的古代社會，必然會有許多神話流行的，中國也不能例外。但中國古人，為何偏偏不能或不愛運用這些神話來作文學題材呢？這一問題，實在值得我們提出來注意研究和討論。

我常想，一部理想的文學史，必然該以這一民族的全部文化史來作背景，而後可以說明此一部文學史之內在精神。反過來講，若使有一部夠理想的文學史，真能勝任而愉快，在這裡面，也必然可以透露出這一民族的全部文化史的內在真義來。因於言為心聲，文學出於性靈，而任何一民族的文化業績，其內在基礎，則必然建築在此一民族之性靈深處。

在中國古代文學裡，也未嘗沒有神話的成分。讓我們舉一較顯著的例，即如《詩經・大雅・

生民》之詩，乃是述及姬氏族始祖后稷的許多神話故事的。后稷是姬氏族開始發明耕稼的人。在姜氏族裡面，也同樣有他們開始發明耕稼的始祖，便是神農。就字義言，神農即如后稷，后稷即如神農，同是一位開始發明耕稼的。姬、姜兩氏族，在其到達於耕稼生活的時代，同樣追述他們的始祖如何發明耕稼。這些傳說裡，必然夾雜進許多的神話。但不幸神農的一些神話，在後代沒有好好地流傳，而后稷的神話，則在〈大雅．生民〉之詩裡保留下來了。我們現在只知神農是神農，連神農的名叫甚麼也不知道，而后稷則我們知道他名叫「棄」，並有他很多的故事。這裡只告訴我們，神農的故事傳說，或許起得較早，而流傳保存得又較狹而較少，因此不能詳。后稷的故事傳說，則或許起得較遲，而又流傳保存得較廣而較多，其分別只在此。總之，此兩人則全是古代神話中人物。

現在讓我們把〈大雅．生民〉之詩節起首的一段鈔在下面：

> 厥初生民，時維姜嫄。生民如何，克禋克祀，以弗無子。履帝武敏歆，攸介攸止，載震載夙，載生載育，時維后稷。……不坼不副，無菑無害。……不康禋祀，居然生子。

右后稷之生。

誕寘之隘巷，牛羊腓字之。誕寘之平林，會伐平林。誕寘之寒冰，鳥覆翼之。鳥乃去矣，后稷呱矣。實覃實訏，厥聲載路。誕實匍匐，克岐克嶷，以就口食。

右后稷之育與長。此下言后稷種殖事，略。

在上述詩篇裡，讓我們來推想中國古代神話中幾許內涵的意見。首先提到「厥初生民」，這是人類原始的問題。在中國古人想像，人類始祖必然是男性的。因男性屬陽，乃首創者，乃主動者，故姬氏族自述其第一祖先為后稷。但此第一男性如何來？彼必有一母，母是女性，屬陰。在中國古人觀念裡，整個自然即天，必分一陰一陽，陰則猶在陽之先。故稱姬周，不稱周姬。

如是則人類之始祖，原本實出於天，必先陰性，而氏族則必以陽性為宗。因此，周氏族之始祖為后稷，而有其母姜嫄。姜嫄之生后稷，則由「履帝武敏歆」。姜嫄出遊郊野，看見一大腳跡，戲以自己腳履踏此腳跡，忽然心意動，遂懷孕了。這大腳跡便是天帝的腳跡。在中國古代，各氏族自述其始祖來歷，這些故事，卻是大同小異的。

然而在后稷出生時，早已有人類。后稷有他的母親姜嫄，姜嫄有她的丈夫，而后稷也是有他的父親的。這些在當時並非不知，即看〈生民〉之詩，后稷誕生時，豈不早有了像樣的社會和家庭了嗎？但周氏族為何要說后稷是他們的始祖呢？當知后稷之為周人始祖，乃是周人尊奉之為始祖的。周人為何要尊奉后稷為始祖？因其發明稼穡，粒我蒸民。用今語說之，后稷是一個劃時代人物。在后稷以前，人類只是自然人，原始人；在后稷以後，人類始是稼穡人，即文化人了。在后稷以後，人類始進入歷史時代。中國古人看重人類自己的歷史與文化，故周人推尊后稷為他們的始祖。如商人之推奉契為始祖，也是同樣意見的。

然則人類的最先原始祖是誰呢？在中國古人，似乎沒興趣來討論這些事。原始人尚是屬於「天」的一邊的事，中國古人似乎很早便更注意在「人」的一邊去。因此人的始祖，則必然早已是一位文化人。

我們可以這樣說，在中國古人觀念裡，人之大原出於天，因此人類之始祖即是天。稷有稷父，稷之父還有父，儘推上去，則人類出於天。而文化人之始祖則必然是一人，如后稷。但天如何出生人類呢？此一問題，遠在人類歷史文化之前，非人類本身事，中國古人則不再在此上去推索了。因此在猶太人的《舊約》裡，說上帝在七天之內創造了此整個的世界。在希臘神話裡，宙斯神主宰了整個的宇宙。但中國古代，則不見有此等神話之流傳。盤古皇開天闢地，並非中國人自有的神話。但盤古皇還已是人了，由他來開天闢地，仍是由人自己來創造世界，創造歷史與文化，並非由天來創造出人類。

但人類如何來創造人自身的歷史和文化的呢？在中國古人思想裡，此事還本於天心。但天並不曾插手到人事方面來，因此天雖有此心，而必假手於人。縱使天，也並不能違逆了人道。只有人來替天行事，更沒有天來替人行事。因此后稷之生，仍是由其母姜嫄懷胎而生的。天不假手於人，也生不出后稷來。

希臘神話，普羅米休士神偷火到人間，因而熬受了無窮的苦難。但中國古史傳說，火之發明，由燧人氏鑽木取得。燧人氏則仍是人，而非神。又如倉頡造字，「天雨粟，鬼夜哭」，人類自從發明了文字，也得熬受種種苦難。但造字的還是倉頡，仍是人，而非神。

尤其顯然的，如大禹治水的故事。在古代世界各民族間，幾乎都有關於洪水的神話。但如中國堯、舜、鯀、禹的記載，則明屬人事，非神話。近代的中國學術界，似乎決不肯承認民族間可以有相異之特性，更不肯承認中國人可以有相異於西方之特性，於是偏好以西方神話來一律相繩，因此如顧頡剛的《古史辨》，要說夏禹僅是一隻大爬蟲，又要說夏禹乃神王，非人王了。這裡指出中國古代神話，和其他民族的神話，就其內涵意義上，即有甚深之不同。此一層，值得我們特別研討。

現在再說到后稷。天意要發明稼穡，粒我蒸民，因此不得不假手於后稷。后稷誕生，實出天意。但若后稷生後，不經歷許多磨難，還不見天心之真誠。於是在后稷的故事裡，便命該受苦了。最先后稷是由「履帝武敏歆」的經過而得胎，其次后稷是在「不坼不副」的情況下落地，於是后稷家人便把那可詫異的嬰孩扔棄了。先棄之「隘巷」，卻有牛羊來「腓字」他。又棄之「平林」，卻正巧逢到有人來砍伐那平林。再棄之「寒冰」之上，卻又有飛鳥來「覆翼」他。在這一段經過裡，可見天意不讓后稷夭殤。但天究不能，或不肯，插手來處理人間事，於是仍只有假手於牛羊呀、砍林人呀、鳥呀，來替天行事，救護后稷。在中國古人的想像裡，似乎天與神，決不會插手來干預世間事；而在此世間，又處處有天心天意在照顧到。不僅人世間乃至物世間，同樣如是。因此，人與萬物，實在是同處在一天心照顧的世間，而且同樣能代表天心，替天行事。所以說：「民吾同胞，物吾與也。」萬物一體，一視同仁。在后稷的故事裡，那砍林人與牛羊與鳥，豈不是在天意的指使下，同樣地在盡職，在替天行事嗎？

我們即據〈大雅・生民〉之詩關於后稷的這一些神話，便可來推想中國古人的宇宙觀、人生觀，乃及中國人所謂的「天人之際」。若由西方古代宗教觀點，教民稼穡，事出上帝恩典，賜給人類，因此可以有專司稼穡的神。但由西方近代科學觀點，稼穡乃出人類智慧，自己發明，憑此智慧來戰勝了天地自然，因此有不世出的發明家稼穡師。但在中國古人，決不如此想，后稷明明是人，不是神。而后稷之教民稼穡，卻非后稷單憑自己智慧來戰勝了自然。當知后稷的智慧，即屬神賦，即屬天賜。而且后稷之獲得長大成人，來發揮智慧，早是大自然之恩典，如牛羊呀、飛鳥呀，乃至那批砍伐林子的人，都盡了力護養后稷，讓后稷得以有長大成人的機會。哪能說后稷單憑自己智慧，能戰勝自然，違逆天意呢？

我們單看這一章詩，單看這一節故事，便可恍然明白到在中國古代文學裡，何以不能有像西方古代般的神話題材了。即如《孟子》書裡述及舜的故事，父母使舜完廩捐階，瞽瞍焚廩。使浚井，出，從而揜之。舜之父母刻意要殺舜，但舜終於處處逢凶化吉，從危險中脫離。當知在此後面，莫不有天心神意在呵護舜。但天與神到底不能，或不肯露面，來插手干預到人間事。「庖人雖不治庖，尸祝不越樽俎而代之。」尸祝且然，何況於天與神？在此一大原則之下，中國文學裡，決不會產生出像西方式的神話。

如是，則無怪後代中國神話小說如《封神榜》之類，在一般深受中國傳統教育陶冶的學者們，要認為是不登大雅之堂的一片荒唐了。我們今天，則該把中國古人那一套，細細洗發，來說明其所以然；卻不該單看西方古代文學，有如許瑰奇生動的神話故事，便責怪中國古人不成器，沒有能像西方人般，來多編造些神話題材的文學了。

再推廣言之，西方人僅謂自然界有神，而中國人則謂人文界亦有神。《孟子》：「聖而不可知之之謂神。」是人亦神，神亦人。神乃人文修養中最高一境界。《論語》二十篇，可說是孔子之聖教，亦可說是孔子之神話。杜甫詩：「文章有神。」又曰：「下筆如有神。」顧長康畫人，「傳神阿堵中。」凡屬中國詩文圖畫藝術精品，莫不有出神入化之妙。嵇康言：「修性以保神，安心以全身。」《禮記》言：「情深而文明，氣盛而化神。」《魏書・釋老志》：「澡雪心神。」是凡人生中之心性情氣，皆屬神。《易》言：「窮神知化，德之盛也。」則凡人文中之神化妙用，皆在人之德。西方文學中之神話，則盡在此之外。是又中西文化相異一特徵，豈專限於文學之一端？

# 略論中國韻文起源

近代人研究一切人文事態，都注重到它歷史的發展，這是應該的。但歷史發展，並非先有一定的軌道，一定的程序，外歷史而存在。世界各地域各民族，因於其自然環境之不同，以及其他因緣之種種相異，儘可發展出各異的路向，各異的內容。西方學者根據西方史實，歸納指示出幾許歷史發展的大例，有些在西方也未即成為定論。若我們只依照著他們所發現所陳說，來解釋中國史，固然也有些可以中西冥符，但有些卻未可一概而論。本篇只就文學史方面拈舉一例。

韻文發源當先於散文，治西方文學史者如此說。即在中國，亦有如此的說法。如沈約《宋書・謝靈運傳・後論》，史臣曰：

民稟天地之靈，含五常之德，剛柔迭用，喜慍分情。夫志動於中，則歌詠外發，六義所因，四始攸繫，升降謳謠，紛披風什。雖虞夏以前，遺文不睹，稟氣懷靈，理無或異。然則歌詠所興，宜自生民始也。

這不失為一番極明通的見解。他主張歌詠所興自生民始，即無異於說：自有人類，便該有歌詠，便該有韻文了。因此說文學發展，韻文當先於散文。這一主張，可說是中西學人古今相同。

但若再進一步探討，實可另有異說。我在很早以前，作〈老子辨〉，即主就中國文學發展論，該說散文在先，韻文轉在後。此後又絡續在《中國文化史導論》及《文化學大義》兩書中約略提到此意見，但都沒有詳細的發揮，易於引起讀者懷疑，該再加闡述。

即就沈約前文，他也說：「虞夏以前，遺文不睹。」可見韻文在中國，並不早見。這是根據史實而言的。沈約只是說，就理論，韻文歌詠之類，該與生民之始而俱興。但為何那些遺文會湮沒不睹，而中國文學，就其歷史實例言，又顯然是散文更早於韻文呢？這一層，值得我們注意。

我在《中國文化史導論》書中，曾再三強調，中國文化發源，與西方古文化如埃及、巴比倫、印度、希臘諸區域，有一絕大相異點。在上述諸區，文化發展，比較限於一小地域；而中國文化，則在遠為廣大的地面上形成。這一事實，說來極明顯，而關係則甚重大。中國文化內在一切特性，有許多處都可從此一事實作解釋。而中國文學之形成與發展，即是其一例。

沈約所謂：「志動於中，則歌詠外發，……升降謳謠，紛披風什。」這固然可說是文學之起源。但嚴格言之，則僅只是文學之胚胎，或文學之種子，也可說它還未形成為正式的文學。即就當前論，各地山歌漁唱、民謠傳說，若經文學家拈來，加以潤飾改造，何嘗不可成為絕妙的文學？但山歌則總是山歌，民謠則總是民謠，在其未經文學家妙手匠心加以潤飾與改造之前，我們卻不能遽即認其為文學。在文學史上，也不一定有它們應占的篇頁。

如蒲松齡《聊齋誌異》，所收故事，十分之九，在那時先流傳了。只經蒲氏收來，加以潤飾改造，才公認為其是文學。在以前，村叟野老們，在瓜棚豆架下，茶餘酒後，興高彩烈地講述，圍著一些人，聚精會神地聽著，我們卻不能認為即是文學呀！如此一類之例，舉不勝舉。但我們卻必須先認識這一個分別。

讓我們再舉一較遠的例，更細申述之。劉向《說苑・善說》篇，有如下的一節：

> 鄂君子晳泛舟於新波之中，乘青翰之舟，……張翠蓋，……會鐘鼓之音，……越人擁楫而歌。歌辭曰：「濫兮抃草濫予昌枑澤予昌州州䱇州焉乎秦胥胥縵予乎昭澶秦踰滲惿隨河湖。」鄂君子晳曰：「吾不知越歌，子試為我楚說之。」於是乃召越譯，乃楚說之，曰：

「今夕何夕兮搴中洲流，今日何日兮得與王子同舟，蒙羞被好兮不訾詬恥，心幾頑而不絕兮知得王子，山有木兮木有枝，心說君兮君不知。」於是鄂君子晳乃擒修袂，行而擁之，舉繡被而覆之。

這一節故事，正可供我們研討中國古代文學發展一絕好的啟示。那越人的擁楫而歌，正是沈約所謂「志動於中，歌詠外發」，這本是一篇絕好的文學題材，但不能遽說是文學。縱使認為它本身便是一件文學了，但仍有問題在越歌與楚譯上。無論那首歌，在越人聽來，可說是一首絕好的歌，或說是一篇絕好的文學。但若不經一番楚譯，在楚人聽來，真是不知所云，毫無可說的。換言之，越歌在楚地，決不被認為是文學的。

說到這裡，便可講到中國文學上所極端注重的「雅」、「俗」一問題。當知那一首越人歌是方言，地方性的，雖是自然的具著文學情味，但在中國文化環境裡，則不夠條件算文學。因凡屬文學，必該具一種普遍性，必該與人共喻。因此那一首越人歌，縱使楚譯了，縱使楚人也認它是一首絕好的詩，而還得要雅化，還得譯成為在古代中國當時各地所流行的一種普通話，纔始能成為中國的文學，而列入於中國文學史。而所謂「雅」者，即是在周代時所流行的一種普通話。

於是我們可以說到《詩經》三百首。大、小雅，是西周政府裡的作品。西周政府在鎬京，今陝西境，「雅」即指當時當地的方言、方音言。但因於周政府是一個統一王朝，當時各地封建諸侯貴族，十之七、八是周人，其他十之一、二，也得依隨周王室，模倣其雅言、雅音，作為官式的往回。因此當時所謂「雅」，即指其可以普遍通行於全國之各地。因此「雅」就成為文學上一項必備的條件。所謂「俗」，則因其限於地方性，如越歌之不能傳誦於楚地，自然不得被認為是文學了。若使越人在當時，也獨立成一文化單位，自有他們的歷史傳統，則越歌自然便成為越文學，他們的方言即是他們的雅言，而無所謂俗了。但中國文化環境，既如此般在一大地面上展開，則越歌楚謳，全成俗調，而不得被認是文學，而文學則必然是雅的，這一層也自可明白了。

至於《詩經》裡的十五國風，乃當時西周王室隨時分派采詩之官到各地去，搜集一些當時在各地流行的民間歌謠，再經過西周政府一番「隨俗雅化」的工作，始得成其為詩的。所謂「隨俗」，是說依隨於各地的原俗，采用了它的原辭句、原情味、原格調、原音節。所謂「雅化」，則是把來譯成雅言，譜成雅樂，經過這樣一番潤飾修改，而於是遂得普遍流傳於中國境內，而我們則稱之為是中國的文學。

其次如楚辭，大體亦如此。楚辭中如〈九歌〉之類，本來是江、湘之間楚地的民歌，這也等如上述的越歌般，也是未合於文學條件的。只因經過了當時文學高手屈原之修改與潤色，雖然還保留了若干的土氣與地方性，但是已雅化了，這始成為此後中國人所公認的絕世偉大的文學了。

因此研討中國文學起源，便不得不牽涉到中國文化發展之整體的特殊性。中國古代文化環境，與埃及、巴比倫、印度、希臘諸區域不同。中國文化在大地面上發展成熟。在一個絕大的地面上，散布著稀落的農村，又分別各自環擁著一個一個的城圈，那即當時之所謂「國」與「都」與「邑」。而那些國與都與邑，又盡是經濟不很繁榮，人口不很稠密的。國與國、都與都之間，一樣是稀落的、散布的。那些稀落的都和鄙，城郭和農村，散布在黃河兩岸乃及江、淮之間的一片大地面上，各地的方言俗語，儘可有許多歌謠以及民間傳說，可資運用作為文學的好題材，可被視為是文學的胚胎與種子。但若沒有人把來雅化過，則永遠如那越人之歌般，它將浮現不到文化上層來，成為我們此刻所目為的文學了。而那些把來運用雅化的人，又必然是在當時社會上層的貴族們，即當時所謂的「士君子」。而那些士君子，他們又常先注意到政治，那又是中國文化一特徵，有其內在必然之所以然。即如十五國風與楚辭，顯然都絕不是和政治絕緣的。這正是中國文化發展一特有的形態，亦是研討中國文學發展史者所必當注意的一要點。

我們試看希臘文化，醞釀在商業城市中，一般市民多半屬於富有階級。而那些散布的城市，其實是簇聚在小地面上，和中國春秋時代的列國不同。在希臘全境，語言風俗，亦大體一致。交通往來，又極為便利。即在一個城市裡，已有供養一個劇院，產生出幾許精美的劇本與超卓演員的經濟條件和人文背景了。而在一個城市轟動著許多觀眾的一些戲劇，還可以很快流傳到別個城市去。那些編劇演劇者，其用心所在，只博市民們愛好，其一般的社會性，自會更重於特殊的政治性。自然在這樣一個文化環境裡，也不會有像中國文學史上所特別重視的所謂雅俗之辨。中國古代也並不是沒有戲劇，惟大體使用在宗廟祭祀時，關閉在政府貴族圈中，與一般社會脫了節。像《詩經》裡的「頌」，本是配合於戲劇的。但那些戲劇，既要莊嚴肅穆，而又太富於保守性，為其成了政府的大典禮，自不易於隨時修改，其文學性亦有限。因此在中國文學發展史上，戲劇之得成為文學，其事甚後起。

在當時，各地民間也未嘗無一些故事與神話，但每一處的民間故事傳布不到別處去。散處在各地的農村，人煙既寥落，經濟亦貧瘠，情緒又單調，也不能產生出像荷馬般遊行歌唱來，把那些民間故事與神話活潑豐富地發展成史詩。於是流傳在中國古代各處的那些民間故事與神話，全成為簡樸的、原始的。後來偶爾經那一些哲人或遊士們之引用，而始獲流傳到後代。先秦諸子，如《莊子》、《孟子》等書裡，便有不少這些民間故事與神話之引述。但他們是思想家，著書立說，所注重的，也不在純文學性的一面。又如今傳《戰國策》裡許多寓言，也未必全由當時策士們所編造，只是經他們之引用而被流傳了。那些故事，因此也都染上了很顯然的政治意味。如畫蛇添足、狐假虎威、鷸蚌相爭之類，若從另一方式發展，豈不即成了一部中國的《伊索寓言》嗎？

上面把古代中國和希臘情況作一簡略的相比。我們也可援用此種看法，來與埃及、巴比倫、印度諸區域相比，便知文化發展各地不同，殊難以一例相繩。而文學發展，自也無逃此大例。

本來文學的題材與體式，大體總逃不出那幾套。但有些在西方很早就盛行了，而在中國，則因於其整個文化大體之發展，有其特有之個性，與西方不盡同，而走上了另一路徑，演出了另一姿態。如戲劇、史詩之類，在中國古代文學中，便絕不占地位。而韻文發展或可後於散文，如《尚書・盤庚》篇自應是在古詩三百首之前，此亦僅就中國文學之實存史料而立說，自然也就不足為異了。

只因現代我們的學者，慣於把西方觀點來衡量東方之一切，因此既不肯承認散文之可先於韻文，又不肯承認文學之必辨於雅俗，而極意想提倡民間文學、俗文學，認為只有地方性的，流行於下層社會的，纔始是自然的活文學。但別的且不論，若果此項提倡而真見諸事實，則豈不在中國境內，應該有廣東文學、福建文學之各各獨立？而所謂傳統的中國文學，則只如西方中古時期之拉丁文，或者將成為中國境內的一種世界語。則對於我遠古先民所艱難締造的那一種在大地面上發展成熟的傳統文化，自要處處被認為扞格不入，齟齬難通了。

# 談詩

## 一

今天我講一點關於詩的問題。最近偶然看《紅樓夢》，有一段話，現在拿來作我講這問題的開始。林黛玉講到陸放翁的兩句詩：

重簾不捲留香久，
古硯微凹聚墨多。

有個丫鬟很喜歡這一聯，去問林黛玉。黛玉說：「這種詩千萬不能學，學作這樣的詩，你就不會作詩了。」下面她告訴那丫鬟學詩的方法。她說：「你應當讀王摩詰、杜甫、李白跟陶淵明的詩。每一家讀幾十首，或是一兩百首。得了瞭解以後，就會懂得作詩了。」這一段話講得很有意思。

放翁這兩句詩，對得很工整。其實則只是字面上的堆砌，而詩背後沒有人。若說它完全沒有人，也不盡然，到底該有個人在裡面。這個人，在書房裡燒了一爐香，簾子不掛起來，香就不出去了。他在那裡寫字，或作詩。有很好的硯臺，磨了墨，還沒用。則是此詩背後原是有一人，但這人卻教甚麼人來當都可，因此人並不見有特殊的意境，與特殊的情趣。無意境，無情趣，也只是一俗人。儘有人買一件古玩，燒一爐香，自己以為很高雅，其實還是俗。因為在這環境中，換進別一個人來，不見有甚麼不同，這就算做俗。高雅的人則不然，應有他一番特殊的情趣和意境。

此刻先拿黛玉所舉三人王維、杜甫、李白來說，他們恰巧代表了三種性格，也代表了三派學問。王摩詰是釋，是禪宗。李白是道，是老、莊。杜甫是儒，是孔、孟。《紅樓夢》作者，或是鈔襲王漁洋以摩詰為詩佛、太白為詩仙、杜甫為詩聖的說法，故特舉此三人。摩詰詩極富禪味。禪宗常講「無我」、「無住」、「無著」。後來人論詩，主張要「不著一字，盡得風流」。但作詩怎能「不著一字」，又怎能不著一字而「盡得風流」呢？

我們可選摩詰一聯句來作例。這一聯是大家都喜歡的：

雨中山果落，
燈下草蟲鳴。

此一聯拿來和上引放翁一聯相比，兩聯中都有一個境，境中都有一個人。「重簾不捲留香久，古硯微凹聚墨多。」那境中人如何，上面已說過。現在且講摩詰這一聯。在深山裡有一所屋，有人在此屋中坐，晚上下了雨，聽到窗外樹上果給雨一打，朴朴地掉下。草裡很多的蟲，都在雨下叫。那人呢？就在屋裡雨中燈下，聽到外面山果落，草蟲鳴，當然還夾著雨聲。這樣一個境，有情有景，把來和陸聯相比，便知一方是活的動的，另一方卻是死而滯的了。

這一聯中重要字面在「落」字和「鳴」字。在這兩字中透露出天地自然界的生命氣息來。大概是秋天吧，所以山中果子都熟了。給雨一打，禁不起在那裡朴朴地掉下。草蟲在秋天正是得時，都在那裡叫。這聲音和景物都跑進到這屋裡人的視聽感覺中。那坐在屋裡的這個人，他這時頓然感到此生命，而同時又感到此淒涼。生命表現在山果草蟲身上，淒涼則是在夜靜的雨聲中。我們請問當時作這詩的人，他碰到那種境界，他心上感覺到些甚麼呢？我們如此一想，就懂得「不著一字，盡得風流」這八個字的涵義了。正因他所感覺的沒講出來，這是一種意境。而妙在他不講，他只把這一外境放在前邊給你看，好讓讀者自己去領略。若使接著在下面再發揮了一段哲學理論，或是人生觀，或是甚麼雜感之類，那麼這首詩就減了價值，詩味淡了，詩格也低了。

但我們看到這兩句詩，我們總要問，這在作者心上究竟感覺了些甚麼呢？我們也會因於讀了這兩句詩，在自己心上，也感覺出了在這兩句詩中所涵的意義。這是一種設身處地之體悟。亦即所謂「欣賞」。我們讀上舉放翁那一聯，似乎詩後面更沒有東西，沒有像摩詰那一聯中的情趣與意境。摩詰詩之妙，妙在他對宇宙人生抱有一番看法，他雖沒有寫出來，但此情此景，卻盡已在紙上。這是作詩的很高境界，也可說摩詰是由學禪而參悟到此境。

今再從禪理上講，如何叫做「無我」呢？試從這兩句詩講，這兩句詩裡恰恰沒有我，因他沒有講及他自己。又如何叫做「無住」、「無著」呢？無住、無著大體即如詩人之所謂「即景」。此在佛家，亦說是「現量」，又叫做「如」。如是「像這樣子」之義。「雨中山果落，燈下草蟲鳴。」只把這樣子這境提示出來，而在這樣子這境之背後，自有無限深意，要讀者去體悟。這種詩，亦即所謂「詩中有畫」。至於「畫中有詩」，其實也是同樣的道理。

畫到最高境界，也同詩一樣，背後要有一個人。畫家作畫，不專在所畫的像不像，還要在所畫之背後能有此畫家。西方的寫實畫，無論畫人畫物，要畫得逼真，而且連照射在此人與物上的光與影也畫出來。但縱是畫得像，卻不見在畫後面更有意義之存在。即如我們此刻，每人面前看見這杯子，這茶壺，這桌子，這亦所謂現量。此刻我們固是每人都有「見」，卻並沒有個「悟」，這就是無情無景。而且我們看了世上一切，還不但沒有悟，甚至要有「迷」，這就變成了俗情與俗景。我們由此再讀摩詰這兩句詩，自然會覺得它生動，因他沒有執著在那上。就詩中所見，雖只是一個現量，即當時的那一個景。但不由得我們不即景生情，或說是情景交融，不覺有情而情自在。這是當著你面前這景的背後要有一番情，這始是文學表達到了最好的地步。而這一個情，在詩中最好是不拿出來更好些。唐詩中最為人傳誦的：

清明時節雨紛紛，
路上行人欲斷魂。

這裡面也有一人，重要的在「欲斷魂」三字。由這三字，纔生出下面「借問酒家何處有，牧童遙指杏花村」這兩句來。但這首詩的好處，則好在不講出「欲斷魂」三字涵義，且教你自加體會。

又如另一詩：

月落烏啼霜滿天，
江楓漁火對愁眠。
姑蘇城外寒山寺，
夜半鐘聲到客船。

這一詩，最重要的是「對愁眠」三字中一「愁」字。第一句「月落烏啼霜滿天」，天色已經亮了，而他尚睡未著，於是他聽到姑蘇城外寒山寺那裡的打鐘聲，從夜半直聽到天亮。為何他如此般不能睡，正為他有愁。試問他愁的究竟是些甚麼？他詩中可不曾講出來。這樣子作詩，就是後來司空圖《詩品》中所說的「羚羊掛角」。這是形容作詩如羚羊般把角掛在樹上，而羚羊的身體則是凌空的，那詩中人也恰是如此凌空，無住、無著。斷魂中，愁中，都有一個人，而這個人正如凌空不著地，有情卻似還無情。可是上引摩詰詩就更高了，因他連「斷魂」字、「愁」字都沒有，所以他的詩，就達到了一個更高的境界。

## 二

以上我略略講了王維的詩，繼續要講杜工部。杜詩與王詩又不同。工部詩最偉大處，在他能拿他一生實際生活都寫進詩裡去。上一次我們講散文，講到文學應是人生的。民初新文化運動，提倡新文學，主張文學要人生化。在我認為，中國文學比西方更人生化。一方面，中國文學裡包括人生的方面比西方多。我上次談到中國散文，姚氏《古文辭類纂》把它分成十三類，每類文體，各針對著人生某方面。又再加上詩、詞、曲、傳記、小說等，一切不同的文學，遂使中國文學裡所能包括進去的人生內容，比西洋文學儘多了。在第二方面，中國人能把作家自身真實人生放進他作品裡。這在西方便少。西方人作小說、劇本，只是描寫著外面。中國文學主要在把自己全部人生能融入其作品中，這就是杜詩偉大的地方。

剛才講過，照佛家講法，最好是不著一字，自然也不該把自己放進去，才是最高境界。而杜詩卻把自己全部一生都放進了。儒家主放進，釋家主不放進，儒、釋異同，須到宋人講理學，才精妙地講出。此刻且不談。現在要講的，是杜工部所放進詩中去的只是他日常的人生，平平淡淡，似乎沒有講到甚麼大道理。他把從開元到天寶，直到後來唐代中興，他的生活的片段，幾十年來關於他個人、他家庭，以及他當時的社會國家，一切與他有關的，都放進詩中去了，所以後人又稱他的詩為「詩史」。其實杜工部詩還是不著一字的。他那忠君愛國的人格，在他詩裡，實也沒有講，只是講家常。他的詩，就高在這上。我們讀他的詩，無形中就會受到他極高人格的感召。正為他不講忠孝，不講道德，只把他日常人生放進詩去，而卻沒有一句不是忠孝，不是道德，不是儒家人生理想最高的境界。若使杜詩背後沒有杜工部這一人，這些詩也就沒有價值了。倘使杜工部急乎要表現他自己，只顧講儒道，講忠孝，來表現他自己是怎樣一個有大道理的人，那麼這人還是個俗人，而這些詩也就不得算是上乘極品的好詩了。所以杜詩的高境界，還是在他不著一字的妙處上。

我們讀杜詩，最好是分年讀。拿他的詩分著一年一年地，來考察他作詩的背景。要知道他在甚麼地方，甚麼年代，甚麼背景下寫這詩，我們纔能真知道杜詩的妙處。後來講杜詩的，一定要講每一首詩的真實用意在哪裡，有時不免有些過分，而且有些是曲解。我們固要深究其作詩背景，但若儘用力在考據上，而陷於曲解，則反而弄得索然無味了。但我們若說只要就詩求詩，不必再管他在哪年哪一地方為甚麼寫這首詩，這樣也不行。你還是要知道他究是在哪一年哪一地為著甚麼背景而寫這詩的。至於這詩之內容，及其真實涵義，你反可不必太深求，如此才能得到他詩的真趣味。倘使你對這首詩的時代背景都不知道，那麼你對這詩一定知道得很淺。他在天寶以前的詩，顯然和天寶以後的不同。他在梓州到甘肅一路的詩，顯和他在成都草堂的詩有不同。和他出三峽到湖南去一路上的詩又不同。我們該拿他全部的詩，配合上他全部的人生背景，才能瞭解他的詩究竟好在哪裡。

中國詩人只要是儒家，如杜甫、韓愈、蘇軾、王安石，都可以按年代排列來讀他們的詩。王荊公詩寫得非常好，可是若讀王詩全部，便覺得不如杜工部與蘇東坡。這因荊公一生，有一段長時間，為他的政治生涯占去了。直要到他晚年，在南京鍾山住下，那一段時期的詩，境界高了，和以前顯見有不同。蘇東坡詩之偉大，因他一輩子沒有在政治上得意過。他一生奔走潦倒，波瀾曲折都在詩裡見。我第一次讀蘇詩，從他年輕時離開四川一路出來到汴京，如是往下，初讀甚感有興趣，但後來再三讀，有些時的作品，卻多少覺得有一點討厭。譬如他在西湖這一段，流連景物，一天到晚飲酒啊，逛山啊，如是般連接著，一氣讀下，便易令人覺得有點膩。在此上，蘇詩便不如杜詩境界之高卓。此因杜工部沒有像東坡在杭州、徐州般那樣安閒地生活過。在中年期的蘇詩，分開一首一首地讀，都很好，可是連年一路這樣下去，便令人讀來易生厭。試問一個人老這樣生活，這有甚麼意義呀？蘇東坡的儒學境界並不高，但在他處艱難的環境中，他的人格是偉大的，像他在黃州和後來在惠州、瓊州的一段。那個時候詩都好，可是一安逸下來，就有些不行，詩境未免有時落俗套。東坡詩之長處，在有豪情，有逸趣。其恬靜不如王摩詰，其忠懇不如杜工部。我們讀詩，正貴從各家長處去領略。

我們再看白樂天的詩。樂天詩挑來看，亦有長處。但要對著年譜拿他一生的詩一口氣讀下，那比東坡詩更易見缺點。他晚年住在洛陽，一天到晚自己說：「舒服啊！開心啊！我不想再做官啊！」這樣的詩一氣讀來，便無趣味了。這樣的境界，無論是詩，無論是人生，絕不是我們所謂的最高境界。杜工部生活殊不然。年輕時跑到長安，飽看著「朱門酒肉臭，路有凍死骨」的情況，像他在〈麗人行〉裡透露他看到當時內廷生活的荒淫，如此以下，他一直奔波流離，至死為止，遂使他的詩真能達到了最高的境界。從前人說：「詩窮而後工。」窮便是窮在這個人。當知窮不真是前面沒有路。要在他前面有路不肯走，硬要走那窮的路，這條路看似崎嶇，卻實在是大道，如此般的窮，纔始有價值。即如屈原，前面並非沒有路，但屈原不肯走，寧願走絕路。故屈原〈離騷〉，可謂是窮而後工的最高榜樣。他弟子宋玉並不然，因此宋玉也不會窮。所以宋玉只能學屈原做文章，沒學到屈原的做人。而宋玉的文章，也終不能和屈原相比。

現在再講回到陸放翁。放翁亦是詩中一大家，他一生沒有忘了恢復中原的大願。到他臨死，還作下了一首「王師北定中原日，家祭毋忘告乃翁」的詩。即此一端，可想放翁詩境界也儘高。放翁一生，從他年輕時從家裡到四川去，後來由四川回到他本鄉來，也盡見在詩中了。他的晚年詩，就等於他的日記。有時一天一首，有時一天兩、三首，乃至更多首，儘是春夏秋冬，長年流轉，這般的在鄉村裡過。他那時很有些像陶淵明。你單拿他詩一首、兩首地讀，也不見有大興味。可是你拿他詩跟他年齡一起讀，尤其是七十、八十逐年而下，覺得他的懷抱健康，和他心中的恬淡平白，真是叫人欽羡；而他同時又能不忘國家民族大義。放翁詩之偉大，就在這地方。可惜他作詩太多。他似乎有意作詩，而又沒有像杜工部般的生活波瀾，這是他喫虧處。若把他詩刪掉一些，這一部《陸放翁詩集》，可就會更好了。

在清詩中我最喜歡鄭子尹。他是貴州遵義人，並沒做高官，一生多住在家鄉。他的偉大處，在他的情味上。他是一孝子，他在母親墳上築了一園，一天到晚，詩中念念不忘他母親。他詩學韓昌黎。韓詩佶屈聱牙，可是在子尹詩中，能流露出他極真摯的性情來。尤其是到了四十、五十，年齡儘大上去，還是永遠不忘他母親。詩中有人，其人又是性情中人，像那樣的詩也就極難得了。

李太白詩固然好，因他喜歡道家，愛講莊、老出世。出世的詩，更不需照著年譜讀。他也並不要把自己生命放進詩裡去。連他自己生命還想要超出這世間。這等於我們讀《莊子》，儘不必去考他時代背景。他的境界之高，正高在他這個超人生的人生上。李太白詩，也有些不考索它背景是無法明得他詩中用意的。但李詩真長處，實並不在這點上。我們讀李太白、王摩詰詩，儘可不管他年代。而讀杜工部、韓昌黎以至蘇東坡、陸放翁等人的詩，他們都是或多或少地把他們的整個人生放進詩去了。因此能依據年譜去讀他們詩便更好。鄭子尹的生活，當然不夠得豐富，可是他也作成了一個極高的詩人。他也把他自己全部放進詩中去了。他的詩，一首首的讀，也平常。但春天來了，梅花開了，這山裡的溪水又活了，他又在那時想念起他母親了。讀他全集，一年一年地讀，從他母親死，他造了一個墳，墳上築了一個園，今年種梅，明年種竹，這麼一年一年的寫下，年年常在紀念他母親。再從他母親身上講到整一家，然後牽連再講到其他，這就見其人之至孝，而詩中之深情厚味也隨而見。他詩之高，高過了歸有光的散文。歸文也能寫家庭情味，可是不如鄭子尹詩寫得更深厚。

## 三

由於上面所說，我認為若講中國文化，講思想與哲學，有些處不如講文學更好些。在中國文學中也已包括了儒、道、佛諸派思想，而且連作家的全人格都在裡邊了。某一作家，或崇儒，或尚道，或信佛，他把他的學問和性情，真實融入人生，然後在他作品裡，把他全部人生瑣細詳盡地寫出來。這樣便使我們讀一個作家的全集，等於讀一部傳記或小說，或是一部活的電影或戲劇。他的一生，一幕幕地表現在詩裡。我們能這樣的讀他們的詩，才是最有趣味的。

文學和理學不同。理學家講的是人生哲理，但他們的真實人生，不能像文學家般顯示得真切。理學家教人，好像是父親兄長站在你旁對你講。論其效果，有時還不如一個要好朋友，可以同你一路玩耍的，反而對你影響大。因此父兄教子弟，最好能介紹他交一個年齡差不多的好朋友。文學對我們最親切，正是我們每一人生中的好朋友。正因文學背後，一定有一個人。這個人可能是一佛家，或道家，或儒家。清儒章實齋《文史通義》裡說，古人有子部，後來轉變為集部，這一說甚有見地。新文化運動以下，大家愛讀先秦諸子，卻忽略了此下的集部，這是一大偏差。

我們上邊談到林黛玉所講的，還有一陶淵明。陶詩境界高。他生活簡單，是個田園詩人。唐以後也有過不少的田園詩人，可是沒有一個能出乎其右的。陶詩像是極平淡，其實他的性情也可說是很剛烈的。他能以一種很剛烈的性情，而過這樣一種極恬淡的生活，把這兩者配合起來，才見他人格的高處。西方人分心為智、情、意三項，西方哲學重在智，中國文學重在情與意。情當境而發，意則內涵成體。「採菊東籬下，悠然見南山。……此中有真意，欲辨已忘言。」須明得此真意，始能讀陶詩。

陶、杜、李、王四人，林黛玉叫我們最好每人選他們一百、兩百首詩來讀，這是很好的意見。但我主張讀全集。又要深入分年讀。一定要照清朝幾個大家下過工夫所註釋的來讀。陶、李、杜、韓、蘇諸家，都由清人下過大工夫，每一首詩都註其出處年代。讀詩正該一家一家讀，又該照著編年先後通體讀。湘鄉曾文正在中國詩人中只選了十八家。而在這十八家裡邊，還有幾個人不曾完全選。即如陸放翁詩，他刪選得很好。若讀詩只照著如《唐詩別裁》之類去讀，又愛看人家批語，這字好，這句好，這樣最多領略了些作詩的技巧，但永遠讀不到詩的最高境界去。曾文正的《十八家詩鈔》，正因他一家一家整集鈔下，不加挑選，能這樣去讀詩，趣味才大，意境纔高。這是學詩一大訣竅。一首詩作很好，也不便是一詩人。一詩中某句作得好，某字下得好，這些都不夠。當然我們講詩也要句斟字酌，該是僧「推」月下門呢，還是僧「敲」月下門？這一字費斟酌。又如王荊公詩「春風又綠江南岸」，這一「綠」字是詩眼。一首詩中，一個字活了，就全詩都活。

用吹字、到字、渡字都不好，須用綠字纔透露出詩中生命氣息來，全詩便活了，故此一綠字乃成得為詩眼。正如六朝人文：「暮春三月，江南草長。」綠字、長字，皆見中國文人用字精妙處。從前人作詩都是一字一字斟酌過。但我們更應知道，我們一定要先有了句中其餘六個字，這一個字才用得到斟酌。而且我們又一定先要有了這一首詩的大體，纔得有這一句。這首詩是先定了，你才想到這一句。這一句先定了，你才想到這一字該怎樣下。並不能一字一字積成句，一句一句積成詩。實是先有了詩纔有句，先有了句纔有字。應該是這首詩先有了，而且是一首非寫不可的詩，那麼這首詩纔是你心中之所欲言。有了所欲言的，然後才有所謂言之工不工。主要分別是要講出你的作意，你的內心情感，如何講來纔講得對、講得好。倘使連這個作意和心情都沒有，又有甚麼工不工可辨？甚麼對不對可論？譬如駕汽車出門，必然心裡先定要到甚麼地方去，然後才知道我開向的這條道路走對或走錯了。倘使沒有目的，只亂開，那麼到處都好，都不好，那真可謂無所用心了。所以作詩，先要有作意。作意決定，這首詩就已有了十之六、七了。作意則從心上來，所以最主要的還是先要決定你自己這個人，你的整個人格，你的內心修養，你的意志境界。有了人，然後纔能有所謂詩。因此我們講詩，則定要講到此詩中之情趣與意境。

先要有了情趣意境才有詩。好比作畫儘臨人家的，臨不出好畫來。儘看山水，也看不出其中有畫。最高的還是在你個人的內心境界。例如倪雲林，是一位了不得的畫家。他一生達到他畫的最高境界時，是在他離家以後。他是個大富人，古董古玩，家裡弄得很講究。後來看天下要亂了，那是元末的時候，他決心離開家，去在太湖邊住。這樣過了二十多年。他這麼一個大富人，頓然家都不要，這時他的畫才真好了。他所畫，似乎誰都可以學。幾棵樹，一帶遠山，一彎水，一個牛亭，就是這幾筆，可是別人總是學不到。沒有他胸襟，怎能有他筆墨！這筆墨須是從胸襟中來。

我們學做文章，讀一家作品，也該從他筆墨去瞭解他胸襟。我們不必要想自己成個文學家，只要能在文學裡接觸到一個較高的人生，接觸到一個合乎我自己的更高的人生。比方說，我感到苦痛，可是有比我更苦痛的；我遇到困難，可是有比我更困難的；我是這樣一個性格，在詩裡也總找得到合乎我喜好的而境界更高的性格。我哭，詩中已先代我哭了；我笑，詩中已先代我笑了。讀詩是我們人生中一種無窮的安慰。有些境，根本非我所能有，但詩中有，讀到他的詩，我心就如跑進另一境界去。如我們在紐約，一樣可以讀陶淵明的詩。我們住五層、六層的高樓，不到下邊馬路去，晚上拿一本陶詩，吟著他「結廬在人境，而無車馬喧」的詩句，下邊馬路上車水馬龍，我可不用管。我們今天置身海外，沒有像杜工部在天寶時兵荒馬亂中的生活，我們讀杜詩，也可獲得無上經驗。我們不曾見的人，可以在詩中見；沒有處過的境，可以在詩中想像到。西方人的小說，也可能給我們一個沒有到過的境，沒有碰見過的人。而中國文學之偉大，則是那境、那人卻全是個真的。如讀《水滸》，固然覺得有趣，也像讀《史記》般，但《史記》是真的，《水滸》

是假的。讀西方人小說，固然有趣，裡邊描寫一個人，描寫得生動靈活。而讀杜工部詩，他自己就是一個真的人，沒有一句假話在裡面。這裡卻另生一問題，很值我們的注意。

中國大詩家寫詩多半從年輕時就寫起，一路寫到老。像杜工部、韓昌黎、蘇東坡都這樣。我曾說過，必得有此人，乃能有此詩。循此說下，必得是一完人，乃能有一完集。而從來的大詩人，卻似乎一開始，便有此境界格局了。此即證中國古人天賦人性之說。故文學藝術皆出天才。蘇、黃以詩齊名，而山谷之文無稱焉。曾鞏以文名，詩亦無傳。中國文學一本之性情。曹氏父子之在建安，多創造。李、杜在開元，則多承襲。但雖有承襲，亦出創造。然其創造，實亦承襲於天性。近人提倡新文學，豈亦天如人願，人人得有其一分之天賦乎？西方文學主要在通俗，得群眾之好；中國文學貴自抒己情，以待知者知。此亦其一異。

故中國人學文學，實即是學做人一條徑直的大道。諸位會覺得，要立意做一人，便得要修養。即如要做到杜工部這樣每飯不忘君親，念念在忠君愛國上，實在不容易。其實下棋，便該自己下；唱戲，便該自己唱；學講話，便該自己開口講；要做一個人，就得自己實地去做。其實這道理還是很簡單，主要在我們能真實跑到那地方去。要真立志，真實踐履，親身去到那地方。中國古人曾說「詩言志」，此是說詩是講我們心裡東西的，若心裡齷齪，怎能作出乾淨的詩？心裡卑鄙，怎能作出光明的詩？所以學詩便會使人走上人生另一境界去。正因文學是人生最親切的東西，而中國文學又是最真實的人生寫照，所以學詩就成為學做人的一條徑直大道了。

文化定要從全部人生來講。所以我說中國要有新文化，一定要有新文學。文學開新，是文化開新的第一步。一個光明的時代來臨，必先從文學起；一個衰敗的時代來臨，也必從文學起。但我們只該喜歡文學就夠了，不必定要自己去做一文學家。不要空想必做一詩人，詩應是到了非寫不可時纔該寫。若內心不覺有這要求，能讀人家詩就很夠。我們不必每人自己要做一個文學家，可是不能不懂文學、不通文學，那總是一大缺憾。這一缺憾，似乎比不懂歷史、不懂哲學還更大。

## 四

再退一層言之，學文學也並不定是在做學問。只應說我們是在求消遣，把人生中間有些業餘時間和精神來放在那一面。我勸大家多把餘閒在文學方面去用心，尤其是中國詩。我們能讀詩，是很有價值的。我還要回到前邊提及林黛玉所說如何學作詩的話。要是我們喜歡讀詩，拿起《杜工部集》，挑自己喜歡的寫下一百首，常常讀，雖不能如黛玉對那個丫鬟所說那樣，一年工夫就會作詩了。在我想，下了這工夫，並不一定要作詩，作好詩；可是若作出詩來，總可像個樣。至少是講的我心裡要講的話。倘使我們有一年工夫，把杜工部詩手抄一百首，李太白詩一百首，陶淵明詩一共也不多，王維詩也不多，抄出個幾十首，常常讀。過了幾年拿這幾個人的詩再重抄一遍，加進新的，替換舊的。我想就讀這四家詩也很夠了。不然的話，拿曾文正的《十八家詩鈔》來讀，也儘夠了。比如讀《全唐詩》，等於跑進一個大會場，儘多人，但一個都不認識，這有甚麼意思，還不如找一兩個人談談心。我們跑到菜場去，也只挑喜歡的買幾樣。你若儘去看，看一整天，每樣看過，這是一無趣味的。學問如大海，「鼴鼠飲河，不過滿腹。」所要喝的，只是一杯水，但最好能在上流清的地方去挑。若在下流濁的地方喝一杯濁水，會壞肚子的。

學作詩，要學他最高的意境。如上舉「重簾不捲……」那樣的詩，我們就不必學。我們現在處境，當然要有一職業。職業不自由，在職業之外，我們定要能把心放到另一處，那麼可以減少很多不愉快。不愉快的心情減掉，事情就簡單了。對事不發生興趣，越痛苦，那麼越搞越壞。倘使能把我們的心放到別處去，反而連這件事也做好了。這因為你的精神是愉快了。

我想到中國的將來，總覺得我們每個人先要有個安身立命的所在。有了精神力量，才能擔負重大的使命。這個精神力量在哪裡？灌進新血，最好莫過於文學。民初新文化運動提倡新文學以來，老要在舊文學裡找毛病，毛病哪裡會找不到？像我們剛纔所說，《紅樓夢》裡林黛玉，就找到了陸放翁詩的毛病。指摘一首詩一首詞，說它無病呻吟。但不是古詩詞全是無病呻吟的。說不用典故，舉出幾個用典用得極壞的例給你看。可是一部杜工部詩，哪一句沒有典，無一字無來歷，卻不能說他錯。若專講毛病，中國目前文化有病，文學也有病，這不錯。可是總要找到文化文學的生命在哪裡。這裡面定有個生命。沒有生命，怎麼能四、五千年到今天？

又如說某種文學是「廟堂文學」，某種文學是「山林文學」，又是甚麼「幫閒文學」等，這些話都有些荒唐。有人說我們要作「幫忙文學」，不要作幫閒的文學。文學該自身成其為文學，哪裡是為人幫忙、幫閒的呢？若說要不用典，「讀書破萬卷，下筆如有神。」典故用來已不是典故。《論語》：「士志於道而恥惡衣惡食者，未足與議也。」《孟子》：「志士不忘在溝壑，勇士不忘喪其元。」杜工部詩說：「但覺高歌有鬼神，焉知餓死填溝壑。」此兩句「溝壑」兩字有典，「填」字也有典，「餓死」二字也有典，「高歌」也有典，這兩句沒有一字沒有典，這又該叫是甚麼文學呢？

我們且莫儘在文字上吹毛求疵，應看他內容。一個人如何處家庭、處朋友、處社會。杜工部詩裡所提到的朋友，也只是些平常人，可是跑到杜工部筆下，那就都有神，都有味，都好。我們不是也有很多朋友嗎？若我們今晚請一位朋友吃頓飯，這事很平常。杜工部詩裡也常這樣請朋友吃飯，或是別人請他，他吃得開心作一首詩，詩直傳到現在，我們讀著還覺得痛快。同樣一個境界，在杜工部筆下就變成文學了。我們吃人家一頓，摸摸肚皮跑了，明天事情過去，全沒有了，覺得這事情一無意思般。讀杜工部詩，他吃人家一頓飯，味道如何？他在衛八處士家「夜雨剪春薤」那一餐，不僅他吃得開心，一千年到現在，我們讀他詩，也覺得開心，好像那一餐，在我心中也有分，也還有餘味。其實很平常，可是杜工部寫上詩裡，你會特別覺得其可愛。不僅杜工部可愛，凡他所接觸的，其人其境皆可愛。其實杜工部碰到的人，有的在歷史上有，有的歷史上沒有，許多人只是極平常。至於杜工部之處境及其日常生活，或許在我們要感到不可一日安，但在工部詩裡便全成可愛。所以在我們平常交朋友，且莫要覺得這人平常，他同你做朋友，這就不平常。你不要看他請你吃頓飯平常，只是請你吃這件事就不平常。杜工部當年窮途潦倒，做一小官，東奔西跑。他或許是個土頭土腦的人，別人或會說，這位先生一天到晚作詩，如此而已。可是一千年來越往後，越覺他偉大。看樹林，一眼看來是樹林。跑到遠處，纔看出林中那一棵高的來。這棵高的，近看看不見，遠看乃始知。我們要隔一千年才瞭解杜工部偉大，兩千年才感覺孔夫子偉大。現在我們許多人在一塊，並無偉大與不偉大。真是一個偉大的人，他要隔五百年、一千年才會特別顯出來。那麼我們也許會說，一個人要等死後五百年、一千年，他才得偉大，有甚麼意思啊？其實真偉大的人，他不覺得他自己的偉大。要是杜工部覺得自己偉大，人家請他吃頓飯，他不會開心到這樣子，好像吃你一頓飯是千該萬當，還覺得你招待不周到，同你做朋友，簡直委曲了。這樣哪裡會有好詩作出來！

我這些瑣碎話，只說中國文學之偉大有其內在的真實性，所教訓我們的，全是些最平常而最真實的。倘我們對這些不能有所欣賞，我們做人，可能做不通。因此我希望諸位要瞭解中國文學的真精神。中國人拿人生加進文學裡，而這些人生則是有一個很高的境界的。這個高境界，需要經過多少年修養。但這些大文學家，好像一開頭就是大文學家了，不曉得怎樣一開頭他的胸襟情趣會就與眾不同呀！好在我們並不想自己做大文學家，只要欣賞得到便夠了。你喜歡看梅蘭芳戲，自己並不想做梅蘭芳。這樣也不就是無志氣。當知做學問最高境界，也只像聽人唱戲，能欣賞即夠，不想自己亦登臺出鋒頭。有人說這樣不是便會一無成就嗎？其實詩人心胸最高境界並不在時時自己想成就。大人物、大事業、大詩人、大作家，都該有一個來源，我們且把它來源處欣賞，自己心胸境界自會日進高明，當下即是一滿足，便何論成就與其他！讓我且舉《詩經》中兩句來作我此番講演之結束。《詩經》說：「不忮不求，何用不臧。」不忮不求，不忌刻他人來表現自己，至少也應是一個詩人的心胸吧！

# 詩與劇

余嘗謂中國史如一首詩，西洋史如一本劇。亦可謂中國乃詩的人生，西方則為戲劇人生。即以雙方文學證之即見。古詩三百首為中國三千年來文學鼻祖，上自國家宗廟一切大典禮，下及民間婚喪喜慶，悲歡離合，盡納入詩中。屈原〈離騷〉，文體已變，然亦如一長詩，絕非一長劇。〈九歌〉之類顯屬詩，不成劇。漢賦乃楚辭之變，而漢樂府則顯是古詩演來。即如散文，亦可謂從詩體演來，其佳者必具詩味，直自樂毅〈報燕惠王〉，下至諸葛亮〈出師表〉，皆然。又如曹操〈述志令〉，豈不亦如一首長詩？孔子曰：「不學《詩》，無以言。」凡中國古人善言者，必具詩味。其文亦如詩，惟每句不限字數，句尾不押韻，宜於誦，不宜歌。蓋詩、樂分而詩體流為散文，如是而已。

曹丕、曹植文，更富詩味。王粲〈登樓賦〉，則賦亦如一詩。建安以下，詩、賦、散文，顯為同流。如陶潛〈歸去來辭〉、〈桃花源記〉、〈五柳先生傳〉，實皆詩之變。下至韓愈〈伯夷頌〉、〈祭十二郎文〉、〈送李愿歸盤谷序〉之類，豈不亦顯近一詩？故非深入於詩，即不能為文。清代姚姬傳有《古文辭類纂》，李兆洛有《駢體文鈔》，文有駢、散，而根源皆在詩。此則可一言而定者。

先秦九流十家中有小說家，然中國古代小說亦近詩，不近劇。如鷸蚌相爭、畫蛇添足等，見之《戰國策》者，皆詩人寓言，亦比、興之流。下至魏、晉以降，有《世說新語》，其佳者皆可改為詩歌諷詠，但不宜製為戲劇表演。故中國古代小說，非如後世小說之可以搬上舞臺，成為戲劇。凡屬近於小說故事之可為戲劇者，實多從印度佛教傳來，如佛典中之《維摩詰經》，街坊平話中之《目連救母》等。唐代叢書中頗多其類。即如元稹之〈會真記〉，流而為元代戲曲中之《西廂記》，劇之成分勝於詩。然元劇文字則從宋詞變來，劇中仍多詩的成分。此下如崑腔，乃至平劇，歌唱仍多於表演。詩的成分瀰漫劇中，不貴以動作來表演。中國古代亦有近似演劇者，如〈滑稽列傳〉所載，多詼諧，如後代劇中之有丑角，則仍不為戲劇之中心。

然則中國文學以詩為主，觀於上述而可知。西方文學，則以小說、戲劇為主。如希臘荷馬史詩，實非詩，乃小說、劇曲而已。又如阿剌伯人《天方夜譚》，一千零一夜中所講故事，皆宜播之戲劇，不宜詠為詩歌。幾千年來，其勢亦不變。故謂中國乃詩的人生，而西方則為戲劇人生，應無大誤。

戲劇必多刺激，誇大緊張，成為要趨。詩則貴於涵泳，如魚之涵泳於水中，水在魚之外圍。魚之涵泳，其樂自內在生，非外圍之水刺激使然。孟子曰：「詩言志。」人生外圍，變化萬千，然人生貴自有志，自有好，自有樂。如舜之一家，父頑母嚚弟傲，然舜處家中，惟志於孝。其所歷故事，應詠為詩，則其感人深厚。若演為劇，則情味便不同。劇中舜之父母及弟，凡所表演，皆遠離於舜之內心所存主。而舜則為劇中之主角，但一劇中所表演之情節與成分，則盡為其父其母其弟所占。此為主客倒置，抑亦主客平等，則情味自變。及舜之登朝，攝政為天子，亦如自詠一詩，自述其志而已。故舜之端恭南面，無為而治，亦仍是一詩人生活，非戲劇生活。中國於古代聖人，最好言舜，其民族文化之淵源顯在此。

凡中國人之人生理想皆如是，故得使五千年中國史亦如一詩。此如魚在盆中缸中，或在池中溪中，乃至在江海中，四圍水有大小，魚之潛身有深淺，而其在水中之涵泳則同一無異。修身齊家治國平天下，一如詠一詩，此惟中國人生則然耳。

中國以農立國，五口之家，百畝之地，春耕夏耘秋收冬藏，四時勤勞，皆可入詩。牧牛放羊，鑿池養魚，雞豚狗彘，凡所與處，相親相善，亦一一皆可以入詩。「綠樹村邊合，青山郭外斜。」莫非詩境！故中國詩亦以田園詩居多數。希臘人經商為業，商人重利輕別離，家人團聚，乃暫非常。貿易為求利潤，供求間非有情感可言。無情斯亦無詩，而跋山涉海，萬貫在身，驟變一富翁，不得謂其非戲劇化。闢商路，保商場，整軍經武，牟富必濟之以強力，羅馬建國則然。凱撒不在吟一詩，乃在演一劇。西方人生，則希臘、羅馬可為其榜樣矣。

戲劇中刺激自外來，演劇亦供四圍觀眾以娛樂，觀眾所獲娛樂亦在刺激。詩人涵泳詩中情志，皆由內發，則所詠亦屬內，不屬外，重內、重外之分，即詩、劇之分也。

戲劇中必分種種角色，亦不能無跑龍套，此乃一現實。非有各色人之分別存在，即不能有此一現實。唐人詩：「清明時節雨紛紛，路上行人欲斷魂。借問酒家何處有，牧童遙指杏花村。」此清明時雨、此村邊杏花、此牧童、此酒家，亦皆現實。但詩中所詠，乃一路上行人之斷魂心情。此一心情則為一切外圍現實之主。而時雨、杏花、酒家、牧童，盡皆融入此一行人心中，而見其存在。使無此行人一番心情，則此種種現實亦自隨而變。又一詩：「月落烏啼霜滿天，江楓漁火對愁眠。姑蘇城外寒山寺，夜半鐘聲到客船。」曰姑蘇、曰寒山寺、曰江楓、曰漁火、曰月落、曰霜滿天、曰鐘聲、曰烏啼，此亦皆現實之境，但共有一中心，則為客船上對愁不眠之詩人。無此詩人之心情則四圍現實皆俱變，將不復如此詩之所詠矣。

故人之有情，乃為人生中最現實者。此情變，則其他現實皆將隨而變。「暮春三月，江南草長，雜花生樹，群鶯亂飛。」此亦散文中極富詩情一佳例。描寫春日風光，何等生動！然唐人有詩謂：「打起黃鶯兒，莫教枝上啼。啼時驚妾夢，不得到遼西。」打起黃鶯，此是何等殺風景事。然此婦念夫心切，情有所縈，乃於枝上啼鶯驚其午枕美夢，轉生厭惡。鶯啼群所愛，而此婦獨生厭惡。此非反於群情，易地則皆然，己心變，則外境隨而變。使無一己之心情，四圍現實，復何意義價值可言？詩重詠心，劇重演境，此其大不同所在。

中國人重此情，故中國人生乃是超現實而亦最現實者。西方商業人生，乃輕視此情，轉向外圍現實中求。科學可不論，哲學亦然。柏拉圖懸書門外：「不通幾何學弗入吾門。」幾何學即科學，絕不能羼以人情，故西方哲學亦只重理智、重客觀，認為真理當由此求。則試問人生苟無情，真理又何在？即宇宙真理自然科學方面，亦由人類功利觀念所發動，何得謂之純客觀？

戲劇亦求客觀，此時此地，此人此事，只此一現實，不再在其他處遇到，始是戲劇好題材。如男女戀愛，西方人用作小說、戲劇題材者，層出不窮，力求其不相似。但中國詩則不然。〈關雎〉為古詩三百之第一首，「窈窕淑女，君子好逑。」一方必求為淑女，一方則求為君子。現實中之戀愛，千差萬別，變動不居，只此雙方求得為淑女、君子，則共同人情之不變者。此乃一主觀要求，一切客觀盡向此為歸宿。故中國古代風俗，婚姻必誦此詩，此即所謂道一而風同也。欲求人生勿如一戲劇，其要旨在是矣。

漢樂府有云：「上山采蘼蕪，下山逢故夫。長跪問故夫，新人復何如。」此故夫與新人，果為君子與淑女之相配否，今不可知。然此上山采蘼蕪之棄婦，則應可稱一淑女矣。果為一淑女，其所懷心情，宜可入詩。後人知其為一淑女，亦因詠此詩而知。凡中國詩所詠，則皆超現實，不重客觀，僅詠其一己內心主觀之所存想。一切詩幾乎皆如是。而中國人生受此陶冶，亦莫不重在此。《中庸》言：「莫不飲食，鮮能知味。」飲食乃人生中最現實者。《孟子》曰「飲食男女性也」是矣。然飲食貴知味，人生現實中之味則在情，今所謂「人情味」是矣。苟無情，則又何味焉？

具體現實重客觀、重分別，彼此不相混淆。人情超現實，乃一抽象觀念，籠統概括。舜之父母，與周公之父母，同是一父母，即同應孝，不宜再加分別。孔子曰：「必也正名乎！」父是父，母是母，夫婦、兄弟、君臣、朋友皆然，此之謂人倫。正名者，但正其「名」，而「實」則非可正。如欲正其實，則舜之父母將不得為父母，而現實乃大變。故現實貴在名，名則在抽象、在主觀，只在籠統概括一共同觀念上。故曰淑女、曰君子，此猶如稱孝子、稱忠臣，凡人倫必可名。但如曰富人、曰貴人，則乃具體，有分別，不成人倫中一名。孰有以富人、貴人為名者？在中國重視人倫大道之人生中，則有此實而無此名可知。

人情逐於物而具體可分別者，中國人則稱之曰「欲」。孝弟忠信為情，乃對人而發，期能得對方之同情；富貴權利，則在己之欲，惟引起人我之相爭。十人賽跑，九人退後，一人乃得為冠軍。而事過境遷，在其心中，終不能長存此滿足感。於是再求競賽之來臨，但又不得常為冠軍。西方人生正如此。故「情」則內外可以和合，「欲」必導致內外分裂。欲不可籠統概括，外面來一刺激，吾心隨生一欲；外面無刺激，則我心必向外尋刺激，以滿足吾所欲。而欲終不可得滿足。商業即與人以刺激，而供人之滿足者，其不可終得滿足亦可知。必於四圍之不滿足中，求得一己之滿足，此為西方人生。中國人生務求能轉欲為情，則孝弟忠信，敬愛和平，內外雙方，兩皆滿足矣。然此亦籠統概括言之。當下得滿足，而永此向前無止境。孰謂孝可滿足，自此以往乃可不孝？善可滿足，自此以往乃可不善？故曰：「止於至善。」亦籠統概括語。實則永在此至善一途上前進，非有止也。則「止」乃仍是一名，非一實。今人則僅曰奮鬥向前，人生只在瞬息間，瞬息必變，亦可謂無人生之可名矣。而又何味之有乎？籠統概括超現實而賦以一名，曰：「止於至善。」其實所謂奮鬥向前，亦只一名。惟其名不正，斯無可止，群情終不安。然則何不正其名曰「父慈」、「子孝」、「君仁」、「臣敬」，男曰「君子」，女曰「淑女」，使人即此而可止、即此而可安之為愈乎？

西方人言科學，試問自發明槍砲乃至於核子武器，各種殺人利器，亦得謂之是人生之進步否？西方人言哲學，試問自柏拉圖《理想國》，而至於馬克斯之唯物史觀、共產主義，亦得謂之人生之進步否？人情有一止境，而人欲則無止境。今日競言進步，實則乃人欲之橫流也。今日世界之戲劇化，皆由欲來，不由情來。

今日國人方提倡新文學，競為戲劇、小說，又倡為白話詩。中國一切舊文學，皆置之不理。而傳統詩化之人情味，亦將放棄，古調不再彈，誠亦良堪嗟嘆也。西方人亦非無情，惟其恣於欲，遂多情不自禁處，亦多情不自安處。觀其戲劇、小說而可知。而種種禍亂，亦胥隨以起。今國人亦寧願蹈此覆轍，則亦無可奈何耳。

繼此當言藝術。戲劇亦一藝術也。而中西藝術又不同。西方分真、善、美為三，中國則一歸之於善。善即人情，使真而無情，即真不為善，雖真何貴？西方言美，亦專就具體言。如希臘塑像必具三圍，此屬物體，無情可言。無情亦無善。美而無善，亦可成為不美。如楊貴妃在唐宮，非不是一美人。然縊死馬嵬驛，人心始快。則美而不美矣。「臨去秋波那一轉」，乃崔鶯鶯之多情，亦即崔鶯鶯之美。但其越德離矩，終亦僅成一小說、戲劇中人物，非詩中一人物。金聖歎以《西廂記》、《水滸傳》與莊周、屈原諸人著書同列為「六才子書」。才子亦小說、戲劇中人物，非詩中人物。中國古人亦絕不視莊周、屈原為才子。聖歎此等見解，正亦明季文風墮落之一徵。「女子無才便是德」，此語更寓深義。才情並茂，則尤非有德者不能。中國人重德，西方人重才，亦中西文化一大歧趨。平劇後起，對《西廂》故事多演紅娘，少演鶯鶯，亦有斟酌。至如《秦香蓮》一劇，則事勝情，乃類西方一悲劇矣。要之，中國戲劇仍富詩情，寓教育感化之意多。而西洋戀愛小說與戲劇如《羅蜜歐與朱麗葉》之類，惟富刺激性，無教育感化意義可言。此亦可謂中西雙方藝術意義亦不同。

中國之詩化人生，宜亦可稱之為藝術人生。而西方人生，則僅得稱為是戲劇化，不得同稱之為是藝術化。在西方真、善、美必相分立，而中國則真、善、美同歸和合。此又中西雙方人生大相歧所在，不得不深味之。

或謂中國人生重道德，乃由少數人提出一規矩準繩，剝奪人自由，強人以必從。《論語》孔子曰：「志於道，據於德，依於仁，游於藝。」道者，人之共同行為，而必當本於個人各別之德性。德性則必有情，於是乃有人與人之同情，此即孔子之所謂仁。藝則文學、藝術、科學、哲學皆屬之。游則余此上文所謂之「涵泳」。人生大義盡此矣。則中國之道德人生，亦即是藝術人生，正是一詩化人生也。讀二十篇《論語》，能亦如誦一首詩，則庶得之矣。

近代中國人競慕西化，即文學、藝術皆然。百年來，社會競效西方演話劇而終不盛。中國之平劇及各地方劇，大體皆詩化。遇所欲言，必以歌唱出之，不用白話，因白話表達不到人心深處。凡屬喜、怒、哀、樂、愛、惡，真情內蘊，皆非言辭能盡。於是歌唱淫液，嗟嘆往復，所謂「詩言志」，乃屬一種情志，人生主要乃在此。故平劇、地方劇莫不歌唱化，亦即是詩化。西方人之小說與劇本，惟因情不深，乃偏向事上表演，曲折離奇，驚險疊出，波譎雲詭，皆以事勝，非以情勝。如平劇中「三娘教子」一段，其子長跪臺前，三娘長幅唱辭，不在辭，而在聲，此即藝術深處，為白話劇所不能有。又如「蘇三起解」，在途中唱嘆不盡，僅一解差相隨，情意萬千，在話劇中又如何表出？故知中國人生決不能戲劇化，而必詩化。中國戲劇亦詩化。而白話劇則終不能緊扣中國之人心。即此一小節，可概其餘矣。

# 中國文化與文藝天地
## ——論評施耐菴《水滸傳》及金聖歎批註

中國文化中包涵的文藝天地特別廣大、特別深厚。亦可謂中國文化內容中，文藝天地便占了一個最主要的成分。若使在中國文化中抽去了文藝天地，中國文化將會見其陷於乾枯，失去靈動，而且亦將使中國文化失卻其真生命之淵泉所在，而無可發皇，不復暢遂，而終至於有窒塞斷折之憂。故欲保存中國文化，首當保存中國文化中那一個文藝天地；欲復興中國文化，亦首當復興中國文化中那一個文藝天地。本文標出此「中國文化與文藝天地」之總題，此下當分端各立題目，不論先後，不別輕重，不分長短，隨意所至，拉雜陳述。

# 一　活文學與死文學

文學當論好壞，不當論死活。凡屬存在到今，成為一種文學的，則莫非是活的。其所以為活的，則正因其是好的。為何說它是好的？此則貴有能鑑別與欣賞的人。能鑑別欣賞好文學的，則必具有一種文學修養工夫。好文學則自有標準，不專在其能通俗，大家能懂而即便成為好文學。

要求通俗，其事亦難。俗善變，俗外有俗，通於此，未必即通於彼。近人又說文學當大眾化，大眾範圍也可無限延伸。不識一字，與僅識幾字的，都是大眾；沒有讀書，和僅讀幾本書的，也都是大眾。要求通到無窮易變之俗，化及無窮延伸之大眾，那真不是件易事。並且若只是通俗與大眾化，也不一定便會是好文學。好文學有時不易使不讀書人、不識字人也能解，能欣賞。有時僅能有少數人瞭解欣賞，但亦並不失其為好文學。因此，好文學與通俗大眾文學，應該分開作兩項說。好文學比較通俗的也有，但不一定要兼此兩者始稱得好。

通俗文學流行在大眾間，近人說它是活文學，但很多是壽命不長，過些時便死了。這不待遠求證據，即在當前數十年間，一時風行，隨即便被遺忘的作品太多了。如此則活文學轉瞬便變成了死文學。何以故？因其只求通俗，只求在大眾間流行，而大眾則如長江之水，後浪推前浪，轉瞬都變了。對象一失，自己立場也站不住。這因其文章本身並不好，所以會短命，過時便死。要是好文學，雖不通俗，雖不人人都能欣賞，但在大眾中不斷自有能欣賞的人，所以好文學能永遠流傳，千載長生。

說到中國古文學，如《詩經》三百首，距今遠的有三千年，近的也在兩千五百年以上，這是古代文學代表，不在以近代大眾為對象。但雖如此，亦斷不能說它已是死文學。只要在今時，仍有人能欣賞，它在能欣賞人的心中，還是一種活文學。只要將來仍不斷有人能欣賞，則它將來還依然是一種活文學。

故論文學，一方面當求有人能創作出好文學來；另一方面則當求有人能欣賞，能有文學修養的人來欣賞。創作與欣賞，應是站在對等地位。不能只求創作而不求欣賞。若只求俗眾欣賞，而不求俗眾之提高欣賞能力，無欣賞而只創作，亦創作不出好文學來。在初學識字的小學生言，他們只能識得小貓三隻四隻，但小貓三隻四隻究不能說它是好文學。

遠在三百年前，早有人識得此道理。那時有一位文學批評家金聖歎，他把《西廂》、《水滸》和〈離騷〉、《莊子》、《史記》、杜詩同列為才子必讀書，那即是說這些都是好文學。他並不曾單把《西廂》、《水滸》稱之為通俗的大眾化的活文學，而把〈離騷〉、《莊子》等歸入為古典的死文學。他說：在十一歲病中，「初見《妙法蓮華經》，次之則見屈子〈離騷〉，次之則見太史公《史記》，次之則見俗本《水滸傳》。〈離騷〉苦多生字，好之而不甚解，記其一句兩句，吟唱而已。《法華經》、《史記》，解處為多，然而膽未堅剛，終亦不能常讀。其無晨無夜不在懷抱者，於《水滸傳》可謂無間然矣。」從近人意見說來，〈離騷〉在此孩時的金聖歎心中，顯然早是死文學。《法華經》、《史記》則半死不活。但此孩異時長大，死的、半死的全都活了。他又為「才子」二字下定義。他說：「依世人之所謂才，則是文成於易者，才子也。依古人之所謂才，則必文成於難者，才子也。依文成於易之說，則是迅疾揮掃，神氣揚揚者，才子也。依文成於難之說，則必心絕氣盡，面猶死人者，才子也。故若莊周、屈平、馬遷、杜甫以及施耐菴、董解元之書，是皆所謂心絕氣盡，面猶死人，然後其才前後繚繞得成一書者也。」

依聖歎之說，則好文學必然成於難。苟非「心絕氣盡，面類死人」，則不得成一才子書，即不得成為好文學。依聖歎之說，則不僅創作難，欣賞亦不易。苟非具堅剛之膽，亦不能常讀不易解書，而得其「心絕氣盡，面類死人」之所在。聖歎此一意見，似乎與今人意見大不同。依今人意見，不易讀，便不是好文章，而古人文章乃全成為冢中枯骨、山上僵石。要寫人人易讀之文章，則必出於人人易寫之手，而後創作之與欣賞，乃一主於易而不知有所謂難。如此則好文學將遍天地，而亦自不見其所謂好。

猶憶余之幼年，在十歲、十一歲時，尚不知有〈離騷〉、《莊子》、《史記》、杜詩，然亦能讀

《三國演義》、《水滸傳》。其時是前清光緒之末，方在一小學堂讀書。有一顧先生，從無錫縣城中來，教國文，甚得諸生敬畏。學堂中有一軒，長窗落地，窗外假山小池，雜花叢樹，極明淨幽蒨之致。顧先生以此軒作書齋，下午課後，酒一卮，花生一堆，小碟兩色，桌上攤一書，顧先生隨酌隨閱。諸生環繞，窺其書，大字木刻，書品莊嚴，在諸生平時所見五經四書之上。細看其書名則為《水滸》。諸生大詫異，群問：《水滸》乃閒書小說，先生何亦閱此？並何得有此木刻大字之本？顧先生哂曰：「汝曹不知，何多問為？」諸生因言：有一年幼小學生某，能讀此書，當招來，先生試一問。於是招余往書齋。顧先生問：「汝能讀《水滸》，然否？」余點首。先生又問：「汝既能讀，我試問汝，汝能答否？」余默念讀此書甚熟，答亦何難，因又點首。先生隨問，余隨答。不數問，顧先生曰：「汝讀此書，只讀正文大字，不曾讀小字，然否？」余大驚汗出，念先生何知余之私祕，則亦仍只有點首。先生曰：「不讀小字，等如未讀，汝歸試再讀之。」余大羞慚而退。歸而讀《水滸》中小字，乃始知有金聖歎之批註。

自余細讀聖歎批，乃知顧先生言不虛，余以前實如未曾讀《水滸》。乃知讀書不易，讀得此書滾瓜爛熟，還如未嘗讀。但讀聖歎批後，卻不喜再讀餘外之閒書小說，以為皆莫如《水滸》佳，皆不當我意，於是乃進而有意讀《莊子》、〈離騷〉、《史記》、杜詩諸才子書。於是又進而讀貫華堂所批唐詩與古文。其時余年已近廿歲，卻覺得聖歎所批古文亦不佳，亦無當我意。其批唐詩，對我有啟發，然亦不如讀其批《水滸》，使我神情興奮。於是乃益珍重其所批之《水滸》，試再翻讀，一如童年時，每為之踴躍鼓舞。於是知一人之才亦有限，未必每著一書必佳。余因照聖歎批《水滸》者來讀古文。其有關大脈絡大關鍵處且不管，只管其字句小節。如《水滸》第六回：

只見智深提著鐵禪杖，引著那二三十個破落戶，大踏步搶入廟來。林沖見了，叫道：「師兄哪裡去？」

聖歎批：

著此一句，便寫得魯達搶入得猛，宛然萬人辟易，林沖亦在半邊也。

我因聖歎這一批，卻悟得《史記》鴻門宴：

張良至軍門見樊噲，樊噲曰：「今日之事何如？」良曰：「甚急！」

照理應是張良至軍門，急待告樊噲，但樊噲在軍門外更心急，一見張良便搶口先問，正猶如魯智深搶入廟來，自該找林沖先問一明白，但搶入得猛，反而林沖像是辟易在旁，先開口問了智深。把這兩事細細對讀，正是相反相映，各是一番絕妙的筆墨。

又如《水滸》第六十一回：

李固和賈氏也跪在側邊。

聖歎批道：

俗本作「賈氏和李固」，古本作「李固和賈氏」。夫「賈氏和李固」者，猶似以尊及卑，是二人之罪不見也。「李固和賈氏」者，彼固儼然如夫婦焉，然則李固之叛與賈氏之淫，不言而自見也。先賈氏，則李固之罪不見；先李固，則賈氏之罪見，此書法也。

我年幼時讀至此，即知敘事文不易為，即兩人名字換了先後次序乃有如許意義不同。後讀《史記・趙世家》：

於是召趙武、程嬰，遍拜諸將。遂反與程嬰、趙武攻屠岸賈。

此即在兩句一氣緊接中，前一句稱「趙武、程嬰」，因晉景公當時所欲介紹見諸將者，自以趙孤兒為主，故武當先列。後一句即改稱「程嬰、趙武」，因趙武尚未冠成人，與諸將同攻屠岸賈，主其事者為程嬰，非趙武，故嬰當先列。可見古人下筆，不苟如此。《水滸》雖易讀，然亦有此等不苟處。若非我先讀聖歎批，恐自己智慧尚見不及此等不苟之所在。

又《水滸》第六十回：

賈氏道：「丈夫路上小心，頻寄書信回來。」說罷，燕青流淚拜別。

聖歎批道：

寫娘子昨日流淚，今日不流淚也。卻恐不甚明顯，又特地緊接燕青流淚以形擊之。妙筆！

妙筆！

又第五十九回：

飲酒之間，忽起一陣狂風，正把晁蓋新製的認軍旗半腰吹折，眾人見了盡皆失色。

聖歎批道：

大書眾人失色，以見宋江不失色也。不然者，何不書「宋江等眾人」五字耶？

後讀韓退之〈張中丞傳後序〉：

雲因拔所佩刀，斷一指，血淋漓，以示賀蘭。一座大驚，皆感激為雲泣下。雲知賀蘭終無為雲出師意，即馳去。

乃知此處「一座大驚」，正是映照出賀蘭進明一人不驚，只看下面「雲知賀蘭終無出師意」一句自可見。

以上隨手舉例，都是我在二十歲前後，由聖歎批《水滸》進而研讀古文辭之片段心得。到今五十多年，還能記憶不忘。正如聖歎所說：「自記十一歲讀《水滸》後，便有於書無所不窺之勢。」我亦自十一歲讀了聖歎批《水滸》，此下也開了我一個於書有無所不窺之勢。益信聖歎教我不虛，為我開一條欣賞古書之門徑。但此後書漸漸讀多了，《水滸》便擱置一旁，金聖歎也連帶擱置一旁，只備我童時一回憶而已。然自新文學運動浪潮突起，把文學分成了死的和活的，我不免心有不平。在我心中，又更時時想念到聖歎批《水滸》。有人和我談及新文學，我常勸他何不一讀聖歎批《水滸》。然而風氣變了，別人不易聽我勸說。金聖歎在近代愛好文學者心底，逐漸褪色，而終於遺棄。金聖歎的論調，違反了時代潮流，他把通俗化大眾化的白話的新的活文學，依附到古典的陳舊的死文學隊伍中去，而不懂得在它們中間劃出一條鮮明的界線。而且又提出一「難」字，創作難，欣賞亦難。此一層，更不易為近代潮流所容受。依近代人觀點，《水滸》當然還當劃在活文學之內，而金聖歎則因觀念落伍，雖在他身後三百年來，亦曾活躍人間，當時讀《水滸》則必讀聖歎批，連我童年老師顧先生還如此般欣賞，而此刻則聖歎批已成死去。最近在坊間要覓一部聖歎批的《水滸》，已如滄海撈珠，渺不易得。文學壽命，真是愈來愈短了。一部文學作品，要能經歷三十年，也就夠滿意了。余之追憶，則如白頭宮女，閒話天寶遺事。六十年前事恍如隔世，更何論於三百年！然而文章壽命既如此其短促，乃欲期求文化壽命之悠久而綿長，此亦大值深作思考之事。爰述所感，以供當代從事文學工作者之研究。

## 二　文學與考據

今之從事文學者，一則競務於創作，又一則競務於考據。考據工作，未嘗不有助於增深對於文學本身之瞭解與欣賞。然此究屬兩事，不能便把考據來代替了欣賞。就《紅樓夢》言，遠在六十年前，王國維《觀堂集林》提出《紅樓夢》近似西方文學中之悲劇，此乃著眼在《紅樓夢》之文學意義上；但此下則《紅》學研究，幾乎全都集中在版本考據上。《水滸傳》亦同樣有此趨勢。

討論到《水滸》故事來歷，必會追溯到宋人所著的《宣和遺事》。此下元曲中也有不少梁山泊的英雄故事。但《水滸》成書究在何時，此一問題，至今還未獲得一明確之解答。說到《水滸傳》

作者，或說是羅貫中，或說是施耐菴，此事尚未臻論定。而羅、施兩人之生卒年代及其籍貫等，一樣是眾說紛紜。至於有關兩人其他歷史事跡，無可詳考，更所不論。

說到《水滸傳》之版本，此六十年來，已採訪到國外，日本和巴黎，絡續發現獲有六種不同之本。但要尋究其最先祖本，是否即在此六種之內，抑尚在此六種之外，則亦仍多異議。但至少可得一定論的，則《水滸》一書，決非一人一手所成，不斷有增添、有刪改，直到《聖歎外書》七十回本出世，而成為此下三百年來《水滸傳》最流行的本子。那是千真萬確誰也不得否認的事。

若照近代流行觀念，把文學分為活文學、死文學兩種，則聖歎批本七十回《水滸傳》，顯然是三百年來的一部活文學，而聖歎以前之各種《水滸》，皆成為死文學。卻不料從事考據的人，偏要迷戀冢中枯骨，在此活生生的聖歎批本七十回《水滸傳》之外，刻意搜索舊本，一一加以考訂。在要編著一部詳備的小說史，此項工作，自亦無可厚非。但此三百年來，在社會上廣大流行的，究竟是聖歎批的七十回本。聖歎本人，身遭斬頭之罪，並非有私人大力來推行其自所改定之本。此刻作考據工作的人，也並未能在舊本中選出一本來代替聖歎批本。也未有人從文學價值上來評定舊本中之任何一本，其文學價值當更勝過了聖歎批本，而盡力為之宣揚，使之從死裡復活，而宣判了聖歎批本之死刑。今社會所廣大流行的還是此七十回《水滸傳》，為聖歎所稱為「貫華堂古本」，所定為《聖歎外書》的。坊間翻印，卻單把聖歎批語取消。從事考據的，則只稱聖歎本非

《水滸》古本，如此而止。但古本在文學價值上，既非勝過聖歎本；而聖歎本之文學價值，則已經聖歎本人盡力闡揚在其批語中。今把聖歎批語取消，仍讀此七十回本，則正如我個人在六十年前讀《水滸》，只讀大字正文，不讀小注，乃為我老師顧先生所呵斥。《水滸》是一部廣大讀物，我想凡是讀《水滸》的，並不盡具超人的智慧聰明，能看透紙背，能看出當時聖歎批的精意所在。

或許有人說：聖歎見此七十回本是一會事，聖歎批此七十回本又是一會事，兩事當分別看。但從事考據的人，卻沒有在此上下工夫。究竟在聖歎之前，是否早有此七十回本？其證據又何在？今再退一步，承認在聖歎前早有此七十回本，而聖歎則只下了些批語。但聖歎批語是否有當，仍值討論。即如我前所舉三例，是否是聖歎批錯了？若聖歎沒有批錯，是否取消了聖歎批只讀正文，人人能讀出其中涵義，不煩聖歎來作批？抑或聖歎所批並無文學價值？則《水滸》書中之文學價值究應在何處，卻也沒有人來另作指點。

或許又有人說：讀書有了批註，會把讀者的思想聰明拘束了、窒塞了，不如只讀原書，更活潑，更自在，可以激發讀者自己心靈。但此語似是而非。好批註可以啟發人之智慧聰明，幫助人去思索瞭解。今人讀《楚辭》，還多兼讀朱熹《注》。讀《莊子》，還多兼讀郭象《注》。讀後有疑，還可兼看他家注來作參考。我少年時也曾讀過《史記菁華錄》。當然此書價值，遠不能和朱注《楚辭》、郭注《莊子》相提並論，但我也曾讀得手舞足蹈。我很喜歡此書，因它有些處很像聖歎批

《水滸》，提起了我興趣，使我讀《史記》有一入門。此書至今不廢，但聖歎批《水滸》則竟是廢了。既沒有人為此叫屈，也沒有人申說理由，指出聖歎批《水滸》之該廢。然而三百年來一部暢行書，則終是在默默中廢了。時風眾勢，可畏！可畏！

其實聖歎所抱之文學觀點與其文學理論，有許多處，與近代新文學界之主張不謀而合。近代新文學興起，乃受西方影響。而在聖歎當時，西方文學尚未東來，聖歎已能巨眼先矚，一馬獨前。在敘述近代文學新思潮史上，此人理當大書特書，受近人之崇敬。所不同者，聖歎的文學觀念與其文學理論極富傳統性，只在傳統之下來迎受開新；而近代人的文學觀念與文學理論，則徹頭徹尾崇尚革命性——開新便得要拒舊，而且認為非拒舊則不足以開新。所以一說到傳統，則群加厭惡。近代從事新文學運動的人，固亦不曾正式否認了《莊子》、〈離騷〉、《史記》、杜詩的文學價值，但似乎認為此諸書之文學價值早屬過去。換言之，則實已死了。所以近代新文學家，並不教人去研究《莊子》、〈離騷〉、《史記》、杜詩，有時只用來作考據材料，卻決不謂可以用來作文學標準。所以從事新文學創作的人，對此諸書不屑一顧的決不在少數。於是聖歎之文學觀念與文學理論，乃亦為近代人所不願再提。但果拋棄了傳統，則亦無所謂革命。因此至於最近代，則亦僅言創作已夠，更不煩再言文學革命，那是更新更進步了。我在今天，重來提起聖歎批《水滸》，則因此書既已絕跡，卻也不妨用來作為一份考據材料，這應該不為時代潮流所排拒。

但我對《水滸》與聖歎批，亦只有些童年憶舊。自我二十以後，即對《水滸》和聖歎批擱置度外，再不曾理會過。若使我真要來作考據工夫，實也無從做起。但我有一想念，卻可提出供有考據興味者作一參考。我在六十年前初讀聖歎批《水滸》，有一項最激動我幼年心靈的，則因讀了聖歎批，而知宋江不是一好人，並不如其渾名「呼保義」、「及時雨」之類，而是一假仁假義善用權謀的大奸巨猾。在聖歎批的七十回本中，固然有些處可能由聖歎改動來加強此一描寫，但就整個《水滸傳》的演變來說，是否一開始宋江即是這樣一個人，抑係逐漸變成為這樣一個人的，此層卻大值注意，應該作一番考查。

據世俗常言，梁山泊好漢都是逼上的，其實也並不然。如魯智深、林沖、武松諸人，最先都不是存心要上山落草做強盜，那不用再提。但梁山泊開始如晁天王、吳學究等人智取生辰綱，何嘗是被逼？縱說他們受了朝政汙黷的刺激，但不能說他們是滿腔忠義，情不獲已。至如盧俊義是被騙上山的。朱同、雷橫更是梁山泊好漢使用了慘無人道之詭計，而逼之入夥的。其他如關勝、秦明、呼延灼諸人，何嘗是朝廷逼迫他們去上山？如此逐一分析，七十二地煞暫不算，三十六位天罡星中，被逼於朝廷而上山的固有之，受梁山泊之或誘或脅，違其初心，而被逼上山落草的卻更不少。梁山泊之獲成此大局面，主要自在宋江一人。一開始，宋公明私放晁天王，又何嘗是被逼？亦何嘗算得是忠義？當然如《宋史》所載，〈徽宗本紀〉稱「淮南盜宋江」，〈張叔夜傳〉載

「宋江起河朔」，〈侯蒙傳〉稱「宋江以三十六人橫行齊、魏」，都只舉盜魁宋江。宋江之私放晁蓋，則已見於《宣和遺事》。大概後人憎惡徽宗、蔡京一朝君相之暴虐汙黷，又因《宣和遺事》有宋江受招安平方臘之記載，乃彙合社會上種種話本傳說，而有《水滸傳》之編集。而在此《水滸傳》內容之不斷演變中，是否對於宋江個人人格之塑造與描寫，諸本間亦有所不同？若有不同，亦只有一個大區別，一是對之有稱譽無譏刺，另一則如聖歎批七十回本，在稱譽中隱藏了譏刺。惟可懸斷者，今七十回本之對宋江人格有譏刺，決不全出聖歎羼入。聖歎七十回本則必有所本，不過聖歎在有些處再加進了一些對宋江之譏刺以加強其分量。而且進一層深言之，即如我上面所舉，忠義堂三十六天罡中，有許多便是由梁山泊誘脅而來。而且在《水滸傳》開頭，先安插了一位八十萬禁軍教頭王進，此人誠似神龍見首不見尾，為《水滸傳》中第一等人物。相形之下，卻使走上梁山泊忠義堂的好漢們，為之黯然失色。當知此是全部《水滸傳》第一回目，決非無故安上。如此說來，則最先《水滸傳》作者，便對梁山泊忠義堂那一群，言外有不滿，或可說有惋惜之意。此層雖是我憑空推想，但亦本之於《水滸》本書而有此推想。雖像別無證據，但《水滸》本書即是一證據。

固然，取材於社會上廣大流行的梁山泊好漢故事而編集為《水滸傳》一書，對此諸好漢們，自必繪聲繪影，儘量渲染，以博讀者之歡心。至於朝廷君相之汙黷殘酷，只有誅伐，沒有迴護，那是必然之事，更可不論。其書稱曰「忠義水滸傳」，乃以迎合積久存在之群眾心理。是否此「忠義」二字，乃最先所有，或後來加入，此處暫不深論。要之，《水滸》成書，必然有一番極濃重的社會群眾心理作背景，又經《水滸》作者之妙文妙筆，遂使此書成為當時一部最理想的通俗而大眾化的上乘活文學。此等似皆不難瞭解。但最可怪者，乃是《水滸》作者獨於忠義堂上眾所擁戴之領袖呼保義及時雨宋公明，卻深有微辭。雖不曾加以明白之貶斥，而曲筆婉筆，隨處流露。在於作者，乃若有一番必欲一吐以為快之內心情感寄寓其間。此層最是《水滸》作者寫此一部大書之深微作意所在。而使讀者隱瞞鼓中。在作者實是一種偷關漏稅的手法，把自己一番心情混合在社會群眾心情中曲曲傳達。只此一點，遂使此書真成為一部上乘的文學作品，可以列之古今作者名著之林而無愧。然而直要待到聖歎出來為之揭發。於是聖歎乃一本作者之隱旨，而索性把後面平方臘為國建功衣錦還鄉種種無當於原作者之隱旨的一刀切斷，只以忠義堂一夢來結束，而成為此下最所流行之七十回本。此亦是聖歎對《水滸》一書之絕大貢獻。所猶有憾者，則聖歎批《水滸》，只在筆法、文法上指示出《水滸》作者對宋江人格描寫之微旨，而沒有再進一層對於《水滸》作者之深隱作意所在，有一番更明白、更透切之披露。而此事乃仍有待於後人之繼續尋討。而近人則雖是仍讀此七十回本，而把聖歎批一併刪了，則作者隱旨，又歸沉晦，欲索解人而不得。此誠為古今名著得列為最上乘之文學作品者，所同有之遭遇，而《水滸傳》亦無以自逃於其外。

以上所云，亦可謂只是一種未經考據之猜測。使此一猜測猶為近情近理，則繼此可以推論到《水滸》之作者。今既認為《水滸》一書之作意，乃為同情社會下層之起而造反，而對於利用此群眾急切需要造反之情勢，處心積慮，運使權謀，出為領袖之人物，則不予以同情。因此乃寧願為王進之飄然遠引。若果把握住此一作意，則惟有在元末明初之智識分子，乃多抱有此心情，恰與本書作意符合。而聖歎之直認施耐菴為《水滸》作者之意見，乃大值重視。

相傳明淮南王道生有〈施耐菴墓誌〉與〈傳記〉兩篇。〈傳記〉篇中有云：「張士誠屢聘耐菴不至。及稱王，造其門，見耐菴正命筆為文，所著為《江湖豪客傳》，即《水滸》。頓首對士誠曰：『志士立功，英賢報主，不佞何敢固辭？奈母老不能遠離。』士誠不悅，拂袖而去。耐菴恐禍至，舉家遷淮安。洪武初，徵書屢下，堅辭不赴。」考諸史冊，一時名士，拒士誠與明祖之徵辟者，大不乏人。即劉基亦是其中之一，後乃不得已而赴明祖之召。元末明初諸家詩文集傳至今者不少，惟宋濂一人較為例外，其他多有與施耐菴抱同一意見——不直宋江，而願為王進。若認文學作品必有時代作背景，則《水滸傳》必出元末明初，實有極堅強之理據。聖歎既酷嗜《水滸傳》，其認施耐菴為《水滸傳》作者，應亦有其根據。苟非有明確之反證，不容輕易推翻。今為《水滸傳》作考據，而獨擯聖歎一人不加理會，成見之錮人心智有如此。至王道生〈傳記〉中耐菴以母老辭士誠，亦與王進母子俱隱有可互參之消息。

又王道生所為〈耐菴墓誌〉，謂羅貫中乃耐菴門人，預於耐菴著作校對之役。則聖歎謂《水滸》七十回以下乃羅貫中所續，似亦不能謂之絕無可能。且今所可見之《水滸》諸版本，尚多列有「施耐菴集撰，羅貫中纂修」，或「施耐菴的本，羅貫中編次」者，豈不益足為王道生〈墓誌〉作證？

又聖歎批《水滸》，附有貫華堂所藏古本《水滸傳》施耐菴一序，文中有敘述懶於著作之心情凡四：「名心既盡，其心多懶，一。微言求樂，著書心苦，二。身死之後，無能讀人，三。今年所作，明年必悔，四。」所謂「名心既盡」，亦可為耐菴對吳王、明祖兩方卻聘作注腳。所謂「微言求樂」，序中又言：「日有友人來家座談，談不及朝廷，亦不及人過失。所發之言，不求驚人，人亦不驚。未嘗不欲人解，而人卒亦不能解。事在性情之際，世人多忙，未曾嘗聞。」此亦約略道出耐菴諸人亂世蒼涼苦悶退晦之心情。此種心情，亦未嘗不一鱗片爪，隱約出現於其友散之後，燈下戲墨之《水滸傳》中。此等文字，宜其身死後無能讀之人。然又謂所以獨有此《水滸》一傳者，亦有四故：「成之無名，不成無損，一。心閒試弄，舒卷自恣，二。無賢無愚，無不能讀，三。文章得失，小不足悔，四。」讀者當於「無賢無愚，無不能讀」之中，而窺見其「身死以後，無人能讀」之感慨所在，則庶可謂善讀《水滸》之人。而《水滸》一書之最高文學價值所在，則正貴從此處參入。

聖歎又自有〈讀第五才子書法〉一篇，其中謂：「《水滸傳》有大段正經處，只是把宋江深惡痛絕，使人見之，真有犬彘不食之恨，從來人卻是不曉得。《水滸傳》獨惡宋江，亦是殲厥渠魁之意，其餘便饒恕了。」只此一段，便足為聖歎並不真瞭解耐菴《水滸傳》作意之鐵證。《水滸傳》作者於忠義堂諸豪客，只有惋惜，並無憎惡，筆裡行間，處處流露，哪裡有「殲厥渠魁，其餘便饒恕了」之意？

聖歎又說：「作《水滸傳》者，真是識力過人。某看他一部書，要寫一百單八個強盜，卻為頭推出一個孝子來做門面。」此又是聖歎不真瞭解耐菴作《水滸傳》時之心境與其作意之第二個鐵證。耐菴何嘗把忠義堂豪客們盡作強盜看？開首寫一王進，又何嘗是把一孝子來裝門面？《水滸》忠義堂中，未嘗沒有孝子，卻無一人再能如王進之神龍無尾，此乃《水滸》作意之最值注意處，而惜乎聖歎亦未見及此。

上舉兩證，指出聖歎並未真瞭解到耐菴深處，但亦正可從反面來證明聖歎所引耐菴一序非聖歎所偽造。聖歎之所以不能瞭解耐菴作意深處者，亦因聖歎未能瞭解到耐菴當身之時代背景，與其心情寂寞苦悶之所在。而其所引耐菴一序，若以當時之時代背景與夫處此一時代中之智識分子所共同抱有之內心苦悶來體會，則正是宛相符合。此種內心苦悶之是非，與夫其當有與不當有，則不在此文討論之列。但當時智識分子之具有此一番心情，則尚有同時其他詩文集可資作證。惟事過境遷，則當時智識分子之此一番心情，乃不易為後人所識取，則聖歎之識不到此，自亦無足深怪。

惟上所引述，亦僅止於引述。因所引述，而有所猜測與討論，亦僅止於猜測與討論。此等並說不上是考據。有意考據工作者，自將不滿於我之僅止於此。惟鄙意則認為考據必先把握到一總頭腦處。如我上舉，《水滸》作者同情忠義堂上諸好漢們而不滿於其領袖之一節，實當為討論《水滸傳》作者之作意與其時代背景之一主要總頭腦。若循我所指出之此一路線，繼而為之一一求考作證，雖考證所得，或於我所猜想尚可有許多小修正，但亦當不致太離譜。否則先不求其總頭腦所在，只於版本上、字句上，循諸小節，羅列異同，恐終不易於細碎處提出大綱領，於雜淺處見出大深意。如此考據，亦復何用！儻若謂一書作者，本只是根據社會傳說，而寫出了一部無賢無愚無不能讀之書，其書則只於有此許多故事而止，在此許多故事之外，不應再有作者之作意。此雖於今人理想中之所謂通俗而大眾化之活文學標準，若無所違背，但若謂文學上之最高最大價值，亦復僅止於斯，則似乎值得再討論。

抑且考據亦自有止境。從來聖經賢傳，百家巨著，懸之日月，傳之古今，歷經考據，亦尚多不盡不實之處。何況《水滸傳》，體製不同，在作者亦僅認為「心閒試弄，成之無名，得失小，不足悔」，他人亦僅以閒書小說視之，人人得而插手，妄意增羼，流傳田野之間，不登大雅之堂，又何從而必施以嚴密之考證，又何從而必得其最後之一是？惟聖歎一人，能獨出心眼，一面則舉而儕之高文典冊之林，一面亦復自出己意，加以修改，此非深得文學三昧者，恐未易有此。

余之斯篇，一本聖歎批之見解，而更進一層以追求《水滸》原作者之心情。固知無當於當前談《水滸》者之群見，亦不合於當前治考據學者之務求於詳密，亦是心閒試弄，以備一解而止，惟讀者其諒之。

西方小說戲劇富娛樂性、刺激性，而中國之小說、戲劇則富教誨性、感化性。施耐菴《水滸傳》可為其代表。但起於明初，故富反面性。羅貫中則當已臻明開國後之社會安定期，故既續《水滸》宋江反正，又為《三國演義》，乃轉正面性。施耐菴《水滸傳》取材北宋徽、欽以下之北方社會抗金故事，而羅貫中《三國演義》則取材正史陳壽《三國志》。關羽乃成為武聖，明、清兩代普遍流行於下層社會，備受尊崇，幾媲美於孔子。《水滸傳》之林沖、武松諸人，已遠非其比。即如劉備亦遠勝於宋江，諸葛孔明亦遠勝於吳用，江湖人物乃一轉為廊廟人物。然改造正史，多出杜撰，僅得流行於下層社會，而不得進而供士大夫治平大道作根據。小說、戲劇之在中國，終為文學中之旁枝末流，而不得預於正統之列。今人縱盛尊西化，亦無以否認此歷史具體之已成局面耳。

# 情感人生中之悲喜劇

中國人生以內心情感為重，西方人生則以外面物質之功利為要。此亦東西雙方文化相異一要點。故西方人不言感情。自然科學不關感情，可不論。耶穌教信原始罪惡論，人性惟有罪惡，乃必以上帝之心為心，以上帝之愛愛父母，愛全人類。哲學探討真理，亦不能羼雜情感。然人生不能無情，西方人乃集中言男女戀愛，不分是非善惡，一任自由。故戀愛亦如求取外面物質功利，所愛既得，此情即已。故曰結婚乃戀愛之墳墓。又主離婚自由。苟使外面別有所愛，或對此已有所厭，自可另謀所求。夫婦成家，亦屬外在之一種。功利所在，則苟安之而已。中國人則不尚男女之愛，而特重夫婦之愛。由夫婦乃有家庭，有父母子女，由此再推及於宗族、親戚、鄰里、鄉黨，而又推之全社會、全人類，皆本此一心之愛。此愛在己，但不輕易發之。故未成年人，則戒其言愛。必由父母之命，媒妁之言，慎重選擇。所愛既定，則此心當鄭重對之，死生不變。此心之情感，實即吾生命所繫。不如西方人，乃若以生命繫之外面物質功利之追求。此乃東西雙方人生觀一大不同所在也。

西方文學最喜言男女戀愛，中國文學則多言夫婦之愛。姑舉人所盡知之現行國劇，擇其中之五劇故事為例，稍加申說。

首及王寶釧之寒窯十八年。其夫已遠離，音訊久絕，然王寶釧愛心不變，寒窯獨守，千辛萬苦，不言可知。然所愛雖在外，此心之愛則在己。己之此心，則實我一己之生命所繫，外面境況可有種種變，惟我一己之生命則不得變。千辛萬苦，皆在我此生命中，故亦安之若素，不輕求擺脫。非不求擺脫此苦，乃不求擺脫此愛。若求離此苦辛，而亦離了我愛，即不啻離了我此生命，乃為萬不值得之事。王寶釧亦尚有父母，父母亦其所愛。其父乃當朝宰相，大富極貴，王寶釧亦儘可離此寒窯歸父母家，豈不仍可享受一番安樂生活！然中國人觀念則不然。男以女為室，女以男為家。寶釧一家之主乃其夫，其夫於岳家有不樂，寶釧乃推其夫之志，故乃不歸父母家，而獨守此寒窯。否則寶釧若以其一身生活之辛苦與安樂為選擇，離寒窯歸其父母，則寶釧夫婦一家早不存在。中國人以家為重，故計不出此。而其夫亦終於十八年後，重歸寒窯，重訪其妻，而其夫時亦成一大貴人，其權位乃轉居其岳父之上，於是乃有劇中「大登殿」之一喜劇出現。苦盡甘來，此為中國人理想所歸往之一境。

其夫在外十八年，已成一大貴人，然而此心不渝，此愛不變，仍來訪此寒窯，尋其故妻，此層亦大可稱賞。惟其間尚有一枝節，其夫在外已得一番邦公主為新歡。以今人觀念言，若不可恕。而其夫既得新歡，仍念舊情，此情則彌可欣賞。寶釧亦不加罪責，其新歡番邦公主，亦不加罪其夫，而又甘居寶釧之下，一如姐妹，同事一夫。此層由今人觀念言，亦大非所宜。一夫兩妻，認為大不可忍，認為封建遺毒。然捨事論心，則亦有其未可厚非者。

王寶釧既得團圓，乃亦不忘其對父母之愛，其夫亦曲從其妻，不念舊惡，對其岳父母仍加禮待。即其新歡番邦公主，乃亦曲守中國之禮，善視寶釧之父母，一若己之父母。「大登殿」之喜劇，乃得於此完成。然在此大喜劇之中，乃包有極深悲劇成分在內。悲喜皆此一心，惟受外面種種事態相乘，不能有喜無悲，亦不能有悲無喜，而此心則完好如一。中國人所追求者在此。

西方人則過於重視外面，在其文學中，悲劇、喜劇顯有分別，而又必以悲劇為貴。故西方歷史如希臘、如羅馬，皆卒以悲劇終。即現代西歐諸邦，亦顯已陷入悲劇中，不可自拔。而中國歷史則五千年來持續相承，較之其他民族，終不失為一喜劇。而在其演進中，則時時處處皆不勝有其極深悲劇性之存在。王寶釧之一劇，雖屬虛構，實可作為中國史一代表性之作品。

其次再及韓玉娘。乃一中國女性為金人所俘，在一金酋家作奴。金酋為之擇配成婚，其夫亦一被俘之中國人。成婚之夕，韓玉娘乃加以斥責：「汝乃中國一男子，乃貪目前小歡喜，忘國家，忘民族，一若此生有託，試問汝將來烏得為一人？盼立志逃亡。我既配汝，此情不變，他年或有再相聚之機會。」是韓玉娘雖一女流，其心尚存有對國家民族之大愛。而其夫一時生疑，恐其妻乃為金酋所使，偽為此言，以試己心。乃即以韓玉娘所言告金酋。金酋深怒玉娘，即加出賣。其夫乃深悔前非。玉娘告以此志不渝，可勿深慮，惟速逃亡，好自為人。其夫終逃去。玉娘即賣為人妾，告其買主，彼已有夫。獲買主同情，送其人一尼姑庵。乃庵主又計欲出賣玉娘圖利，玉娘又乘夜逃離。輾轉窮困中，遇一老嫠，收養為女，獲免死亡於道途。

韓玉娘乃一青年女性，其婚姻乃亦由外力所迫，僅一夕之期。其夫死生存亡不可知，至其窮達貧富更非可測。玉娘果求別嫁，亦屬人情。但後一韓玉娘已非前一韓玉娘，生活縱可改善，其內心人格則已前後分裂為二。果使其心尚存，前一韓玉娘之黑影仍必隱約出沒於後一韓玉娘之記憶中。此其為況之苦，誠有非言語所能形容者。

最近美國一總統夫人，其夫在任上遇刺身亡，國人哀悼不已，於此第一夫人倍加敬禮。然此婦又改嫁一希臘船王，以世上第一大貴，搖身一變為世上之第一大富，可謂極人世之尊榮矣。美國人在本於其文化傳統之心習，亦未對彼特別輕蔑。然不幸船王溘然逝世，首貴與首富皆不復存。孔子曰：「富貴如可求，雖執鞭之士吾亦為之。如不可求，從吾所好。」實因富貴在外，求之不可必得。縱得之，亦不可必保。所好則在我。韓玉娘一夕之愛，雖若所愛已失，然此愛則尚在己心，亦韓玉娘之所好也。韓玉娘不比王寶釧，歷史中誠有其人其事。則韓玉娘誠不失為中國文化傳統理想中一代表人物矣。

韓玉娘之夫，乃亦不忘舊情，身已顯貴，亦不再娶。命人至二十年前成婚舊地附近尋覓，終於得之，其夫乃親來迎接。夫婦相晤，韓玉娘乃在極貧賤地位中，一旦顯為一貴夫人，瞬息之間，悲喜交集。悲者悲其前之所遭遇，喜者喜其所愛之終獲如其所希望。悲劇一變而為喜劇。但韓玉娘身已染病，終於不勝其情感之激動，乃於重晤其夫之當日辭世。然在此悲劇中，亦仍然不失其有甚深喜劇之存在。此誠中國文化傳統理想所寄之一奇境也。

其次言趙五娘。其夫蔡伯喈赴京城投考，顯獲狀元及第，受命娶丞相女為妻。而趙五娘在家鄉奉侍翁姑，在窮苦困約中，遇歲大荒歉，終於翁姑俱亡，趙五娘遵禮埋葬。又獲其鄉中舊識張太公之同情，代為護視，而五娘則隻身赴京尋夫。其夫亦尚不忘其父母與前妻，派人去故鄉訪問。而其後妻亦肯恕諒其夫之遭遇，善視五娘，並相偕返鄉祭掃。此乃在悲劇中終成喜劇。然觀劇者，終於趙五娘之奉侍翁姑葬祭盡禮之一段深切悲哀中，共灑其同情之淚。要之，既不重外在物質之功利，而珍惜其一心之情感，則人事不可測，終必有種種悲劇之發生。而且人之情感，悲勝於喜。非有悲，則其喜無足喜。然果有悲無喜，則悲亦無可悲。悲之與喜，同屬人生情感，何足深辨其孰為悲孰為喜？僅求可喜，與專尊可悲，則同為一不知情之人而已。孔子曰「從吾所好」，則有深義存焉。非真知情，則亦不知我真好之何在矣。

再言薛三娘。其夫遠行，失音訊，或訛傳其死。其夫有一妻兩妾。一妻一妾聞之，同挾家財別嫁。又有一幼子，乃逃妾所生。三娘獨留不去，推其夫愛子之心，以養以教，盼其成人。有家僕老薛保，同情三娘，助其教養。乃其夫驟貴，終於回家，其子亦中科第，得官職。夫榮子貴，三娘亦驟成為一貴婦。此亦以喜劇終。然劇中「三娘教子」之一齣，亦為中國有名一悲劇。聞其歌聲，無不泣下。較之斷梭教子，其情節之悲痛尤過之。而老薛保之忠肝義膽，近代中國人雖亦可斥之為封建遺毒，然觀此劇則無不深感其為人而加以愛敬。否則必是一無心人，即無情人也。

又次再當言及「四郎探母」之一劇。四郎之父楊老令公，亦為中國戲劇中一悲劇人物，「李陵碑」一劇為其代表。四郎軍敗被俘，改易姓名，獲遼王蕭太后寵愛，得為駙馬，尚主居遼宮，安享富貴。民族國家大防，遺棄無存。而其家世所傳，為邊疆統帥忠君死敵之高風亮節，亦墮地難收。大節已喪，其人本無足論。乃猶有一節，堪值同情。方其居遼宮，已垂十五年，一旦忽聞其老母其弟重臨前線，自思自嘆，欲期一見，以紓洩其心中之鬱結。乃苦於無以為計。其不安之心情，終於為遼公主識破。又偵得其姓名家世之真，乃不加斥責，又深付以誠摯之同情，願於其母處盜取一令箭，俾四郎得託辭出關，一見其母。而更不慮其一去而不歸，冒此大險，夫婦愛情至此可謂已達極頂。而四郎歸宋營，見其母，見其弟，見其妹，見其前妻，其悲喜交集之心情，亦可謂人世所稀遘。而終又不得不辭母離妻而去。其母、其弟、其二妹皆無以強留，而其前妻十五年守寡，一面永訣，從此天壤隔絕，將更無再見面之機會。但除嚎啕痛哭外，亦更有何術可加挽回？此「探母」之一齣，亦誠可謂極人生悲劇之最上乘。任何人設身處地，亦惟有灑一掬同情之淚而止。而四郎返遼，其事已為遼王偵破，將處以極刑。公主乞情不獲，其二舅代公主設計，教以從懷中幼嬰身上博取老祖母回心，此幼嬰即公主前夕憑以取得老祖母身前之令箭者。老祖母亦終於以慈其幼孫而回心轉意。四郎獲釋，而一家夫婦祖孫重得團圓。遂亦以一大喜劇終。而在此「回令」之一幕中，亦復充滿人情味，有夫婦情，有母女情，有兄妹情，有祖孫情，人情洋溢，乃置軍國大計、民族大防於不顧。若為不合理，而天理不外於人情，則為中國文化傳統一大原則。故中國戲劇乃無不以人情為中心。人情深處，難以言語表達，故中國戲劇又莫不以歌唱為中心。惟有歌唱，乃能迴腸盪氣，如掬肺腑而相見也。

近代國人，一慕西化，於自己傳統喜加指摘。乃嫌此劇不顧民族國家大防，終是一大憾事。有人於「回令」一幕重加改造，四郎終於為宋破遼，以贖前愆。此終不免於情感至高之上又羼進功利觀，轉令此至高無上之一幕人生悲劇，沖淡消失於無形中。而或者又謂：滿洲皇帝亦以外族入主中華，故特欣賞此劇，得於宮中演唱。此尤淺薄之見，無足深辯。其他京劇在宮中演唱者，豈盡如「探母」一劇之漫失民族與國家之大防乎？四郎之失誤處，乃在其被俘不死之一念上。此後之獲榮寵、享富貴，皆從此貪生之一念生。所謂一失足成千古恨。此後「探母」一幕，四郎之內心遺恨，已透露無遺。在其回令重慶再生一喜劇之後，四郎之內心亦豈能於其探母及再見前妻之一番心情遺忘無蹤，再不重上心頭？可見所謂千古恨者，乃恨在四郎之心頭，所以得為四郎一人千古之恨。果使四郎被俘時，能決心一死，以報國家民族，亦以報其楊門之家風，則地下有知，亦可無恨，豈復有此下回營探母一幕悲劇之發生？亦將再不成為回令重生之後此一悲劇之長在心頭，而成其為一人千古之恨矣。惟在四郎被俘而榮為駙馬之一段期間，則全不在此一劇中演出，然此正為國家民族大防所在。果使善觀此劇，同情四郎，則於此大防與四郎之失足處，亦自可推想得之。所謂王道天理不外人情，其最深涵義亦正在此見。惟其於榮為駙馬安享富貴十五年之久之後，而猶不免於探母一悲劇之發生，斯則四郎所以猶得為一人，猶能博得百年千年後千萬他人之同情。但其終不免有失足處，亦從此而見民族國家之大防，皆從人心之情感上建立。苟無此情感，又何來有此大防乎？

繼前述五劇外，猶有一純悲劇當續述，則為孫尚香之「祭江」。尚香嫁劉先主，乃出吳、蜀對立之國際陰謀。既已成婚，尚香終亦離夫回國。生離猶可忍，死別更難堪。劉先主卒於白帝城，尚香臨江祭弔，時仍有老母在堂，而尚香心哀其夫之死，不惜投江自盡。聽其唱詞哀怨，當無不泣下者。惟此乃為中國戲劇中一純悲劇，而尚香愛夫之情，較之上述五劇，尤為特出。中國人重國重天下，重治平大道，皆重情。而夫婦則為人倫之首，此意甚深，可以體會，難以言宣也。

中國古人於此人生大本源處有甚深之窺見，故其論人生，首重論人性。性即情之本源，性在內，情在外，由性表現出情，而心則統轄之，故曰：「心統性情。」果使人類無心，則性可猶存，而情則無著。如植物皆有性，但不得謂植物皆有心，而其無情則更顯然。近代生物學家亦發現植物有情。惟心情之為用，則必於人類始著。故中國人把握性情為人倫一主題，此可謂是人文科學一最客觀、最具體之一最高真理。中國理學家所提通天人、合內外之最大宗主，亦當由此窺入。

《中庸》言：「喜怒哀樂未發之謂中，發而皆中節之謂和。」喜怒哀樂皆人之情感，必發於外，而有其未發之「中」。此「中」即是人之性。喜怒哀樂皆同具於一性，在人生中，焉有有喜無怒、有樂無哀之一境？故前論，喜劇中即涵悲劇，悲劇中亦涵喜劇，即此義。及喜怒哀樂之發而中節，而達於「和」之一境，即無喜怒哀樂明切之分別可言。此和字所指，亦重在內，不重在外。聖人之心，若惟見有道，不見有事。方舜之登廩入井，終皆幸免於死。然豈得謂其心中有喜有樂，抑有哀有怒？方周公之興師東征，大義滅親，亦豈得謂其心中有怒有哀，抑有喜有樂？孔子出仕為司寇，豈其心中有喜有樂？膰肉不至而去魯，豈其心中有怒有哀？大聖人之心，皆惟見其渾然率性，大中至和，淵然穆然，一若無私人喜怒哀樂情感之存在。其實從性生情，從情見性。性即情也，情即性也。

若謂聖人無情，此則大謬不然。大賢希聖，范仲淹為秀才時以天下為己任，「先天下之憂而憂，後天下之樂而樂。」則又何有私人憂樂存其心中？顧亭林言：「天下興亡，匹夫有責。」此亦異乎私人之情感。故大聖大賢，若有事，若無事；若有情，若無情。其率性履道大中至和之一境，則不宜於舞臺上戲劇中以歌唱演出。如我上舉五劇中人，皆非有聖賢修養，然皆不失為性情中人。一片天真，至情動人，亦可不計其為喜為悲，而皆可以感天地而泣鬼神。凡屬人類，則莫不付之以同情。乃亦非是非得失可以辨論。果使大聖大賢遇之，亦必曰孺子可教，引進之為吾道中人矣。

近代國人，一切奉西方為準則。西方重事不重人，計功不計道，性情非所樂言。其小說、戲劇中，有神怪，有武俠，有冒險，有偵探，亦皆驚心動魄，出奇制勝。然令人生羨，不求人同情。言情方面，則惟男女戀愛。果使成雙作對，志得意滿，反嫌不夠作文學題材，故必以悲劇為尚。而其所謂喜劇，則多滑稽，供人笑料，非我上言喜劇之比。中國人好言團圓，則近代國人皆付之以鄙笑。不知天上明月，正貴其有一月一圓之一夜，亦貴其一月僅有一圓之一夜；而又不免失之於陰雨，掩之以浮雲，斯其所以明月之圓更為下界世人所想望。而中秋一夕，天高氣爽，更入佳景。中國之大聖大賢，則中秋之圓月也。如吾上舉五劇中人，則浮雲掩之，陰雨濛之，偶亦有光透出雲雨間，而其光又缺不圓；然亦同為地上人所喜見，以其終為想望圓月清光之一依稀髣髴之情景也。

近代國人又好言《紅樓夢》，以為近似西方文學中之悲劇。然賈家闔府，以僅有大門前一對石獅子尚留得乾淨，斯其為悲劇，亦僅一種下乘之悲劇而已。下乘悲劇，何處難覓！而且大觀園中，亦僅有男女之戀，非有夫婦之愛。瀟湘館中之林黛玉，又何能與寒窯中之王寶釧，以及韓玉娘、薛三娘諸人相比？賈寶玉出家為僧，亦終是一俗套，較之楊四郎，雖同為一俗人，然在楊四郎尚有其內心掙扎之一番甚深悲情，不脫俗，而見為超俗。賈寶玉則貌為超俗，而終未見其有脫俗之表現。衡量一國之文學，亦當於其文化傳統深處加以衡量。又豈作皮相之比擬，必學東施效顰，乃能定其美醜高下乎？

# 中國京劇中之文學意味

## 一

今天來講中國的京劇。這在我是門外漢，但因我很喜歡京劇，試把我門外漢的一些瞭解粗率講述，或許也有些意義。

今天所講，是「中國京劇中之文學意味」。驟看似乎京劇並算不得是文學，其實京劇中之文學意味極深厚。論其演變過程，戲曲在中國文學史中占有地位，由宋、元始。此後由戲曲而雜劇而傳奇，而有崑曲，這些已都歸入文學史中去講。但由崑曲演變出京劇，卻不把來放入文學範圍中去，這雖也有理由，但亦有些太嚴格，把文學界線劃分得太狹窄了。崑曲起自明代，到清乾隆漸衰落了，此下遂產生了各地的地方戲，或稱土戲，雅名稱「花部」。當時一位有名的經學家焦循里堂，特別欣賞這些地方戲，他寫了一書，名《花部農譚》來作提倡。其實崑曲在先也是一種地方戲，但崑曲是雅的，那些花部土戲則是俗的。而焦氏能欣賞到那些土戲，這真可稱獨具隻眼了。

土戲自乾隆以後直到咸豐，經過一段長時間，始演變成京劇。起先是地方戲盛行，有徽調、川調等。咸豐時，有四大戲班到了北京，其中之一叫三慶班，最著名的伶人有程長庚，他擅演鬚生。到此時京劇才正式成立。民國後，北京改名北平，因此京劇又稱為平劇。

京劇之合成，其中十之七、八是崑曲，又包有西皮、二簧與徽調。程長庚擅唱擅演，即所謂唱工與做工。其時有一輩文人，為之編戲填詞。此後著名伶人有譚鑫培、汪桂芬、孫菊仙等，皆演鬚生，又稱老生。崑曲生角無分老小。京劇則分，猶重老生。到後又變為以旦角為重，又重正旦，亦稱青衣。有梅蘭芳、程硯秋兩大派。這是京劇演變之大概。

在今流傳之《戲考》中，所收有五百餘齣戲，然通常演出，則僅一百餘本。但若將中國各地全部戲本統計，至少該在一千以上。自咸、同、光、宣到現在，已有一百五十年歷史，京劇在中國社會上，有其甚大的影響，故京劇縱不算是中國的文學，也確成為一種中國的藝術了。

## 二

我此次來講京劇，想仍從文學觀點為出發。我認為文學應可分兩種：一是唱的、說的文學，一是寫的文學。由唱的、說的寫下或演出，則成為戲劇與小說；由寫的則是詩詞和文章。在中國，寫的文學流行在社會之上層，而說的、唱的則普遍流傳於全社會。近人寫文學史，多注重了寫的，忽略了唱的與說的，這中也有理由，我不能在此細講。此所講的，則是唱的文學中之京劇，至少也涵有甚深文學之情味。

中國戲劇扼要地說，可用三句話綜括指出其特點，即是「動作舞蹈化」，「語言音樂化」，「布景圖案化」。換言之，中國戲劇乃是由舞蹈、音樂、繪畫三部分配合而組成的。此三者之配合，可謂是人生之藝術化。戲劇本求將人生搬上舞臺。但有「假戲真做」與「真戲假做」之別。世界即舞臺，人生即戲劇，若把真實人生搬上舞臺演出，則為真戲假做。京劇則是把人生藝術化了而在舞臺上去演，因此是假戲真做。也可說戲劇是把來作人生榜樣，所以中國京劇中之人生比真實人生更具理想，更有意義了。

我說中國戲乃是假戲，其特別精神可用四字作說明，即是「抽離現實」。王國維《人間詞話》

中說文學不應有隔，但從中國戲劇來說正是相反。中國戲劇之長處，正在其與真實人生之有隔。西方戲劇求逼真，說白動作，完全要逼近真實，要使戲劇與真實人生不隔。但中國戲劇則只是遊戲三昧，中國人所謂「做戲」，便是不真實，主要在求與真實能隔一層。因此要抽離，不逼真。即如繪畫，西方也求逼真，要寫實，因此連陰影也畫上。中國畫則是抽離現實，得其大意，重要在神韻、在意境，始是上乘作品。中國人作畫也稱「戲筆」，便是這意義。中國京劇亦如作畫般，亦要抽離，不逼真。至少在這點上，中國京劇已是獲得了中國藝術共同精神主要之所在。

西方宗教是凌空的，也是抽離現實的，因此有他們逼真的戲劇文學來調劑。換言之，西方文學是現實的，宗教則是空靈的。中國人自幼即讀《孝經》、《論語》，所講全是嚴肅的人生道理，這些全是現實的，因此要有空靈的文學藝術作調劑。不論中西，在人生道路上，一張終該有一弛。如果說母親是慈祥可愛，而父親是嚴肅可畏的，則西方宗教是母親，文學戲劇是父兄。在中國儒家道德倫理是父兄，而文學藝術是慈親。

中國京劇為要抽離現實，故把人生事象來繪畫化、舞蹈化與音樂化。中國人對人生太認真了，故而有戲劇教人放鬆，教人解脫。我們不能說中國京劇不如西方話劇之逼真，這在整個文化體系之配合中，各有其分別的地位與意義。

## 三

在五四運動時，一般人提倡西方劇，尤其如易卜生，說他能在每一本戲劇中提出一人生問題來。其實中國京劇正是人生問題劇，在每一劇中，總有一問題或不止一問題包涵著。如死生、忠奸、義利、恩怨等，這些都是極激動人的人生大問題，中國京劇正能著眼在此。即西方戲劇也未必能如此深刻生動而刺激人。猶憶我少年時，初到上海，第一次去看京劇，一連五齣，看完回來，忽然發生此影像。原來中國戲即全是些很富深義的問題劇。我當晚所看，覺得每一劇中均有一重要問題在刺激我。其中一齣為「大劈棺」。莊子死了，他的妻另有所愛，而其人有病，非得人的心臟不能治，因此莊子妻遂演出了劈棺一幕，要挖取她前夫的心來醫救她愛人。但莊子卻並未死，他變為蝴蝶飛出棺來了。這一故事中，即包涵有死生、忠奸、恩怨、義利種種問題在內，刺激夠深刻。但蝴蝶飛出，全部問題全變為戲劇化，使看的人於重大刺激之後獲得了輕鬆與解放。又一齣「四郎探母」，楊四郎被俘番邦招納為婿，其番妻許其回漢營探問老母與前妻，但匆匆一面，仍須回番邦去，此時楊四郎之內心是十分苦痛而又是矛盾的、掙扎的，劇情深刻，極刺激感動人。但在戲中所包涵的問題固嚴重，因其在音樂、繪畫、舞蹈的調和配合中演出，而在劇的收場中，穿插進兩位國舅的丑角，又使人那麼的放鬆與解脫。因此看完戲，好像把那戲中情節解脫了，使人安然仍可以入睡。一切嚴重的劇情，則如飛鳥掠空，不留痕跡，實則其感人深處，仍會常留在心坎。這真可謂是「存神過化」，正是中國文學藝術之最高境界所企。若看西方戲，正因其太逼真，有時會使人失眠，看了不能化，而因此其所存也不能神。在他們是戲劇而人生化，在中國則盼能人生而戲劇化。其戲劇中之忠孝節義感人之深，卻深深地存在，這正是中國藝術之精妙處。

焦循看了花部，他曾特別舉出一齣為例，此戲名「清風亭」，在京劇中又稱「天雷報」。此劇敘述一青年，蒙義父母養大，科舉應試得中，成了大官還鄉，卻忘恩負義，連義父母要求以傭僕人身分請收留也遭拒絕了。結果一陣天雷把他擊斃。焦循說，這齣戲任誰看了都會感動和興奮得流淚。若說中國戲劇情節不科學，有些都是迷信成分，這是不明白中國戲劇之妙義。其實亦只是要把太刺激人的真實人生來加以戲劇化，要其沖淡了一些真實性。而暫時沖淡反而會保持了更深的感染，這是中國文學藝術中之所謂涵蓄，需更有其甚深妙義，與科學不相關。試問世界又哪裡去找科學的文學呢？

# 四

西方人作小說，講故事，也要求逼真。因此小說中人物，不僅要有姓有名，而且更要者，在其能有特殊之個性。但中國人寫小說，有時只說某生，連姓名也不要，只有代表性，更無真實性。這是雙方文學本質不同，技巧不同。一重共相，一重別相，各有偏擅，得失是非甚難辨。中國戲劇中所用之臉譜，正亦猶此。白臉代表著冷血、無情、狡詐，都是惡人相；紅臉代表忠貞、熱情、坦白，都是好人相。一見臉譜，即知其人之內情，此是一種共相之表出。人物如此，情節亦然。故中國戲劇情節極簡單，人物個性極顯豁，使人易於瞭解。但正因戲情早在瞭解中，才可細細欣賞其聲音笑貌與情節之展開。為要加深其感染性，遂不得不減輕其在求瞭解劇情之用力處。此亦是一種藝術技巧。文學技巧，與此也無二致。

西方戲劇又注重特定背景，有時空限制。中國戲劇則只求描出一共相，並無時空條件之束縛，而且在很多處，必須破棄時空限制，始能把劇情充分表達出。我平常愛聽像「女起解」、「三娘教子」一類的唱工戲。此類戲不重在情節的複雜與變化，而重在情味之真至與深厚。即如「三娘教子」，方其在唱訓子的一段，似乎像把時間凍結了，一唱三嘆，使人迴腸盪氣，情味無窮。若在真實人生中，則不得不有時間、空間之限制，人的情感總感得有些不自由。但中國戲劇正因其能擺脫時空，超越時空，更無時空條件在限制著，遂得充分表達出人心內在之自由。即如教子，若用話劇幾句話便訓完，而三娘一番懇摯內心，仍嫌表達不夠深至。只有中國戲把當時一番情感曲折唱出，便情味深厚了。又如「女起解」，我曾看過把那一戲改編的電影，把蘇三解往太原府一路行程在影幕上布景真實化了，反而妨害了唱做表情。試問真能感動人的，是那一路的景物移人呢？還是那蘇三在行程中一番幽怨心情呢？那一番心情之表達，則正貴能超越時空直扣聽眾與觀者之心絃。中國戲劇之長處，正在能純粹運用藝術技巧來表現人生，表現人生之內心深處，來直接獲得觀者聽者之同情。一切如唱工、身段、臉譜、臺步，無不超脫淩空，不落現實。

又如在「三娘教子」一戲中，那跪在一旁聽訓之倚哥，竟是呆若木雞，毫無動作。此在真實人生中，幾乎是無此景象，又是不近人情。然正為要臺下聽眾一意聽那三娘之唱，那跪在一旁之倚哥，正須能雖有若無，使其不致分散臺下人之領略與欣賞之情趣。這只能在藝術中有，不能在真實人生中有。這便如電影中之特寫鏡頭般。因此說中國戲只是一種假戲之真做。

西方文學藝術又都重刺激，中國文學藝術則重欣賞。在欣賞中又富人生教訓。惟其在欣賞中寓教訓，所以其教訓能格外深切。

又如京劇中有鑼鼓，其中也有特別深趣。戲臺無布景，只是一個空蕩蕩的世界，鑼鼓聲則表示在此世界中之一片喧嚷。有時表示得悲愴淒咽，有時表示得歡樂和諧。這正是一個人生背景，把人生情調即在一片鑼鼓喧嚷中象徵表出，然後戲中情節，乃在此一片喧嚷聲中透露。這正大有詩意。因此中國戲的演出，可說是在空蕩蕩的舞臺上，在一片喧嚷聲中，作表現。這正是人生之大共相，不僅有甚深詩意，亦復有甚深哲理。使人沉浸其中，有此感而無此覺，忘乎其所宜忘，而得乎其所願得。

## 五

有人說，中國戲劇有一個缺點，即是唱詞太粗俗了。其實此亦不為病。中國戲劇所重本不在文字上，此乃京劇與崑曲之相異點，實已超越過文字而另到達一新境界。若我們如上述，把文學分為說的、唱的和寫的，便不會在文字上太苛求。顯然唱則重在聲，不在辭。試問人之歡呼痛哭，脫口而出，哪在潤飾辭句呀！

中國的人生理想，一般講來，可謂在中國戲劇中，全表演出來了。能欣賞中國的文學與戲劇，就可瞭解得中國之人生哲學。京劇在有規律的嚴肅的表演中，有其深厚的感情。但看來又覺極輕鬆，因為它載歌載舞，亦莊亦諧。這種藝術運用，同時也即是中國人的人生哲學了。

今天所講的京劇，乃以中國文學、藝術與人生哲理三項作說明。也正因中國人的人生理論，能用文學與藝術來表達，所以中國的戲劇，亦能成為雅俗共賞，而又極富教育意味的一項成就了。

今天因時間關係，不能詳盡發揮，只拉雜拈出其要旨，就此結束吧。

# 再論中國小說戲劇中之中國心情

人不能獨立營生，必群居以為生。既相群居，則必求其同。而相與群居者，則仍屬各個人。個人與個人間，終必有異。故異中求同，同中求異，乃為人生一大藝術。

男性女性相異，無此男女之異，則人類生命無可延續。故男女乃天生有異，乃得延續有大生命。男女之間，可以自由追求，自由結合，而成為夫婦，則成為一同體。於是雙方不得再向其他異性有追求有結合，而人生在此一方面之自由，遂告一終結。故西方人謂婚姻乃戀愛之墳墓，若求再有戀愛，則必至離婚。中國人認為結成夫婦，始是愛之開始。百年偕老，此愛仍在。西方人看重此結合之開始，中國人則更看重此結合之終極。故西方人重創，而中國人重守。一曰創新，一曰守舊。然而西方人生少理想之結局，而中國人生則常望此結局之美好。西方人生則已見其功，如希臘、羅馬各有創新，迄於近代，西班牙、葡萄牙、英、法諸邦，亦莫不各有其創新，此非成效之已見乎！而中國五千年來，甚少創新，但亦尚未見一結局。各有得失，極難判定。

西方文學每以男女戀愛為主題，其過程確能震人心絃，若為人生一快樂，但終結則多成悲劇，乃為西方文學之上乘。中國文學內容則多在夫婦方面，少涉及未為夫婦以前。如《西廂記》中之張生與崔鶯鶯，未成婚前已有男女私愛，亦因崔夫人先有許婚之預諾而生。先許終身，但兩人誤犯此會真之一幕，遂使兩人遺留此下畢生一大憾。幽會先成，事後追憶，歡欣之情已淡，而驚悸之魂猶在，遂成張生之薄倖。西廂之月夜，非禮越矩，此則有創而難守，新者已如夢之過，而舊者則回首已非，收場之卒成一悲局，亦其宜矣。故《西廂》一書雖其文字優美，然終不得為中國文學之上選。後來演此故事之劇本，不得不以紅娘為主角，張生、鶯鶯轉成配角，此亦情理所逼，有其不得不如此者。金聖歎列《西廂記》於「六才子書」中，重才輕德，亦非文學史上一識途之老馬矣。

其他中國小說與劇本中，凡屬男女自由戀愛，乃歸之妓院狎邪之遊，而主角則多在女方。蘇三即其一也。蘇三雖已嫁人，然其情之所鍾，「起解」途中之哀怨，「會審」堂上之傾訴，聞之心酸，觀之淚下，獲得後世永久之同情。而貞節一觀念，乃無損於蘇三之身價。此亦見中國人言情義別有深處，守貞守節亦一本於女方之真情，而豈外加之牢鎖乎？

又如李亞仙，亦可謂女性自由戀愛一無上之楷模矣。離棄其酒食豐足之生活，衣錦多寵之身分，而甘與一淪為乞丐，又飽受其嚴父箠撻至死之舊情郎相守。將來之榮華富貴，豈不渺茫？而眼前之窮困潦倒，則日夕身受。劇中表演勉勵其夫專意向學之情節，真堪感人。幸獲如願以償，妻以夫貴，皇天不負有心人，此乃中國人對人生之一種鼓勵，所謂「喫得苦中苦，方為人上人」者有如此。而近代國人，則以團圓為傳統一俗見，則豈以不得好結果乃始為人生之最高理想乎？

以上可見中國人亦知男女戀愛，並亦知戀愛之有自由，但多以歸之女妓一流。此因人生中除戀愛自由外，尚儘多其他自由。最可貴者，在能結合此眾多自由成一生命大自由，中國人謂之「德性自由」，此始是人生理想所在。如過分提倡了戀愛自由，一旦結為夫婦，不能便把此一分自由放棄，則為婦守節，豈不在女方為一更高操守？此亦女方一生命自由也。又烏得謂之不自由？

中國劇本中提倡節婦者特多，最著者如薛三娘。其夫娶三室，此在今日國人心中，則一夫多妻乃中國前人一大汙德，此層余別有詳論。其夫訛傳在外身死，大娘、二娘各搜家財改嫁。三娘獨念家中尚留一幼子，撫養長大，亦使薛家有後。乃不遽去，留養此子。但此子乃二娘所生，聽人言，母非生母，拒不受教。遂有「三娘教子」之一幕，聲淚俱下，真足感人。幸尚有一老家人，亦留不去，從旁婉勸，此兒終得成人，應科舉得第歸來。而其父亦終得高官歸家，夫榮子貴，三娘得享晚福。此又是一團圓劇。中國歷史已經五千年，至今達十億人口，豈不亦是一團圓劇？則中國民間文學以團圓鼓勵人，此非中國文學之精義所在乎？

中國夫婦亦儘有不團圓者，劇本中則多歸罪於為夫之一方。最著者如「陳世美與秦香蓮」一劇，陳世美狀元及第，皇太后選配公主，貴為駙馬。其前妻秦香蓮，攜兩幼兒赴京相尋，世美不認，並使其門下武士殺之滅口。武士得悉內情，不忍殺，促香蓮上訴。陳世美既受訊，堅不認。皇太后、公主亦來為世美乞情，而世美卒受刀鍘之刑。近代國人又常詬厲舊俗，謂是重男輕女。然陳世美亦可謂極人世之尊榮富貴，而香蓮則以一鄉下女，與陳世美天壤有別；賜金使歸，則亦可矣。陳世美已貴在天上，重認前婦，平添麻煩，不認亦屬人情。乃如相國、如開封府尹，皆為香蓮抱不平。至如皇太后與公主，既知世美有前妻，肯心平氣和作一安排，亦無大失，而世美亦可免鍘身之禍。乃恃貴不悟，致造成此悲劇。今國人又群責中國傳統政治乃帝皇專制，觀於此劇，其所感想，又當如何？然而悲劇在中國人心目中，則終非一好事。可以不成一悲劇，又何必定使成一悲劇？因此「秦香蓮」一劇，不得為中國戲劇之上乘。

至於樊梨花之對薛丁山陣前談愛，馬上議婚，刀鎗相對，即暢快吐露其戀愛之私情，此乃草寇山盜，本在禮法之外，猶非女妓之比。故中國文學中，非無男女戀愛。惟其愛，乃在規矩繩尺之外。非對此無同情，但同情中尤多謹戒。至如《白蛇傳》中之白蛇，其夫婦之愛真可感人肺腑，動人神魂。果使忘其為一蛇精，則人世中又何從去覓得這樣一賢妻？及其幽禁塔裡，親子來晤，人世無此哀情，夢裡難此喜遇。法海以吾佛慈悲，施其法力，然終不能抹去善男信女對白蛇之同情。

中國人知常亦知變，有變始有常，有常必有變。惟常曰「大常」，變曰「小變」。積變成常，斯亦可矣；變而失常，則為中國人所不喜。男女之愛必多變，夫婦之愛乃有常。然夫婦之愛亦不能無變，如春秋時楚滅息，楚子強納息夫人為后，息夫人不能拒，而夫婦間三年不言，古今賢之。又如王昭君，以一荊楚鄉女進入漢宮，未蒙知寵，憤而請嫁匈奴，一躍而為一國之后。然而離鄉去國，昭君心下如何？宋代歐陽修、王安石相繼為詩哀之，清代乃有「昭君出塞」一劇。歐、王深具民族感，清代人亦同具此感，故詩與劇中之表達昭君哀怨，實具深教。苟僅以中國文學為一種藝術，亦復失之。三國初，蔡文姬歸漢，有〈胡笳十八拍〉，昭君當年心情，亦約略可想。要之，中國詩文、小說、劇本，主要皆在傳一心。此心雖亦一人一時之心，而必為萬世大眾正常之心。其中縱有變，而不失一常。中國文學之可貴乃在此。若如《水滸傳》，潘金蓮、西門慶之事，此乃描述武松兄弟之愛、俠義之行，而以此醜事為烘托。潘金蓮既不足道，西門慶亦為人所不齒，豈有意寫此傳世？《金瓶梅》之不成中國文學，亦不煩多言，而早有其定論矣。

蒲留仙《聊齋誌異》，男女私情，纏綿悱惻，則多歸之於狐狸精。其情足貴，其事則非人世所有。要言之，中國人非不懂男女之愛，亦非無情於此種愛，而憂深慮遠，乃覺人生大事尚有遠超於此以上者。果使過分重視此等事，則終不免為人世多造悲劇。試看曹雪芹《紅樓夢》，賈寶玉、林黛玉十二金釵，大觀園之一幕，豈不昭然若揭！惟待西化東漸，人心變而高捧此《紅樓》一夢，認為如此境界，始是人生。而中國文化之傳統理想，則盡拋腦後，亦惜更無高文妙筆以挽轉此厄運。然而《紅樓》故事之製為劇本，演之舞臺，則尤二姐、尤三姐之刺激感動，乃更有勝於黛玉之葬花、晴雯之撕扇補裘之上。可見人心終難驟變。此中消息，宜可深省矣。

夫婦轉為父母，於是父母子女轉生另一種愛。此乃人類愛情一極自然之轉進。人生有男女，有長幼，此為人類群居最大兩差別。中國人極重家，把此男女、長幼兩差別結成為夫婦、父子兩倫。而人類群居之道，於異中得同，於同中得異，亦即於一家中可加體會，可加推擴，而深得其情趣之大本大源之所在矣。

中國父子之愛，曰慈曰孝。其故事流傳，心聲呼唱，散見於《詩》〈騷〉辭賦、文詞劇曲，乃及史傳筆記、傳奇小說中者，更難於縷述。如孟郊詩：「慈母手中線，遊子身上衣。臨行密密縫，意恐遲遲歸。誰言寸草心，報得三春暉。」此三十字，當余幼年，即曾誦讀。今則認為是古典文言，讀者漸少。又如韓愈〈祭十二郎文〉，此亦余幼時即曾誦讀之一文。韓愈由其兄養大，兄弟之情亦自父子之愛轉來。兄卒，孤嫂續加撫養，兄儼如父，嫂則儼如母。十二郎則其寡嫂之親生子，自愈視之，亦如同父母之兄弟。不幸而卒，愈為文哭弔，情見乎辭，一字一滴血，一行一寸腸，使人百讀不厭。此亦人間之一愛。夫婦父子兄弟之愛，推而及於叔姪，自小家庭推至於大家庭，而有家族之愛。繼此無窮無盡之愛，一脈而相承，百世而無盡，此乃中國古人之所追求而嚮往。今人則又稱之曰封建思想，而無堪存懷矣。

余又愛觀「四郎探母」及「王寶釧」兩劇。「探母」劇中楊四郎有夫婦之愛，有母子之愛，有兄弟姐妹之愛，有叔姪之愛。凡所接觸，人與人之間，又莫不有一分愛，而情形則錯綜複雜。又加以異民族兩國軍事之爭。楊四郎之處此劇變，其言行得失，不可以一概論。要之，全劇以一「愛」字貫徹，觀劇者可自得之。「王寶釧」一劇亦然。同在異國異民族間，同有軍事鬥爭，同是一夫兩妻，有家庭糾紛，同樣涉及前一代、後一代之種種複雜情況，處身其間，是非得失亦難詳論。然而亦同有一「愛」字貫徹。人生豈不亦可以一「愛」字盡之？實則全中國、全社會、全部歷史、全部文學，莫不以一「愛」字貫徹其間；惟不專於一男女之愛。此則吾今日國人所嘆以為不如西方之一要端矣。

中國人之愛不求其專限於男女，亦不求其專限於一家一族之內，而貴能推擴及於全國、全社會、全天下、全人群。於是於夫婦、父子、兄弟三倫外，又有君臣、朋友兩倫。一言蔽之，皆以愛心為重。此即孔子之所謂仁道也。

中國劇本最初流入西方，已在近代，有「搜孤救孤」一劇，為德國第一流大文學家哥德所重視。謂當中國有此劇本時，德國人尚在樹林中以擲石捕鳥為生。其實「搜孤救孤」一劇，雖成於元代，其歷史故事則遠起兩千五、六百年以前之春秋時，記載於司馬遷之《史記》。此故事之主人翁為程嬰與公孫杵臼，兩人相友，同事晉國趙氏為陪臣，則趙氏亦屬其君。杵臼犧牲其尚在嬰孩之獨生子並自陷於殺身之禍，以救趙氏之孤兒。程嬰則撫養孤兒成立，以重振趙氏之宗祠，而卒成此下之趙國。兩人一死一生，同屬一心。其心則同屬一愛。愛其君，及其孤兒，而自身一切則置於不顧。類此故事，中國歷代史籍及其他雜記小說中不絕書。今姑舉其尤著者，如羅貫中《三國演義》中之關羽。

依史蹟言，劉先主三顧草廬，諸葛亮即告以東聯吳、北拒魏，為西蜀立國大計。而關羽守荊州，不善處理，啟釁東吳。劉先主白帝城託孤，羽當有憾。而《演義》中描寫關羽忠義懇切，乃成為此下六、七百年來，中國社會最受崇拜之第一武聖人。中國小說在中國文化中之影響力量，據此可見，以關聖之故事言之，桃園三結義，以朋友之愛化為兄弟之愛、君臣之愛。後天之人倫，更深過先天之天倫。先斬顏良、文醜，已可報封侯贈金之恩。而猶有華容道放行一節，其對曹操之仁至義盡，此在處朋友、君臣兩倫上，更可謂曲盡其誼。只此一顆心，而千古人生大道主要即已在此。其事雖由偽造，而人心則盡收筆下。此六、七百年來，誰不讀《三國演義》，又誰不崇拜武聖關公？中國文化中文學小說所占地位有如此，而今人又加鄙棄，謂此等乃是舊小說，已屬過去；今則當提倡現代化之新文學。則不知新舊判分究當據何標準？

小說中，除武聖關羽外，又在戲劇中，有力求加以特殊表演者，為宋代之包拯。此兩人之家屬私情，夫婦、父子、兄弟三倫，皆少涉及，而皆特有所宣揚。

中國劇本有一絕大傑出點，則貴在能超脫寫實一束縛。不僅空蕩蕩一舞臺無布景，而衣著則幾乎古今一律，兩、三千年來無大分別。又有臉譜，文武忠奸，一望即知。要言之，今人猶古人，不顯出此時此地此人此事之區別。在西方，則惟求顯出此區別。惟有在此時此地乃有此人此事之演出，一若亦惟有此一人此一事乃可在此一時此一地演出。曠古今，窮宇宙，可一而不可二，務使人各相異，乃始見其為真實之人生。中國則重一共相，輕其別相，可以不問時代，不問地域，為其人即有其事，為其事即得其人。凡所同然，則在一心。而其心則又歸納在臉譜上，顯露在扮相上，更兼及於一舉手一動足之臺步上。然而此一心之精微奧妙處，則終難表達，乃必表達之於歌唱上。若用言語，一句兩句可盡。必用歌唱，迴腸盪氣，驚心動魄，使此心融入觀眾心，長存夢寐中，長留天壤間，以與世無極。中國文學之深入藝術境界，超出藝術境界者，乃如此。

又中國戲劇中，尤於關公、包公求有特殊之演出，故兩人之臉譜與其扮相與其嗓音，皆務求有特殊處。即如諸葛亮之八卦衣及綸巾羽扇，雖亦使人一見即知其為諸葛孔明，有其超然絕群處，而仍不能與關、包兩人相擬。何以此兩人乃獨於舞臺上求特出？此亦見中國一時社會之心情。蓋因《水滸傳》與《三國演義》實同出於元末明初，中國社會受蒙古異族統治，梁山泊忠義堂乃極富社會下層反抗政治上層之一種團結精神。明代既興，此種精神，則事過境遷。惟林沖、武松、魯智深、花榮諸人之私行義，猶深受社會崇敬。而晁蓋、宋江、盧俊義輩之為之領袖者，則已大減其價值與地位。而劉、關、張之桃園三結義，論其內情，卻與梁山泊結義無大相殊，仍是一種江湖相、山林相，而與朝廷廊廟臣對君之忠義有不同。滿清入關，而《三國演義》一書乃益見盛行。關羽之為武聖，其要端實在此。

清代文字獄大興，乃有呂四娘等故事之盛行。而《包公案》、《施公案》等小說，乃層出不窮。上不畏帝王朝廷之壓迫，下惟為民間村野伸冤屈。故關、包兩公之特加渲染，創造成下層社會萬眾一致之崇拜，此亦時代使然。雖關羽、包拯，確有其人，確有其歷史地位，遠在晁蓋、宋江之上；而其同有捏造，同有誇張，則相去無幾。一般讀書人智識分子，亦不加分辨，同樣從信。此無他，人心同，則風氣同，乃可歷數百年而不渝。而亦得成為民族文化傳統一支派、一脈絡，而有其未可忽視之意義價值之存在。此皆中國人心內蘊深情大義流露於不自覺之一種表現也。

今人則於民族文化傳統排棄不遺餘力，堯、舜、孔、孟首當其衝，輕加抨擊。而遠自《詩》、〈騷〉以來，三千年文學尤所厭鄙，藏之高閣，不再玩誦。即不施全面攻擊，亦必正其名曰「古典文學」，以示區別。文學則必為現代的、通俗的、白話的、創造的。古典性的則必為貴族的、官僚的、封建的，陳腔濫調，守舊不變。即如《三國演義》、《包公傳》諸書，亦屬白話通俗的一種創造，一如今人所提倡，而亦仍加區別，一概不登大雅之堂。其所提倡，則惟曹雪芹之《紅樓夢》。論其白話通俗，亦未必駕《三國演義》與《包公傳》之上。而特加重視，則無他，以其描寫男女之愛，更似西方耳。今日國人提倡新文學，主要意義亦在創造人心，惟求傳入西方心，替代中國心。於中國舊傳統則詬厲惟恐其不至。近代最先以白話新文學擅盛名，應推魯迅，為〈阿Q正傳〉，馳名全國。「阿Q」二字，不脛而走，當時國人無不知。事不幾年，今日國人已不再提。阿Q一詞，魯迅本欲為三、四千年來中國人心作寫照。但試問今天，阿Q之影響，何能與關公、包公相比？則無怪我們要對我民族求變求新之理想前途，仍抱悲觀了。要言之，中國人三、四千年來傳統心情變換不易，至今仍只有中國人舊心情之一種新變態，不倫不類。求其能為西方心情之嫡傳，則未有其幾兆。兩不著岸，常在波瀾洶湧之橫流急湍中，則亦一殊堪隱憂之現象矣。言念及此，豈勝長嘆！

# 略論中國文學中之音樂

余常言：文化乃一大生命，亦如一大建築。言生命，必究其根性；言建築，必明其結構。凡屬文化體系中一項目、一現象，胥可於此辨其主從及其輕重。余於音樂屬門外漢，僅止愛好。但論其在文化全體系中之地位與意義，則未嘗不可姑妄言之。

中國音樂，常與文學相連繫。文學為主，而音樂為之輔。古詩三百首，乃中國歷代文學不祧之祖。樂即附於詩，故詩辭更重要過歌聲。詩體中之最莊嚴者，其歌聲最簡淡。〈清廟〉之頌，一聲三嘆。大、小雅次之。風詩最下，其歌聲亦最繁。孔子言：「鄭聲淫。」因其歌聲尤繁，聲掩其辭，特以取悅於聽者。衛風亦然。所謂「淫」，非指其辭言。逮後樂聲愈變愈繁，至孟子時，乃有今樂、古樂之爭。音樂之愈趨獨立，乃至脫離其文學之本。於是此下儒者，僅守《詩經》文辭，而至忘棄其音樂。

即如楚辭〈九歌〉，亦文學、音樂相連繫。漢代樂府亦然。然最後仍是聲亡而辭存。即唐詩中之七絕句及宋人之詞，其先莫不附以樂，歌妓唱之以侑酒。下至元劇，亦以文學與音樂配合，而後亦亡其樂而存其辭。惟明代崑曲，至今歌譜尚留。然崑曲之辭，亦尚雅。演變至於當前流行之國劇，則歌聲特居重要，而唱辭有俗不可耐者。一代老伶工，莫不以歌喉博眾歡。其次有演技，身段、工架、臺步、手勢，乃在歌唱外加以舞蹈，又加以臉譜袍服，繡龍繡鳳，則又加以圖繪。於是加以鑼、鼓、胡琴諸色樂器。但更要者，則仍為此劇本中之故事。教忠教孝，真情至性，可以感天地而泣鬼神。故國劇終不失其一種極高之文學性，不失為中國文化中特具有和合相之特性之顯明一例。與西方文化中文學、音樂、舞蹈、圖繪各自分途發展之趨勢有異。

中國古人常言禮樂，禮為主，樂為輔。即就《詩經》言，朝廷大典，禮與文學與音樂，三者緊密相繫，融為一體。春秋時，列國卿大夫國際外交，仍亦以賦詩見志。然至戰國，即不能然。叔孫通為漢定朝儀，不聞更定朝樂。漢武帝立五經博士，無《樂經》。循至宋代諸儒，極意欲興古樂，終成空想。然禮之泛濫下流則為俗禮。俗亦人生之一面。亦可謂中國之文學與音樂，歷古相禪，雖各有變，乃無不與人生緊密相繫，融為一體。如荊軻赴秦，眾友送之，歌「風蕭蕭兮易水寒」。漢高祖得天下，會宴豐沛鄉里，歌「焉得猛士兮守四方」。蔡文姬歸漢，有〈胡笳十八拍〉。

此皆其例。下至南宋，放翁詩：「斜陽古柳趙家莊，負鼓盲翁正作場。死後是非誰管得，滿村聽說蔡中郎。」此下遂有彈詞，有大鼓詩，有鳳陽花鼓，莫非音樂文學與人生緊密聯繫之例。雖與舞臺劇之發展稍異，要之，仍是中國文化特性中之一和合相，則其精神意義仍是相同。

惟音樂、文學與人生之緊密相繫，其間有一歧途。一為群體，一屬個人。如文王拘幽操琴，孔子居衛鼓瑟，此則在一人獨居時藉音樂為消遣而見志。伯牙鼓琴，志在高山，志在流水，此亦個人消遣，貴於能自見己志。若僅為消遣，則僅屬人生中一鬆弛、一脫節。惟能於消遣中有以見志，則仍在人生深處。獨鍾子期能見伯牙之志，故鍾子期死，伯牙終身不復鼓琴。此一故事，在中國音樂史上實具深義，非識得此意，則恐不可與語中國之音樂。

嵇康之〈廣陵散〉不肯傳人，非惜其技以自傲，乃憾一時無可傳者。伯牙之志在高山、在流水，豈誠僅志於高山流水而已乎？身在高山流水間者多矣，目中有此山水，心中無此山水，此則俗人而已。子在川上，曰：「逝者如斯夫，不舍晝夜。」此即孔子之志在流水也。孟子曰：「登泰山而小天下。」此則孟子之志在高山也。歐陽永叔言：「醉翁之意不在酒，而在山水之間。」此意又豈得盡人語之？嵇康之〈廣陵散〉，平日獨居，一琴自操，乃別有其志之所在。技而進乎道。昧於道，斯無法相傳矣。

嵇康又有〈聲無哀樂論〉，此意亦當細參。哀樂乃人生一大事，離卻人生，復何哀樂可言？非音樂中自有哀樂，乃操音作樂者之志有哀樂，而於其音樂中透出。哀樂乃在此音樂家之心中，故曰「聲無哀樂」也。然則音樂豈可脫離人生而自為發展？故當時人言：「絲不如竹，竹不如肉。」古人鼓琴，乃絲聲。後世乃有簫、笛管樂代之而起。琴則僅在雙手撥絃，聲音限在器物上。簫、笛由人吹。有人氣在內，聲自不同。彌近人，斯彌易見人之哀樂矣。然簫、笛仍賴一竹管，仍為器物所限，故不如歌唱，全出人身，更易見哀樂之真。故謂「絲不如竹，竹不如肉」，因其彌近自然，實則乃是彌近人生耳。

方其人蕭然以居，悠然以思，偶有哀樂在心，以嘯以歌，斯誠人生中音樂之一最高境界。或則一簫一笛，隨意吹奏，此亦人生一佳境、一樂事。蘇東坡遊赤壁，賓客三數人，扁舟江上。夜深人靜，「客有吹洞簫者，其聲嗚嗚然，如怨如慕，如泣如訴」，此誠是何等天地，何等情懷。簫中哀聲，發乎吹者之心，入乎聽者之心，江上清風，山間明月，俯仰今古，一時遊情，乃有不知其然而然者。豈如今日大都市音樂演奏會，廣集群眾，乃為資本社會獵取名利一手段。此雖亦是人生，但與中國文化理想中所追求嚮往之人生有不同。

「長笛一聲人倚樓」，此倚樓之人，亦必心有所懷，無可抒洩，乃以一聲長笛表達之。即如村野牧童，騎牛背上，亦心有所懷，但不自知所懷繫何，偶亦一聲長笛，成為此牧童人生中一佳境、一樂事。此亦中國人生音樂中之一例矣。

中國文學根源，必出自作者個人之內心深處。故亦能深入讀者之心，得其深厚之共鳴。音樂雖與文字分途發展，但其主要根源亦仍然出自音樂家之內心，故得與文學同歸。西方文學基礎主要建築在作家對外在人生之觀感與描述，較之中國已不免隔了一層。其音樂精神似亦多屬對外。惟其如此，故能分道揚鑣，各自發展。而集體音樂又遠占優勢。即歌聲與樂器聲亦求各自發展。以群樂器合成一聲，乃有大樂隊之出現。余曾見之銀幕上，一堂圍坐，幾達兩百人。人操一器，器各不同。群奏一譜，和聲勝於獨聲。此起彼伏，如群浪洶湧，群壑連綿。必得有一指揮者，張手示意，一座皆不得由己作主。皆必得忘其自我，在全曲進行中各自盡其一部分之演奏。若加分別，即各不成聲。如此一大合樂隊，在其複雜諸樂器之組織配合中，若加進如中國之一簫一笛，豈不微弱渺小，實無幾多意義價值可言。

中國樂器中有笙，亦簫、笛之類，惟不如簫、笛之簡單，故亦不如簫、笛之流行。蓋樂器愈簡單，則吹奏者愈得自由發揮其內心之所存，乃愈為中國人所好。聞笙傳入西方，乃漸演變成鋼琴。鋼琴雖僅是一樂器，然彈奏鋼琴，正如一大樂隊之大合奏，其聲縱複雜繁變，終是為器所限，人必服從器，而心無自由。西方人雖盛倡自由，然又樂於投身外面複雜環境中受其束縛，遂於此重重束縛中，爭取得絲毫自由，引為人生大快。西方文化本身如是，音樂亦其一部分，自不例外。

今以一簫一笛與一鋼琴言，其為器之簡單與複雜何可相擬！故彈鋼琴必先練習手法指法，逐步前進，俟其入門，乃得彈成譜。作譜者自是一音樂家，依譜彈奏，得其妙旨，始得亦成一音樂家。作譜者為器所限，彈奏者又為譜所限，於層層限制中獲取自由，須賴技巧，求所謂內心自由，已隔多少層。中國人如一牧童，騎牛背上，隨身攜一笛，隨意吹之，隨心所欲，自成腔調。所謂「熟能生巧」，所謂「自有會心」，箇中妙處，乃由自得，不關苦練。故樂器則必求其簡單，人生環境亦力求簡單。顏淵在陋巷，一簞食，一瓢飲，而樂在其中。樂器中如鋼琴，乃大富大貴；如簫、笛，則陋巷簞瓢也。

余有中學同學劉天華，性好音樂，課餘參加軍樂隊。隊中有大喇叭，吹聲極單調，而環繞肩上，使人全身如負重擔，不得自由。群皆厭習，天華獨奮任之。隨大隊之尾末，蹣跚而行。所吹聲又單調乏味，人皆指以為笑，天華樂任此不厭。後離學校轉習中樂，成名。余曾親聆其彈琵琶〈十面埋伏〉，在深夜中聽之，深加歡喜。後天華以二胡名，余未得親聆其奏，僅於收音機中聽之。竊謂天華誠有音樂天才，然所得終在技巧上，於中國音樂之妙處似仍有隔。如其奏〈空山鳥語〉，依中國文學意義言，此中妙趣乃在聽此鳥語者，而不在鳥語本身。故奏此曲貴能親切發揮出聽者之內心，若僅在鳥語聲上著意，技巧縱高，終落第二乘。《詩經》有賦、比、興三義，僅在鳥語聲上著意，此乃詩中之賦，然所賦仍貴在人之心情上。故必有比、興。天華似於此上尚少深切體會。抑且空山鳥語乃與在其他處聞鳥語有不同。所謂「鳥鳴山更幽」，妙處正在一「幽」字上。

此一幽字，亦不在空山，乃在此詩人之內心深處。故中國音樂貴能傳心，傳遞生命，斯為得之。倘於大都市煩囂中奏此，則仍失其趣矣。天華之二胡能變一把手至二把手、三把手，音變大增，技巧自工。然似不脫初年練習軍樂隊時之影響，能把西方音樂集體演奏之情調譜入中國簡單樂器如二胡中，斯則其大成功處也。若求其技而進乎道，則宜有更高境界在。

余最近遊香港，有人贈以許多大陸中國音樂之錄音帶，其中有簫、笛兩種，皆最近大陸人所奏。吹笛者，十餘年前曾來香港，余曾親聆其演奏，技巧誠不差。洞簫亦雅有中國情味。然所錄各曲，其中多加配音，則無此必要，殊屬多餘。當其扁舟江上，一人倚樓，生於其心，動乎其氣，出乎其口，一簫一笛，隨手撥弄，天機橫溢，情趣爛然。若使必再約三數人或七、八人來作配音，則無此場地，亦且異其心情。必當在大城市大商場大酒樓，賣票盈座。而天地已變，情懷迥別，同此簫、笛，同此音節，而不復同此情懷矣。簫聲和細，配音尚有限制，尚能多保留簫聲之原味。而笛聲清越高亮，配音益繁雜，益縱放，甚至鑼鼓笙琴喧鬧一片。笛聲時而亢奮乎其上，時而潛行乎其中。吹奏者之技巧自不可沒，要之，一人倚樓，牧童牛背之笛聲，則決不如此。此雖一小節，而討論文化批判其異同得失，則不可不明此意。

孟子言：「獨樂樂與眾樂樂，孰樂？」一人倚樓，牧童牛背，笛聲偶起，此為獨樂樂也。然而樓上笛聲，可以餘音繞樑，三日不絕。牛背笛聲，可以橫溢四野，無遠弗屆。聞其聲者，亦得同此感受，此亦眾樂樂也。發乎一人，感及他人。其一人之發，則本乎天機真趣，情不自禁。而他人聞之，亦莫知其感動之所由。發者不待技巧，感者亦非先有音樂修養為其知音，其間自存有一片天機，此即人類大生命所在也。陸象山有言：「我雖不識一字，亦將堂堂地做一人。」牛背上之牧童亦可言：我雖不識一音，亦將悠悠然吹一笛。愈天真，則愈生動，愈深切。中國音樂之轉入一獨樂境界，如伯牙之鼓琴，如牧童之吹笛，技巧工拙有所不論，抑亦可謂其皆進乎道矣。

抗戰時余遊昆明，一日，偕一友在大觀樓外僱一舟，蕩漾湖中。操舟一女子，忽引吭唱民謠。余二人聞而悅之，囑勿分心操舟，可一任其所至，汝且盡心所唱。適值風平浪靜，舟女亦興奮有加，賡續連唱了數十曲。夕陽西下，不得不停唱返棹。問此女：汝能唱幾多曲？女答：不知其數。半日之樂，樂不可言。然亦適逢此湖山，適值此風光，舟女亦適逢賞音之人，隨口唱出而已。若果勸此女改業登臺，為一歌女，則必從頭用工夫苦練一番。待其上臺賣唱，亦決不能與此日湖上所唱相擬。音樂之所以超乎工夫技巧之上者在此。所謂「絲不如竹，竹不如肉」，良有以也。

余又曾看一西方電影名《翠堤春曉》。男女兩人駕車遊園，景色宜人，又配上一套音樂，使人恍然如在另一天地中。不記多少年後，又再看一次，依然動人。此誠不失為西方一好電影。然念唐詩人之〈楓橋夜泊〉，終夜不寐，「姑蘇城外寒山寺，夜半鐘聲到客船。」此亦何等動人。鐘聲極單調，然配合此楓橋夜半，江楓漁火，羈客幽思，一聲聲單調鐘聲，正相配合。若必尋求一大樂隊，到岸上來演奏，豈不轉討此羈客之沒趣！否則此羈客亦必移轉心情，忘其羈苦，另生一番快樂。如今人處此境，必披衣離舟上岸，不耐聽此山寺之鐘聲矣。中國音樂之妙處，妙在自然。實則是妙在其即在此生命、此情此境中，享受得一番妙處，卻不待要捨此別求也。

白樂天在羈旅中，泊舟潯陽江頭，入夜聞隔舟琵琶聲，其聲悲哀，若有深怨。樂天亦別有感受，深抱同情。問之，乃一嫠婦。招來舟中，命其重彈。此婦驟遇知音，心一舒泰，彈聲益親切、益生動。樂天事過不能忘，遂成〈琵琶行〉一長詩，千年傳誦。此兩人當此深夜，潯陽江頭一曲琵琶聲之所感受，今千年後人猶可想像得之。竟可謂餘音繞江，千載猶在矣。此又中國人生與音樂與文學之緊密相繫，融成一體之具體一例證。直至今日，人人競慕新文學，此詩遂成絕響。然可見中國人生乃求即時即地，在各人生活之真情實境中，內心深處，求天機，覓出路。文學然，音樂亦然。西方人乃謀於另求一新天地、新境界，令人投入，得新人生、新心情。其文學然，音樂亦然。故中國人重其內在，西方人則重其外在。惟求內在，故愈單純、愈合一；求之外在，則愈分歧、愈複雜，各自獨立，各自成一新天地，各自成一新生命。音樂之於人生，亦外在而自有其天地與生命。譬如西方一大樂隊合奏，人操一器，即不許此人自有心情，務令人人各自放心在其所操之樂器上，而諸樂器亦各無其獨立之地位，必於其樂隊所奏之全樂調中始有地位。儻謂音樂亦有心，亦有生命，則其心與其生命不在人，而在樂。此亦猶孟子所謂之「眾樂樂」。諸演奏者，皆必在全樂調之進展中得其樂。儻問此樂之樂究從何來，則必謂製此樂調者之心中來，是音樂仍不離人生也。然此製樂調者，會眾器成一調，其心至少不為求一人孤聽，乃望大群集聽，此亦猶孟子所謂「與眾樂樂」也。惟其如此，樂中哀樂，由製者、奏者至聽者，其間皆具無限條件，無限曲折，不親切、不自然、不天真。曲終人散，聽樂者雖亦一時有感受，散後歸去，即茫然若失，依然故我。轉不如倚樓有人，牛背牧童，彼之一笛，本不期在聽者。而赤壁扁舟，客吹洞簫，其心中之聽者，亦惟同舟數友而止。即此而論，西方音樂，每以大群為對象，其中若不免有市場心理之羼入。中國音樂，其中乃深存農村心理，時不免有一種幽靜孤獨之情味。人生不同，斯音樂展出亦必有不同可知矣。

西方樂器首推鋼琴，雖由一人獨奏，亦依稀髣髴於一隊之合奏，此誠屬西方音樂之特色所在。惟大提琴、小提琴在西方樂器中，較宜獨奏，雖亦加有配音，而頗近中國音樂之情調。中國人如馬思聰，能於小提琴中奏中國民謠，羼入中國味，已極受國人之欣賞。最近余遊香港，曾去聽一音樂會，皆大陸頗負盛名之樂人來港演唱，有一大提琴演奏，羼入中國情調，拉中國民謠，最為可喜。而洞簫、長笛，於中國樂器中亦效西樂，多加配音，遂失中國之情味，轉為可惜。今日國人於主張全盤西化外，亦主兼采中西，另開新局。然以余最近所聽大陸樂人如洞簫、長笛、大提琴之三種新聲，則彼此斟酌，實亦有大可商榷之餘地也。

又如西方劇，有歌劇與話劇兩種，然歌劇終不如話劇之盛行。而在中國，如晚清以來流行之京劇及地方戲，皆歌劇也，流行全國，歷久不衰。而慕效西方為話劇，則終不受國人之深切歡迎，終亦不能與我固有之歌劇並駕齊驅，平頭齊進，其中亦深具意義，可資研究中西音樂者作闡申。姑此提出，以備研討。

余又論西方文化以宗教、科學為基本，中國文化以道德、藝術為基本。中國音樂在其文化結構中，應歸屬於藝術，發乎情，止乎禮義，尤應不背於道德，此可不詳論。西方音樂則顯與宗教緊密相繫，教徒入教堂唱讚美詩、頌聖歌，務求其心直通上帝，乃以上帝心來愛父母、愛家庭、愛人類大群。故宗教之博愛，乃本於上帝心，非本於各己心。而上帝則為外於人類一客觀具體獨立之存在。若以此意來看西方音樂，詳於前論者，音樂亦不發乎奏樂者各己之心，而若別有一客觀之存在。此為音樂與宗教在西方文化精神中一相同之點。又論科學，姑舉醫學為例。西方醫學首重解剖，一屍體橫陳桌上，孰為心、孰為肺、孰為肝、孰為腎，逐一檢視，一若忘其屍體之亦曾同屬一生命，而亦視之為生命外一客觀之存在，否則何能不汗乎其顙，而心若冰霜，不稍動於衷乎？學音樂者之操一樂器，其心亦一在所操之器，一絃一鍵，各有妙義存在，亦從客觀入，不從自心出，豈不亦與學醫者之先習解剖有同一之心情乎？再論文學。孔子曰：「辭達而已矣。」由我心達彼心，由彼心達我心，文辭特為一工具、一媒介。而西方文學亦同重一客觀外在之描寫，須在此客觀描寫中不見我心，乃為上乘。此又西方文學在其整體文化中，與音樂與科學與宗教有其相同之一點，即同有其一客觀獨立之存在。此又研討中西文化異同所當注意之一例也。

# 漫談新舊文學

民初新文化運動之主要一項，乃為新文學運動。大意謂文學須是人生的。舊文學已死去，新文學方誕生，當用通俗白話文寫出，不該再用文言文。但我認為中國舊文學亦是人生的。如《詩經》：「一日不見如三秋兮。」《楚辭》：「悲莫悲兮生別離，樂莫樂兮新相知。」何嘗不是人生！即當前一小學生、初中學生，對此辭句，亦何嘗難讀！而元、明以下，白話說部如《水滸》、《紅樓夢》諸書，其中難識之字、難懂之語句，亦並不少。專以文言白話來作新、舊文學之分辨，此層似尚未臻論定，還值研討。

我絕不反對白話文，我曾在初級小學親自試驗過白話文教學一年，四年級生可寫八百字文理通順的白話文，三年級生可寫四百字，較之文言文省時省力。但我不主張提倡白話而廢止文言，尤不主張不教學生讀文言古書。直至目前，大學文學院中文、歷史、哲學諸系學生，多不能通讀古籍，這對國家民族前途實有莫大影響，有心人不得不注意。

此兩年多來，我雙目失明，不能見字，不能閱報，不能讀書，長日閒坐，偶亦默誦舊詩。昨日清晨，忽憶唐詩「少小離家老大回，鄉音無改鬢毛催。兒童相見不相識，笑問客從何處來」一絕句。此詩所詠何嘗不是人生！短短二十八個字，一中學生讀之亦何難懂！但詩中所詠人生，則確似過時了。此詩所詠，僅屬一種農村人生。今日則已是大都市工商社會，正要鼓勵大家莫再依戀家鄉、安土重遷。不僅從鄉村遷向大都市是人生一進步，甚至自國內遷至國外，如獲得美國一綠卡，豈不立刻受人重視？又如能操英語，或其他外國語，豈不更受人重視？但話得說回來，國家觀念即建立於鄉土觀念上。沒有鄉土觀，很易沒有國家觀與民族觀。如香港為英國殖民地已近一百年，但英國人來香港，不論當官吏或經商，仍必回英國本土，很少留居香港的。他們在港幾十年，依然操英語，鄉音未改。能講幾句廣東話，已是少之尤少。香港設有一香港大學，延聘英國學人來校教讀，特規定五十五即可退休，俾使其回國再有活動，不致老大始回。若使英國人來讀此詩，他們是會懂此詩中所詠的人生。

我曾遊新加坡、馬來亞，那裡的華僑家庭離鄉去國已歷數百年之久，但他們仍操華語，仍保鄉音，仍隨時回國，以履故土為人生莫大一樂事。若他的故鄉兒童亦問他「客從何處來」，他亦會懷有一番惆悵心情，難以傾白。最近我政府又在獎勉農村青年安守鄉土，不要使美好田園有地無人。此一種趨勢，是該提防的。由此言之，此一絕句裡的人生觀，實在並未死去，還值吟賞。

我又在前一夜憶起另一絕句：「月黑雁飛高，單于夜遁逃。欲將輕騎逐，大雪滿弓刀。」短短二十字，所詠是蒙古沙漠某一夜裡，唐師遠征，敵我對壘的情形。是夜，月本不黑，乃忽然雲興，黑了。「月黑」二字，乃描寫了當夜四度空間之景，寓有一段時間變化在內。何以知之？看下文「雁飛高」三字自知。入夜，群雁已臥，忽遇風起雲興，受驚起飛，非臥前平飛，乃臥起高飛。如今人乘飛機，天空一碧，而雲層在下。群雁飛高了，乃不受風擾。天有不測風雲，風起雲興，遂致月黑雁飛。而此詩則故意避去「風雲」二字不提，此亦是文學技巧。

詩中「單于」二字，乃漢代匈奴首長之稱呼，中小學生或不知，但一講便知。唐代無匈奴，何來有單于？詩中單于字，乃文學上一典故，不得謂用了典故，便成死文學。而且此詩亦可說是一種譬喻借用。漢軍出塞遠征，主客不同，是夜天氣變了，對方明知不敵，又熟悉本地氣象變化，遂乘機逃了。我方不知，但有巡邏隊，忽不見對方巡邏蹤影，逐步向前，直達敵營，乃知已是一空營。急回報告，方求追擊，步隊用不上，只得用騎兵。又需快速，馬背人身均需減輕披戴。接下「逐」字，乃追逐義。但不宜用「追」字。不僅為四聲關係，如「追奔逐北」，不得改「逐奔追北」。奔逃不定向北，但追逐必跟其後，逐北之「北」，即指其背，逐字兼「緊接」義。而如追思、追憶、追述，可以有長距離相隔。白話則少用逐字。如用追字、趕字，趕字又文言所少用，追逐固須趕，但趕又不即是追逐。文字固以代表語言，但中國文字則又越語言而前，與語言有一距離。中西雙方文字不同，而雙方思想亦隨之有不同。故中國人思想不能有如西方之哲學思想，而中國文學亦與西方文學有不同。今吾國人乃欲盡用中國白話來追隨西方文學，難免有種種追不上處。此亦一無可奈何之事，問題尚多，此處暫不詳論。

再述漢軍方欲輕騎追逐，而大雪紛飛，一霎時，滿天空，滿地上，滿馬滿身，連帶滿到隨攜的弓刀輕武器上。情勢如此，則只有讓敵軍安然的逃了。

據如上述，此詩短短二十字，豈不已寫出當時活生生一故事，豈不還是一篇活文學嗎？但若試用白話來翻譯，用了兩百字亦不算張皇；如用兩千字來改寫成一篇小品文，亦僅夠敷衍。但若教者只略說大意，隨把此二十字來朗誦，一遍又一遍，學者隨讀，愈讀愈明白，愈多味，興趣增了，智慧亦隨而長了。讀中國書，自有與讀西方書不同的讀法。文學亦然。讀法不同，自然寫法亦有不同。今用白話兩百字，乃至兩千字，來寫此一則情事，較之只用二十字，既省力，又省時。投登報紙，又可多獲稿費。結集稍多，出一小書，又成為一作家，名利雙收。既可速成，又能多產，又誰肯苦吟出此二十字來？則所謂舊文學已死去，實不如說舊人生已死去，更為恰當了。但論及品格，則不論文學或人生，均有一高下分別，又不可不知。

今再回述上列之七絕。「少小離家老大回」，乃指回家，而詩中省卻了此「家」字。下文「兒童」字，乃指其家中之兒童，非鄉里兒童。中國人重視家庭，此兒童或非詩人之子女，但必是家中之幼輩。同一家人，長幼相見，而不相識，在此詩人老大回家之一番歡欣心情中，又夾帶了好多感觸與惆悵。故於兒童問語上，又特下一「笑」字。此非言笑之笑，乃一種輕鬆隨便之禮貌，指笑容，非笑聲。此兒「笑問客從何處來」，乃不知是其家中一長輩。人生之悲歡離合，無限傷感，盡在此一笑字上描繪出。此一層，則恐非幼童誦詩所能瞭解，須待於文學有深造，始能了悟到此。又豈能下字深了，人不遽曉，便說是死文學呢？中國文學必重情，上引五言絕句一首，乃詩人隨軍所記，而出國遠征軍之種種困難艱鉅，即於此見。此詩則老大回家之種種心情，亦於此見。而中國文學必重涵蓄，須讀者作同情之體會。故雖常情，亦覺情深。若直率道出，情味淡了，則轉若無情。今必模倣西方文學來表達中國人情，則惟有失真，最多是淺了，不能深入。此似應為今日提倡白話新文學者所注意。

抑且「少小離家老大回」，固必有一番特種情緒。即在他鄉遇故知，亦每有一番特種情緒之產生。近代國人多以落籍美國為榮。但既為美國公民，所親仍以美籍中國人為多。日本人亦然。美籍之中國人與日本人，仍有界線，不相混淆。猶太人、黑人尤然。同隸美國籍，歷數百年，其不相混淆如故。可見中國人內心仍戀中國人，中國舊文學所誦，深入人心，至今猶活，哪便死去了呢？今人提倡新人生、新文學，果能有一套中國新人生、新文學出現，而仍未昧失了自己那一顆心？即遠離鄉土，其戀舊之心情猶存，此即所謂他鄉遇故知，豈不深符此心所想望，仍然活生生的存在嗎？然則非於中國舊人生、舊文學有研究，又何來得此新人生、新文學之發展？

但今我國人則謂生為現代人，自當現代化，何必戀往古？如看西方電影，即如美國西部片，亦彼邦百年前事，乃國人屢看不厭。又如莎翁樂府，乃西方四百年前事，國人亦研賞不輟。何以在西方儘古儘舊都足珍，在中國求變求新始可貴？此恐特係一時風氣，非有甚深妙理之根據。余夫婦前在香港，大陸劉少奇、鄧小平掌權，提倡平劇及各處地方劇，製為電影，在香港、新加坡、馬來亞放映，各地華僑，爭睹為快。即各家廣東老媽子，不諳國語，亦先聽「麗的呼聲」，用廣東語介紹劇情，再往買票，盛況空前。新亞一同事新從臺北來，家有一女一子，余夫婦勸其子女前往一看，其女謂：何以要把港幣增共黨之外匯？余告以共黨貪此外匯，待此等影片在國內流行，則共黨政權亦不攻自破。抑且汝往觀賞，亦可於中國舊文學、舊人生稍有知識。其後不久，四人幫鬥爭，劉、鄧下臺，此等電影亦皆禁絕。四人幫無知，並非知此舊文學、舊人生於彼輩之新政權能有波及，但亦自有他們想望之新文學，如樣板戲之類。今國人提倡新文學，亦每於舊文學絕口不提，只求趨向西方新的來反共，不懂中國舊的亦能反共。先破壞了自己舊的，則此反共之一我，亦早破壞了，又從何來反呢？今聞鄧小平上臺，舊攝電影又漸出現，則可知要根絕舊的，亦仍有所難呀！

惟當時此等電影不獲進入臺灣，有香港某電影公司抄襲大陸最先來港之「梁祝」一片，改換紹興腔為黃梅調，攝製新片，傳入臺灣，一時亦競相爭睹，有連續看八次、十次者，凌波演梁山伯，遂受國人崇拜。其來臺，飛機場至臺北市，列隊歡迎者盈萬。某大學一院長，年幾古稀，亦手持旗幟雜歡迎隊伍中高呼。則國人內心喜好，正如他鄉遇故知，豈不當前一明證乎？

平劇在臺不盛行，有軍中數劇團，幾於盡日登臺，惟往觀者率中老年人，尤多大陸來臺人，青年則絕少。某夕，余夫婦往觀，一舊識攜其一孫女與余聯席坐。此女乃高中或大學生，對平劇似不知欣賞，唱工演技更不論，但遇白鼻子丑角登場，則鼓掌狂歡不已。儻彼去觀西方電影，情況當不同。且不論文學人生之新舊，崇洋蔑己，蔚成一代之風尚，展念前途，嗟慨何極！

中國傳統文化又有一特殊長處，即其大思想家、大文學家，均多出自衰世、亂世，而又能融凝表達其日常真實人生於思想、文學中，而相與為一。故使後之衰世、亂世，皆能有所慕仰，有所追隨，知所修行，知所樹立。乃使其思想、文學亦得同臻於旺盛。故能剝中有復，否極泰來，而一線相承，綿亙達於五千年。

如孔子生於春秋之衰世，屈原則生於戰國之亂世。而春秋戰國一段衰亂，乃已為中國思想、文學深植根基，永為後起之楷模。茲姑專論文學。兩漢辭賦，追效古詩之雅、頌，則不如民間流行之樂府，近似國風，為得中國文學之真傳。而晚漢衰亂，〈古詩十九首〉乃及建安文學，更見轉機。尤足供後人仰慕者，乃為東晉、南宋間之陶潛。不論其詩，即其〈歸去來辭〉及〈桃花源記〉，亦已千餘年傳誦不輟。在抗戰時，余隻身居雲南宜良山中上下寺，撰寫《國史大綱》。每逢星期日，必下山赴八里外一溫泉入浴，隨身攜帶一陶集，途中泉上，吟誦盡半日。余之寧神靜志，得於一年之內完成此書，則實藉陶集之力。不啻亦如歸去來，安居桃花源中也。

猶憶余二十餘歲時，教讀鄉村小學校。讀陸放翁詩，念放翁詩名滿海內，老而歸鄉，得此恬靜之生活。誦其詩，如讀其日記。「王師北定中原日，家祭毋忘告乃翁。」南宋終於淪亡，何嘗能北定中原，然放翁一生忠君愛國之心情，則千年常存。每誦其詩，如在目前。今余年未三十，已安獲鄉居，豈不已勝放翁之耆老？雖值國家民族之衰亂，亦忠愛存心斯可矣。惟念先父、先祖父，年過四十，即已逝世。余之所能學於放翁者，當惟日常衛生健康之一途。乃知注意於飲食起居作息之間。余之生值亂世，較放翁為甚。今余年已逾放翁而超之矣，而余之愛好鄉村生活，則迄今而不能變。余不文不詩，而生平之得益於陶、陸者，實不為不多。

余又念，方幼齡十歲左右，即讀《水滸傳》與《三國演義》。江湖如林沖、如武松、如魯智深，每心儀其人；廊廟如諸葛武侯、如關壯繆，一言一行，皆深入余童年之肺腑。方余未能讀孔子書，而孝弟忠信固已長存我心矣。中國文學之入人之深有如此。

及余四十左右，乃讀魯迅之新文學，如〈阿Q正傳〉。自念余為一教書匠，身居當時北平危城中，中日戰爭，如弦上箭，一觸即發，而猶能潛心中國古籍，以孔老二之道為教，若尚有無限希望在後，此正一種阿Q心情也。使余遲生數十年，即沉浸在當時之新文學氣氛中，又何得為今日之余？余常自笑此一種阿Q心情，乃以上念前古，下盼來者，此亦誠阿Q之至矣。此乃余一身所受新、舊文學之親身經驗。一人之私，終不免有此歧見之存在耳。

余又念西方哲學與西方文學，每在平安世、旺盛世。讀其書，每恨不見其作者之真實人生。使彼亦如余今日之居此亂世，彼當何以為生？第一、第二次世界大戰，迄於今日，世日亂，人生日不安，而西方哲學、文學亦沉默闃寂，不見其人，不聞其言。使余生西方，則獨學而無友，孤陋而寡聞，真不知當何以安其身心，以度此一生？余於孔、孟、老、莊思想深處無足言，而獨於中國舊文學，一詩一文，一小說，一劇本，每常心念而不忘。不知世之君子，其將何以教之？

# 品與味

中國人最重「品」，人有人品，物亦稱物品，乃就其人與物之價值意義而加以衡量評判，以定其高下，斯謂之「品」。西方商業社會，以物相貿易，其物出售獲利高，斯其物貴，西方之物分品應在此。中國農業社會，五穀果瓜菜蔬，以及牛羊雞豚魚蝦之類，主要在供各自食用，斯無甚多價值分別，乃不言品，而言「味」。

《中庸》言：「人莫不飲食，鮮能知味。」西方人亦飲食，亦知味。惟其求味則與中國人不同。中國人烹飪，主五味調和，甜酸苦辣鹹，斟酌配合同在一鍋煮，其味自別。西方人則肉自肉，魚自魚，甜酸苦辣鹹諸調味品亦分別盛碟中，由進食者自加調和，其味乃顯與中國大不同。

又中國人把雞鴨魚肉主食品與其他果瓜菜蔬副食品同煮。西方人則必主食、副食分別煮，由食者分別進口。故中國食味主和，西方食味主別，此乃中西文化不同一大要點。

食品亦如商品，有貴賤不同。孟子曰：「魚我所欲也，熊掌亦我所欲也，二者不可得兼，捨魚而取熊掌者也。」魚易得，人所共嘗；熊掌難得，故求一試。儻必得熊掌而後食，則其人非餓死不可。孟子乃北方人，魚亦難得。故中國北方人多食羊，南方人多食魚。孟子乃指味之難得者言。惟難中求易，只善加烹調，有美味，斯可矣。此又中國人生哲學一要點。故曰：「莫不飲食，鮮能知味。」其深義乃在此。

西方人重分別，即如雞，又分生蛋與食用兩種，但並主多產，故洋雞亦不如中國土雞之美味。今日國人則必主洋化，否則謂之土頭土腦。實則洋化人與土頭土腦人，情味亦別，此亦易知。

西方人烹魚常斬其頭尾，僅烹其身，因其好分別，遂有選擇，不知頭尾各有佳味。即以人之一生論，亦可分孩童、成年、中、老各期，貴能通其全生而為一。老年之味，在能回憶其孩童之當年。孩童則貴能對其成年後之想望。如老人無過去之回憶，幼童無將來之想望，就全人生言，可謂無味。有人說美國社會幼年如在天堂，中年如入戰場，老年如進墳墓。將全人生割裂三分，則天堂又無可留戀，戰場搏鬥亦不啻為進墳墓作準備，人生之意義價值又何在？

西方有拳王爭霸戰，拳王登壇，圍坐而觀者盈萬，一拳王所得亦盈幾百萬美金。然求為一拳王，十五、六時即須苦練，年過二十即登壇應敵，三十後便當準備退休。如阿里連膺拳王寶座榮位已三次，不甘退休，第四次爭霸，終於敗陣下來，但人壽應以七、八十為期，三十餘退休，此下尚有四、五十年，卻不能另換一人生，僅賴多金作消遣，閒度歲月。最近並有一拳王，當場受傷至死者，此等事寧復有人生之價值意義可言？此亦如吃魚僅喫一中段，頭尾皆斬去。其實西方人生多類此。此之謂割裂為生，乃不知味之至。

西方商業社會貴財富。財富之於人生亦僅如一兼味，用來作調味用，決不可當作主味。桌上只放甜酸苦辣鹹種種調味品，而無牛羊豬魚雞鴨種種主味，試問如何下口？但主味亦得有兼味始可。原始人捕一羊，捉一魚，不知用兼味亦以果腹，日久乃知用兼味，但斷不能因有兼味遂忘其主味。如男婚女嫁，乃人生主味所在，婚前一段戀愛經過，亦只是其兼味。今既主自由戀愛，又主自由離婚。一若戀愛乃主味，婚姻轉成兼味，此又不知味之至矣。

重視戀愛猶可，乃亦重視戰爭。戀愛尚可謂是人生中一甜味，戰爭則是一辣味苦味。食品多用甜猶不可，多用辣更不可，何論苦！最常須用鹹，甜、酸次之，辣更次之。余為無錫人，食品多甜味，然非專用甜。湖南、四川喜用辣，然亦非專用辣。皆須調和，配合適當，始成佳味。尤宜善擇主味，並不每一食品必加甜、必加辣。西方文學，幾乎十之八、九必涉及男女戀愛。而近日國際來往最大敬禮乃屬軍禮，貴賓蒞臨，必以三軍儀隊表示歡迎。又貴賓必往陣亡將士紀念處行禮誌哀悼。是國與國亦以戰爭結友好也。則天下焉得不亂，世界又向何道求和平？此亦可謂人生之不知味。

中國論人必重品，尤要者為君子、小人之辨。女子則必首辨貞、淫。西方人重富貴，財富多少、權位高下，皆有客觀條件，豈待品評？然貴為天子，有不得預於君子之列；財可敵國，亦可淪為小人。故中國稱「人物」。物者，即品評義。《漢書》有〈古今人表〉，分人為上、中、下三品，每品又各分上、中、下，共九品。貴為天子，有列在下品者。非富非貴，亦有高列上品者。西方人重富貴，顯然不平等，故人人求平等，並求出人頭地。如練拳擊，榮登拳王寶座即是矣。中國人亦有終身練拳擊者，如少林，如武當，率以出家人為多。然必尚俠義，始為上品。路見不平，拔刀相助。《史記》有〈游俠列傳〉，名列史乘，千古不朽。故曰：「行行出狀元。」即拳擊亦可列人品之上等，然拳擊終為兼味，俠義始是主味。以拳擊為主味，斯稱無味。

中國文化中飲膳為世界之冠，已得世人公認。中國人特多人情味，亦得世人公認。使人生果得多情多味，他又何求？故中國人生，乃特以情味深厚而陶冶出人之品格德性，為求一至美盡善之理想而注意締造出一高級人品來，此為中國文化傳統一大特點。

人生在天地萬物人群之包圍中，人品陶冶尤賴天時、地利、人和三大協調之養育而促成。以言天時。中國得天獨厚，地處北溫帶，春夏秋冬四季分明，寒暖變化，二十四節令各有其特性與佳趣。又有人文節，如三月三之上巳、五月五之端午、七月七之鵲橋相會、八月半之中秋、九月九之重陽，乃至自然節令中之清明、寒食、冬至，以及歲首、歲尾，一年三百六十天，不時有特殊禮俗、特殊欣賞、特殊回念與特殊想望。蒼蒼者天，乃亦特多人情味。四時佳節，連綿不斷，不啻如一首詩，而由詩人文學家代為歌詠。《詩》、〈騷〉以來三千年，此一首詩詠唱不絕，天人合一，即在詩人之喉中筆下，歌出寫出，而中國人生則涵泳在此一首詩中，其富情味為何如！

次言地利。中國全國之錦繡河山，乃為中國人陶冶品格一大溫床。孔子曰：「仁者樂山，智者樂水。」中國人山水之樂，其性其情，固本天賦，亦屬地成。東嶽泰山、西嶽華山，積朝野數千年之經營，有天然，亦有人文。北嶽恆山、中嶽嵩山、南嶽衡山，以及其他如四川之峨眉，雲南之括蒼，湖北之武當，安徽之黃山、九華，江西之廬山、青原，山西之太行，浙江之天台，更如兩廣、福建等諸省各有名山勝景，亦莫不有人文薈萃。而河、濟、江、淮四大瀆，則又流貫其間。又如江之有漢，河之有渭，西南之有瀾滄江、珠江，東北之有黑龍江等，古人著有《水經》。水又匯而為湖泊，如雲南大理有洱海，昆明有滇池，湖南有洞庭，江西有鄱陽，蘇浙有太湖。又如杭州有西湖，濟南有大明湖，川瀆湖澤，幾乎遍地皆是。豈能盈篇累幅，逐一稱舉！中國乃如一幅大山水，一山一水，又必有人文點染。即如余鄉，數里內即有小丘，稱讓皇山，乃西周吳泰伯讓國來居，葬於此。則已有三千年以上之歷史。亦稱鴻山，乃東漢梁鴻偕其妻孟光來隱，亦葬於此。則亦已有接近兩千年之歷史。又有鵝肫蕩，亦在數里內。明末東林大儒顧憲成在此教讀，常扁舟徜徉其中，則亦有三百年以上之歷史。有《梅里志》一書，環余鄉數十里，古今人物名勝嘉話，窮日夜更僕縷指不能盡。故遊中國山水，即如讀中國歷史，全國歷史盡融入山水中。而每一山水名勝之經營構造，亦皆有歷史可稽。如西湖，自唐之白樂天、吳越之錢武肅王、北宋之蘇東坡，循此以往，上下一千年，西湖非由天造地設，乃有人文灌溉。故此中國一幅大山水，不僅一自然，乃由中國人文不斷繪就，其多情多味有如此。

此幅大山水中又有園亭布置，如蘇州城，先有唐代之寒山寺、網師園，北宋之滄浪亭，繼有元代之獅子林，明代之拙政園，清代之留園。尤早如虎丘，南朝竺道生即來宣佛法。其更早如吳王夫差之西施，即梳妝於靈隱。一蘇州城之名勝古蹟，山水園亭，絡繹興起，積三千年。生於斯，老於斯，即畢生沉浸於中國傳統文化之歷史中，與為一體。故一舟子、一轎夫、一賣花女、一樵柴漢，其風格，其品性，莫不受湛深人文之陶冶。日進美膳，不知其味。然所謂「虛其心，實其腹」，無知無欲而已。與古為友，日坐春風，亦同為其桃李矣。

中國之天時、地利有如此。不言人，且言物。孔子曰：「歲寒然後知松柏之後凋。」屈原〈離騷〉言藝蘭，陶淵明詩言采菊，王子猷之登門訪竹，林逋之以梅為妻，梅、蘭、竹、菊，後世畫家稱「四君子」，此亦有品。唐陸羽著《茶經》，茶亦有品。品茶亦人之雅致。其他如梧桐，如荷葉、蓮花，如楊柳枝，如楓葉，凡經詩人品評者又何限。飛禽有如鶴，走獸有如鹿，園亭中所畜養，莫不有其品。候鳥如雁、如燕，常見如蝴蝶，如鸚鵡，如鴛鴦，如鳩鴿，皆備受養護。凡此皆莫不經中國人文之品定。虎、豹、熊、獅，近代西方動物園必加畜養，中國人非不能養，然不喜養。西方人尤愛獵犬，中國人則謂「狡兔死，走狗烹」，若不加惜。觀於中國人對一切動植物之親近與不親近，愛好與不愛好，亦可見中國人之人品矣。故中國人對天地萬物莫不有品評，然後有其所親近與愛護。而中國之人文亦於此而見。然非深知其意，則如飲食而不知味，固非人人所易知也。

杜甫詩「絕代有佳人，幽居在空谷」，「天寒翠袖薄，日暮倚修竹」，亦已透露出部分中國人文精神。「日暮」乃言天，「空谷」乃言地，「修竹」則言及物。人生不能脫離天地萬物之大環境，然即觀其處境，斯其人品亦約略可見。〈關雎〉之詩曰：「窈窕淑女。」居空谷中，日暮倚竹，亦即深居簡出、幽嫻貞靜之「窈窕」。女性之美，首貴德性，次及體貌。此又中國從來言人品一大較也。

一陰一陽之謂道，人品陶冶，自當男女並重。栽一草，植一樹，畜一禽，養一獸，皆有講究。苟使女皆無品，男亦何修？近代國人以西俗相繩，乃謂中國人重男輕女，此誠無稽荒言。中國歷史，乃多有女性。《漢書・古今人表》中，亦男女兩性同經品評。古詩三百首，詠及女性者多矣。首為〈關雎〉：「窈窕淑女，君子好逑。」淑女與君子並重。孔子曰《詩》「可以興，可以觀，可以群，可以怨」，又可「多識於鳥獸草木之名」。鳥獸草木之得詩人吟詠者，亦多經品評。如關關之雎鳩即是也。中國人能善觀於天地萬物大自然環境，而知所興起。觀於河洲之雎鳩，斯興起其覓求佳偶之心。夫婦不和合，又何能群？不能群，斯為無品。夫婦能和合偕老，則女為淑女、男為君子可知。然而人生多變，君子好逑淑女，求之不得，則終夜反側，即怨矣。不富不貴而怨，又何得為君子？屈原不得事君，乃著〈離騷〉。「離騷」猶「離憂」，即其怨矣。臣之於君，猶妻之於夫，非謂君尊臣卑，夫尊妻卑，此乃人群和安之道。屈原不得乎其君，亦如窈窕之淑女，幽嫺貞靜，不活動，不交際，孤芳自珍，則如草木中之幽蘭，故〈離騷〉多詠及蘭。杜甫亦值亂世，詠此空谷佳人，即以自詠，烏有輕女之意？

人之一切行動作為，胥本乎其情志。詩言志。故觀於詩，乃可以知史。中國古人言詩、書，詩在書前，即此意也。如《春秋左氏傳》，其中記載及女性者亦何限。而此諸女性，可敬可尊，可歌可泣者又何限。《戰國策》中亦多女性。秦、漢之際，西楚霸王項羽亦可謂一世人豪矣，兵困於陔下，夜飲帳中，為詩曰：「力拔山兮氣蓋世，時不利兮騅不逝。騅不逝兮可奈何，虞兮虞兮奈若何？」項王自顧不暇，乃為姬歌，斯亦愛之深念之切矣。虞姬聞項王詩，即席在歌舞中自殺。身為女性不能衝鋒陷陣，自殺身死，亦以慰項王之心。戰國時人已言：「忠臣不仕二主，烈女不事二夫。」虞姬亦得謂之烈女矣。項王終突圍而至烏江，曰：「何以見江東父老？」則不渡。實則項王之心，若渡烏江，亦將無以見虞姬於地下耳。司馬遷為《史記》，特述及虞姬，但未加褒語。後世讀者，皆知敬虞姬。人品高下，自有公道，豈煩加褒！

中國女性之美，不僅出諸名門閨秀，實已普及全社會。晚明有柳如是，乃一歌妓。慕於錢謙益之名，而屈身為之妾侍。謙益乃當時大詩人，又為朝廷大臣，年事已老。柳如是以一年輕美女，天下慕趨之，而終歸身於謙益，舉世傳為美談。柳如是名益颺。不久明亡，清廷寵召謙益，亦以籠絡人心。而謙益不能拒。柳如是以為恥，為之自盡。謙益死，清廷列之〈貳臣傳〉，仍以買收人心。而柳如是乃如天上人，舉世仰望。此亦中國數千年人品標準，豈偶而已乎？近聞陳寅恪著有《柳如是別傳》為謙益晚節辨誣，但對柳如是則更推崇備至。惜余已不能讀其書，此不詳論。

又中國有婢女，見之小說戲劇者，如《西廂記》有紅娘，如《白蛇傳》有青蛇，亦如男性中有老家人，如「三娘教子」劇中有老薛保，此皆聖賢中人。列諸〈古今人表〉，斷當不在中等以下。又如《紅樓夢》林黛玉有婢紫娟，薛寶釵有婢鶯兒。讀其書，亦寧得以小婢視之？西方小說、劇本中之女性，皆出想像創造，然何嘗創造有如此人物來？我無以說之，亦僅曰中國人情味厚，西方人情味薄而已。然今國人競慕西化，則曰此乃中國封建社會奴性使然矣。情味之薄，乃尤甚於西方。

又有人造物，中國亦與西方有不同。如絲綢，如陶瓷，其質料極精緻，其光色極柔和，其體狀極大方高雅，不刺激，不炫耀。要之，與穿著使用人之品格陶冶有相得益彰之妙。而製造工匠之安定寧靜，保常守舊，依循規矩，不輕變動，而於悠久中不害有進步，則其人之品格陶冶，亦因而見。此與西方製品必求出奇制勝，務多產廣售，以牟厚利者，大不同。又中國衣錦則尚絅，花瓶則有瓶座，茶杯則有杯托，人與物之相互間，必求配合協調，沒入一大意境中，而不感有衝突。今如此空谷佳人，日暮而倚修竹，必須穿中國裝，縱錦繡華貴，亦得相稱。若倣近世西裝，袒胸露臂，兩腿外曝，雖時髦，雖摩登，然往來疇人廣眾中則宜，在空谷修竹間則不宜；在五光十色中則宜，在日暮暗淡中則不宜。彼其人亦何肯留空谷日暮修竹間乎？

此佳人入居室內，得中國舊家具舊陳設則宜。近代之西方裝備，宜通都大邑，高樓巨廈中，並在賓客群集時使用。故所謂佳人，亦宜善交際，能應酬，不宜窈窕貞靜。工業製造品亦由人文化成。則宜古今中西之各不同矣。

中國山水園亭亦不宜闢為近代之觀光遊覽區。近代之觀光遊覽必廣攬遊眾，乃可贏利。故凡屬勝境，惟求通俗化，遂使群客奔波盡興，實則人看人。儻兼以歌唱舞蹈，愈撩亂，則愈活躍，心神無片刻安頓處，斯為觀光之成功。凡屬觀光，乃求動，不求靜；乃求熱鬧，不求清淨。此乃近代人心一大趨向。中國風景皆求清賞，「鳥鳴山更幽」，始覺此山中之深趣。「山中方七日，世上已千年。」儻亦男女雜沓，喧譁擁擠，轉眼即過，則七日亦在一瞬間。此始是近代觀光客、遊覽客所要求，如此才感快意。

古人詩：「振衣千仞岡，濯足萬里流。」今人則必在萬目睽睽下振衣，一振衣而下座，掌聲雷動，乃始快意。千仞岡上，何人得見？海水浴場，亦必人群俱集，乃始成一場面。一人濯足，則何情味可言？故千仞之岡，則必組旅行隊；萬里之流，則必組游泳團。一人閒居，必感無聊。古以窈窕乃成淑女，今則儘時髦，儘摩登，投入人群中活躍，以供人玩賞為己樂，人品亦化成商品，良可嗟矣！一味兩味，可以下酒，可以過飯。食前方丈，乃無下箸處。今日人生必求方丈，下箸在他人目中，其無情無味，豈不顯然？

今日國人已不識從來之中國，乃亦不喜中國史，更不愛誦中國詩。惟外國人來中國，則仍讚中國多人情味。一如外國人喫中國菜，同知愛好，斯亦足矣。今日國人赴國外開餐館者大有人，如欲其在國外宣揚中國文化，則群謝不敏。遂若中國徒為一飲食之人，此豈得謂之知味乎？吾嘗謂中國史乃如一首詩。余又謂中國傳統文化，乃一最富藝術性之文化。故中國人之理想人品，必求其詩味、藝術味。今則惟求其為商業化、機械化，真如一百八十度之轉身，是誠難於多言矣。

# 欣賞與刺激

「奇文共欣賞，疑義相與析。」此是陶潛詩中之兩語。「欣賞」二字流傳為普通口語，迄今千數百年。陶詩本以論文學，實則一切藝術皆然。尤其是人生，該藝術化，也該懂得有可欣賞。近人對文學、藝術以及人生，每喜用「刺激」二字。刺激與欣賞，意味大不同，玆試加以分析。

姑舉一淺明事為例。飲茶習慣在中國已歷千數百年的歷史。唐人飲茶，本富刺激性，略如近人喝咖啡，故茶中必加以雜味，或甜或鹹，又如牛羊乳之類，喝了一杯，即不想再喝。盧仝「七杯茶」，遂以馳名全國，至今猶為人知。但此後茶品變，煮茶方法變，茶味不再富刺激性，使人能晨晚隨時飲，隨時欣賞，為中國人生休閒中一大樂趣。主要一點在使茶味淡，乃覺味長，並有餘味，留在口舌，而又不傷腸胃。飲茶成為中國人生普遍流傳一藝術，其中大有深義。中國人言「君子之交淡若水」，淡則能久，情味深厚。酒食相徵逐，則成為市道交，其味濃，若夠刺激，惜不能久，情味淺薄。其間主要差別更在時間上。

《中庸》言：「人莫不飲食，鮮能知味。」中國飲食，知重求味。西方各品分別烹煮，再同置一器中；五味亦分別置器中，由食者親自加配。中國則預先配成，和合烹煮，故曰「餚」。餚者，淆也。先已混淆，然後調製出真味來。又西方人進食，先來一品，喫完續來第二品；中國則各品同置桌上，由進食者自加選擇，不必先此後彼，而同時又得一番調和。此如夫婦父母子女，西方人只是同居一宅，即成為家。而中國人則在一家中，其相互情感又加種種烹煮鍛鍊始得家庭之真味。故西方人於家庭似少甚深特殊之情味；而中國則不然，其對家庭情味深厚，並覺離此則無相近似之同樣情味可覓。

故中國人於情味貴淡，貴和，貴單純，少變化。此間有內、外之別。物在外，凡所接觸則成內。人與天地萬物相接觸，即成為我生之一部分。非以我之生來接觸萬物，乃因接觸萬物而成我之生。故凡所接觸，必感其與我相和相合，共成一生，乃有情味可欣賞。所欣賞者即吾生，非在生外。身外萬物時時刻刻在變動中，此時此刻所接觸，他時他刻即離去。與我接觸，皆成我生。接觸變，即生在變。故凡所接觸，皆覺有味。「採菊東籬下，悠然見南山。……此中有真意，欲辨已忘言。」採菊、見山皆吾生命之一部分，此中真意乃吾生命內在自發之一種欣賞情緒，顯非外來刺激，與《天方夜譚》中之能言鳥有別。子在川上，曰：「逝者如斯夫。」生命即如逝水，前水已去，後水隨來，而水與水間，共成一流，同是水滴，無大差異。惟其同是一水，故覺情味之無窮，可久可長，而更深更厚。孔子以水流喻人生，人生之可欣賞者正在此，真意宛然，誠非言辯所及矣。

夫婦和合，乃一尋常事。然積以歲月，則其味長矣。西方文學好言戀愛，此乃一種刺激，非可欣賞。正以其味濃，不可持久。非結為婚姻，即反目相離。反目後，更有相視如仇敵者。結為婚姻，而往日戀愛之情亦即消失，不可再覓。若求長日戀愛，又不可能。所以盧仝「七杯茶」，乃馳名全國也。

要求刺激，亦必先有一番要求刺激之心情，必其人在忙碌中，在複雜變動中，在不安定不寧靜中，在苦悶煩躁中，在如是等之心情中，乃求有刺激。刺激必從生命外面來，非即其生命。欣賞則即在生命中，與生命為一。如長途跋涉，偶得片刻停車道旁，喝一杯咖啡，即匆匆再趕路，亦覺有味。果在此匆忙中，飲一杯中國茶，便嫌味淡，不夠刺激，不盡興。

中國人飲茶，另有一番情味，在安閒無事中，心氣和平，或一人獨品，或賓朋聚賞，或幽思，或暢談，不能限以時刻，或羼以他事。否則茶既淡而無味，飲之亦僅解渴，無可欣賞。今日國人乃亦求於飲茶中找刺激，誠不知味之尤矣。

今言文學。西方人亦於文學中找刺激，如戀愛，如戰爭，如神怪，如冒險，如恐怖，一切題材，皆必曲折離奇，緊張刺激，乃於其日常人生外另找一新人生，以多方面複雜性之刺激來拼湊一人生，此為西方人生。中國人則於其日常人生中透露出文學，文學即其真實人生中之一部分。亦有人生不如意而發為文學者，如屈原〈離騷〉。太史公曰：「離騷者，即離憂也。」屈原之憂心，即於〈離騷〉中發出。西方文學中，則何曾有作者自身之人生從其作品中發出？西方人生乃由多方面拼湊。文學作者亦以寫作為其人生中一拼湊，亦求自刺激，亦正如其喝一杯咖啡。中國作家之寫一作品，則亦如其飲茶，乃其本身生活之一種自欣賞而已。今再以哲學術語言，中國之欣賞文學，乃即體以見用。西方之刺激文學，乃集用以為體。此其大不同所在。

陶淵明詩，何嘗非淵明本身生活之自欣賞？淵明生活極平淡、極調和，亦極單純，何奇可言？屈原〈離騷〉文中亦涉神怪，亦涉戀愛，若稍奇。其實屈原亦是本其日常平淡調和之心情而始成其作品。苟不能保住其平淡，而別求刺激，何來長存此忠君愛國之忱？中國人之忠愛，皆從和淡心情來。不和不淡，則無忠愛可言矣。不和不淡，斯亦無欣賞可言。中國自古詩三百首，下迄屈、陶，乃至後代全部文學史，惟淡與和，乃其最高境界所在。莊、老教人淡，孔、孟教人和，惟淡乃能和，惟和始見淡。中國全部人情，乃由此淡與和兩味醞釀而成。而中國文化傳統之大體系，亦必以儒、道兩家為其中心主幹。

再言音樂。簫和笛清，兩器皆僅一管五口，簡單已極。簫聲嗚嗚，可欣賞，無刺激。「清」亦單純義。如水之清，因其無混雜，故亦由和得清，由清見和。西方樂器樂聲，務求複雜，乃以刺激供欣賞。如伴舞蹈，如開大會，熱鬧緊張，始更相宜。又如繪畫。其在中國，苟富刺激，即非上品。如畫仕女，亦求雅淡。豔麗則俗，無足賞矣。中國戲劇，內情刺激，有超西方而上者。但歌唱舞蹈，圖譜音樂，會為一體，必使欣賞更深於刺激。觀聽之餘，乃若處身世外，非在人間。戲劇之人生化，乃成人生之戲劇化。一顰一笑，一罵一哭，皆可在無盡欣賞中，而忘其為刺激。此則藝術之最上乘矣。

又如房屋建築，園林構造，山水名勝之布置，一經中國人匠心，必使避免刺激。驟視若尋常，而加深欣賞則玩味無窮。縱有驚險，亦必融若平夷。如登泰山，南天門乃所必經，日觀峰始是超極。而南天門石級層次歷然，步履其上，亦毫無驚險可覺。儻照西方人心理，當嫌其不夠刺激矣。故遊中國山水名勝，亦如觀中國平劇，有驚無驚，有險不險，有緊張可不緊張，有熱鬧亦非熱鬧，若夠刺激若無刺激，中國人生可貴正在此，其可欣賞亦在此。中國全部歷史文化之主要體系，亦正在此。

中國亦非無科學，如絲如瓷，皆科學而藝術化。可欣賞，無刺激。如遊四川灌縣離堆二王廟，兩千年來治水奇蹟，夠驚險刺激之工程，宛在目前。然遊者俯仰視聽，欣賞之不暇，若無刺激存在。中國亦非無思想，如孔、孟、莊、老，讀其書，平淡無奇，安和不驚，並無刺激性，而富欣賞味。朝夕諷誦，積以歲月，雖不能至，心嚮往之。如讀西方哲學家書，則高論邃起，奇幟屢張，使人欲辯無可辯，欲從亦無能從，出人意表，而未必入人心中；刺激有餘，而欣賞闕如。與讀中國孔、孟、莊、老書，味不相同。則讀者自知之，非言辯可及也。

今觀世界形勢，自兩次世界大戰以來，驚險時增，刺激日加，不能淡，不能和，甯有欣賞之可言？若對此而有欣賞，其人存心必不可問矣。今試再於刺激與欣賞作一淺顯之辨。則欣賞必具時間性，能淡能和，經久不變，始得有欣賞。若時而起，時而歇，一變方來，一變又起，則只有刺激，無欣賞可言矣。時間則存於各人之心中，長短有不同。「山中方七日，世上已千年。」七日方見時間之長，千年乃感時間之短。刺激則必在短時間中。時間短乃求之空間，如一運動會有數十萬人雲集者。一場競賽方畢，鼓掌聲歡呼聲四圍轟起，但轉瞬間即消散，競賽者與群觀者盡散，一場寂寞，此之謂刺激。當今世變，亦如運動場上之競賽，一場勝負畢，另來第二場。此豈人生大道所在乎？

中國人道重賞不重罰，又貴無形跡。賞以物，斯受者若居下；賞以心，則自盡各心而已。兩千五百年來，中國人無不知心賞孔子，乃無如耶穌十字架之刺激。又如屈原沉湘，而端午佳節龍舟競賽之風遍全國，歷千年而不衰。此亦中國人生中欣賞情深之一端。中國傳統文化之意義深長，亦可於此見之矣。

# 戀愛與恐怖

中國人主張合內外，又重情，情即合內外而成。情又可分兩類：一是由內感外，一是由外感內。今亦可稱由內感外者為「情」，由外感內者為「感」。

《中庸》言喜、怒、哀、樂、愛、惡、欲七情。其實七情中以「欲」為主。合於所欲則生愛，反於所欲則生惡；得其所愛則生樂，失其所愛則生哀；遇所愛則生喜，遇所惡則生怒。故七情以內為主，即以己為中心。天地萬物皆在外，隨其所感而情斯變。欲即性也。性由天命，而以己為中心，亦即以天為中心。此又謂之「合天人」。

孔子曰：「七十而從心所欲不踰矩。」從心所欲，即猶《中庸》之言「率性」，俗言「任性」。然則中國人生理想乃是要任性，任性亦猶言「任天」。惟此天字亦可分內外。在己之內者為性，尚有在己之外者。如云「天理」，則即孔子言不踰矩之「矩」字。能任己之性而不違天理，則其間當有一段修養工夫。孟子曰「盡心知性，盡性知天」是也。

惟孔、孟儒家比較偏重講究內，莊、老道家則比較偏重講究外。《中庸》、《易傳》已把此內外會通說了。宋理學家更然，乃分說天理、人欲，心所欲而踰矩了，即是人欲；外面規矩與內心所欲合一無違，乃始是天理，始是通天人、合內外的境界。

西方人把天人內外過分分別，由此尋求真理，不敢羼入情感。中國人常情理兼言，而西方人則像是認為理中便不涵有情，這就與中國人想法大異了。但人終不能無情。西方哲學戒言情，惟其文學則仍好言情。但其所好言之情，乃亦與中國人所言之情有異。在西方小說、劇本乃至最近之電影中，所言情，最要者有兩項：一曰戀愛，一曰恐怖。西方人之戀愛與中國七情之愛有不同。孔子曰：「從吾所好。」中國人言好惡，即如言愛惡。此「好」字所指極廣泛，「愛」字亦然。而西方人言戀愛，則專指男女異性之愛言。中國人重言情，而在此異性戀愛方面則似頗不重視。孟子言「慕少艾」，此亦壯年人常情。然「慕」與「愛」、「好」又稍有不同，愛與好之反面有一「惡」字，慕則無反面字。人情之摯，必有相反之兩面，無反面則情不摯。慕則只是一種想慕。不加想慕，則與己無關，對之自無情可言。「戀愛」與「慕」固不同，但同無反面字。互不戀愛，則爾為爾，我為我，互不相關。故戀愛乃雙方專一之愛，施於此，則不再施於彼，對象獨特。《論語》言：「泛愛眾而親仁。」韓愈言：「博愛之謂仁。」則其愛普廣，可及於全人類，並可推以及於天地萬物，而盡納其中。中國人之言人情乃如此。故人可以為天地萬物之中心，即每一人各可以為天地萬物之中心，乃據此情而言。如我此情變，則天地萬物亦隨而變。

中國人情有極難言者。如追隨田橫流亡海島之五百壯士，其高卓之情，豈不永為國人千古所仰慕！然其情為何等情，無以名之，則惟當仍名之曰「愛」。其對田橫之愛敬愛重，可謂融通君臣、朋友兩倫之愛而一之。夫婦、父子、兄弟三倫之愛，亦豈能更超乎其上？至於田橫之自刎，不願面見漢祖，亦惟其一己自愛自重之意而已。其於漢祖，固無所惡，無所怒。其自刎而死，固亦無所悲，亦無喜樂可言。中國人情乃有如此之深厚而誠摯者，又烏得與西方人言戀愛之情相提並論？如田橫，如其五百壯士，謂之乃天地一中心，而天地亦無以違，豈不昭然若揭乎？

西方人對知識喜分門別類，專一求之。其對情感亦然，亦喜分別對象，專一以求。於普遍廣泛處，一若與己不相干。知如此，情如此，則意亦如此。故其於天地間一切對象，均加分別，均有界域，而又人各不同。換言之，即人各一天地，而互不相通。故西方人重外，各謀自占一天地，而人之與人間，互不相通。此為西方個人主義之所由生。既屬個人主義，其對外又復何愛可言？

深言之，則尚有甚者。不僅人與人相別不相通。即我之為我，就其內在言，亦可有分別不同處。如遇戀愛，可一心一意在戀愛上，天地一切盡置不顧。即我之內在一切，亦同可置之不顧。

斯時則我即是一戀愛，戀愛即是一我。西方人說結婚為戀愛之墳墓，實亦可說結婚乃即為戀愛時我一己之墳墓。結婚後，乃另為一我，當另找一事物新對象，以表現其為我。

此種心情，可舉牛頓為例。其研討蘋果落地時，與其為大小兩貓闢大小兩壁洞時，分別兩事，幾若成為兩個牛頓。即在同時，牛頓乃有兩個我之存在，心情不同，斯其表現亦不同。因西方人重外不重內，內在之我即寄存於其對外面事物之心情與作為上。無對外面之心情與作為，即無我可見。如運動，本為一己衛生鍛鍊之用，亦可為我生活中一愛好、一行為，我與外即由此而合一。而西方運動家則即以此一心一事來寄託我、完成我，乃若我之為我，即在此一心一事上，豈不過於重外輕內了！而外面之對象與事物則甚為複雜，不相和一。商人重利輕離別，拋妻遺子，遠去異鄉，在其家庭中等如無己。尤其在海濤洶湧中，蹈險履危，慣於此等生活，乃更見己之為己，我之為我，全操縱在外面，幾不知有我之存在。故方其出外經商，及其還家團聚，乃若有兩個己之存在，其身則一，其心則異。於是遂若其生命寄託，主要轉在身，而次要始在心。不如一農人，夫婦父子晨夕相親，生死相伴。我此生命主要則在家庭，次要乃在田野。祠堂墳墓，尤見身之既腐，而生前心事猶在他人之心中。故中國人有人格觀、人品觀，實即一人之生命觀，而西方人似無之。余常謂中國歷史重人，西方歷史重事。中國乃以一文學家寫出其文學來，而西方則以其寫有文學而始成為一文學家。凡此論點，皆由雙方內心深處生有此分別，而遂成為雙方文化體系之大分別。

尤要者，西方生命寄於外，內顧則虛。捨卻外面一切事物作為，乃若無己可知，無我可有。此與中國道家言「無我」又不同。道家言無我，乃是一渾沌，泯除一切分別，乃見真我。儒家則化聞見為聰明，於一切分別中會通和合乃見我。吾妻吾子，吾屋吾田，吾鄉吾國，於吾之天地中，而我為其一中心之主。西方人則於外面一切事物中覓我，其權操在外，我不得為之主。乃於內心深處，終不免對外面事物生一恐怖感。

戀愛對象專，攫得此對象，在我始見為充實，此之謂戀愛之占有。或投身此對象，亦見有充實，此之謂戀愛之犧牲。西方人對生活其他方面，亦必擇一專一對象，始有著手處。但外面對象終有一不易分別、不可捉摸之渾然一存在，西方人之恐怖感即由此生。中國人生以己為主。己之立，則一切皆由己作主宰，乃不覺有恐怖感。孔子曰：「君子有三畏：畏天命，畏大人，畏聖人之言。」生命終有一內外之分，內則此心，外則此身。身體健康亦不可忽。內則為己，外則為天，畏則為一戒慎心。己雖為主，天命亦不可不戒慎。內有己而外有群，大人者一群中之領袖，故對之亦不可不戒懼。聖人發明此理，故對聖人言，亦不可不戒慎。孟子曰：「彼人也，我亦人也，彼能是，我亦能是，我何畏彼哉！」故君子能獨立不懼。有殺身成仁，有捨生取義，皆由我作主，而仁義又即我之大生命所在，此又何畏焉？故畏乃對外逐事有之。精言之，畏之「知」的成分實多於「情」的成分。非如喜怒哀樂，外面渾然一體，乃盡在吾情之內也。「悲」亦自外來，與畏略相似。悲天憫人，即對外面渾然之體而有悲，主要亦屬知的成分多於情的成分。故悲終是悲其外，即悲從中來，悲亦無反面字。不如「哀」之發於中而對於外，內外乃為渾然之一體。孔子常兼言「仁」、「智」，仁屬情，智屬知，仁中有智，智中有仁，甚難嚴格分別。亦可謂智亦屬於仁，惟仁乃為其渾然之一體。今人多以悲與畏謂其屬於情，此亦見仁、智之難分耳。故必連言「悲哀」，乃始純是情，乃始有其反面。今人據西洋文學分言悲喜劇，悲、喜乃成為相反之兩面。此如中國人言悲歡離合，惟悲歡之情終不如喜怒哀樂之重要。庾信〈哀江南賦〉，亦不得改為〈悲江南賦〉是已。

西方人生命寄在外，外面一切事物此爭彼奪，勝敗無常，若終有一不可知之外力存在。此外力不可知，乃造為各種神怪，以代表此不可知之外力，以形成各種恐怖小說、恐怖戲劇、恐怖電影，使人看了反覺內心有一安慰，有一滿足，此正見西方人之內心空虛，故遂生出此要求。而此種恐怖，則不僅在小說、戲劇、電影中有之，實際人生中亦時時處處有之。故西方人對人生必主鬥爭，主進取，而永無休止。即此一恐怖感為之排布也。

中國亦有神怪小說，如《西遊記》、《封神榜》之類，但與西方以恐怖為終極者不同。至如《聊齋誌異》中諸妖狐，則使人夢寐求之，欲得一親而未得為憾。又如《白蛇傳》，白蛇對其夫其子之愛，豈不更勝於人類！其遭遇挫折，盡人同情。雖屬神怪，亦何恐怖之有？西方人於恐怖題材外，又有冒險題材。冒險多為打散恐怖。中國亦有冒險題材，則出自俠義忠勇，又與西方不同。要之，西方文學恐怖、神怪、冒險多在外面自然界，給與人生以種種之壓迫；而中國之神怪、冒險，則皆在人文界，使自然亦臻於人文化。其心理不同有如此。

恐怖心之外，又有怨恨心。西洋史所表現常見怨恨，直至近代猶然。而在中國，則怨恨不列人七情。孔子曰：「以直報怨，以德報德。」德與怨皆外來，報則以內應外，與存於內而發之外者有不同。一見其為己，一見其由人。人之有德於我，猶云見恩圖報，以德報德，見己情之厚。人之有怨於我，以直報怨，見己情之正，在我無怨，非以怨報怨也。外面所來，有不當怨者，孔子曰「不怨天，不尤人」是也。孔子之辭魯司寇職而去，周遊十四年而返，曰：「道之不行，吾知之矣。」又曰：「人不知而不慍。」則於天於人，無怨無尤。孟子四十不動心，此見孔子之不動心，即其情不變，斯之謂己之立。亦有不能無怨者，能化怨為哀，哀怨亦庶不失其情矣。又俗言「怨氣」，氣與情又不同。情轉成氣，皆當戒懼。七情中惟喜、怒，俗皆言氣。而怒尤當慎、尤當戒。今人皆知中國人重情，但此情字涵有甚深義蘊，須體會，須領悟。不得謂凡起於心、生於氣者皆我情，則此等情惟當戒、惟當慎，不當重矣。

「恨」字古人少言。唐人詩有〈長恨歌〉，歌中所詠，洵可恨。恨猶「憾」也。處事不當，遺恨遺憾，所謂一失足成千古恨，此心難忘。此在常人有所不免。能化為幽恨，不發露在外，此亦可諒可恕，可予以同情。若移此恨以對人，則失德之尤、無情之尤，又烏得謂恨亦人情乎？《論語》言：「人不堪其憂。」此則在己之憂，與恨又不同。中國人又連言「憂樂」，而七情言「哀樂」。憂只在己，哀則對外而發。范仲淹「先天下之憂而憂，後天下之樂而樂」，則憂不為己，人不堪其憂，而仲淹代憂之，此又高德之表現，而非可望之人人者。此亦見中國人對人情之大有講究。心理狀態，千端萬緒，而情則最值珍重。中國人之人生哲理，其深邃溫厚有如此。故俗言「合情合理」，乃見未有不合情而能合於理者。又曰「天理人情」，乃見人情即天理，亦見天理即人情也。

要之，西方人好分別，愈分別則一切存在將愈見為細微，而終則墮入於空虛。西方人又重外，故好擴張。其實外在無涯涘，愈擴張則內在者亦將見為愈微細，而終亦墮入於空虛。中國人重其一己，立己以為天地萬物之中心，斯其對天地萬物又烏得無情？乃惟此情，遂見己之為天地萬物之中心耳。西方人重外，重分別，其病乃不知其一己之為己。西方人之視其己，則亦如一物而止。其心情之最要流露，則在文學中。余特舉其戀愛與恐怖兩項以為之證，其他不詳論。

文學既必以心情為淵源，而中國人心情與西方人不同，故其文學內涵亦不同。今國人模襲西方文學外在之體貌，競誇以為新文學。而中國已有之文學傳統，則目之為舊文學，又稱之曰死文學。是豈中國人五千年來之傳統心情可使盡歸死亡，而能一以西方心情為心情乎？此實大可研討一問題也。

# 讀書與遊歷

行萬里路，讀萬卷書，古人每以遊歷與讀書並言，此兩者間，實有其相似處，亦有其相關處。到一新環境，增新知識，添新興趣，讀新書正亦如遊新地。但遊歷必有導遊。遊羅馬、巴黎、倫敦，各地不同。入境問俗，導遊者會領導你到先該去的處所。讀書亦然，亦該有導讀。一美國人去羅馬，總會去看梵蒂岡教廷；去巴黎，總會登拿破侖凱旋門；去倫敦，總會逛西敏寺。但總不該去羅馬、巴黎、倫敦尋訪白宮與自由神像。遊客興趣不同，儘可或愛羅馬，或愛倫敦、巴黎。亦可三處全愛或全不愛。但遊客總是客，遊覽則貴能客觀。

讀書亦然，讀書求客觀，先貴遵傳統，有師法，亦即如遊客之有導遊。如欲通中國文學，最先當讀《詩經》。讀《詩經》，便應知有風、雅、頌與賦、比、興。不知此六義，《詩經》即無從讀起。朱子《詩集傳》，是此八百年讀《詩經》一導遊人。但導遊人亦可各不同。領你進了梵蒂岡教廷，先後詳略，導遊人指點解說可以相異。朱子作《詩經》導讀，先教人不要信〈詩傳〉，那卻在朱子前後數千年來，引起了種種爭論。朱子解說國風，又說其間許多是男女淫奔之詩，此在朱子前後數千年來，又有莫大異同。讀《詩經》者，可以循著朱子之導讀，自己進入《詩經》園地，觸發許多新境界，引生許多新興趣；亦儘容你提出許多新問題，發揮許多新意見。

近人讀《詩經》卻不然，好憑自己觀點，如神話觀、平民文學觀等，那都是西方文學觀點。如帶一華盛頓導遊人去遊羅馬、巴黎、倫敦，最多在旅館中及街市上，可有許多相似處。此遊人儘留戀其相似處，不願亦不知遊覽其相異處。卻還要說羅馬、巴黎、倫敦不如華盛頓。他在華盛頓生長，自可留戀華盛頓，但不妨暫遊異地，領略其風光景色；倦而思返，亦儘可向華盛頓居民未去過羅馬、巴黎、倫敦者作一番新鮮報導，使聽者亦如身遊，依稀想像，知道華盛頓外尚有羅馬、巴黎、倫敦諸城市之約略情況。

讀書人在人群中之可愛處正在此。行萬里路，讀萬卷書，茶餘酒後，至少可資談助，平添他人一解頤。若要說《詩經》中亦有神話，亦有平民文學，正如說羅馬、巴黎、倫敦亦有咖啡館，則何貴其為環遊歐邦一遊客？其實咖啡館亦不尋常。余曾遊羅馬，有一咖啡館，有數百年來各地名詩人作家前往小飲，簽名留念，我亦曾去一坐。臨離時，飛機誤點，從上午直耽擱到下午，一位久居羅馬的朋友送行，陪著我接連到了許多新去處。下午兩時後，飛機繼續誤點，那位朋友問我：曾去過某一咖啡店否？余答：未。那朋友云：此刻尚有餘暇，可一去。待到那咖啡店，才知不虛此行。臨走還買了大包咖啡上飛機。香溢四座，贏得同機人注意。但我因在羅馬住過了一星期，才覺此咖啡店值得一去。若初來羅馬，即專誠去那咖啡店，豈不荒唐之甚！又若無那位久住羅馬的朋友，又何從去訪此咖啡店！

讀一新書，究比遊一新地，複雜更多。識途老馬，遊歷易得，讀書難求。近人讀書，好憑新觀點，有新主張。一涉傳統，便加鄙棄。讀《詩經》，可以先不究風、雅、頌與賦、比、興，譬如逛羅馬，不去梵蒂岡。憑其自己觀點，儘在《詩經》中尋神話，尋民間文學，《詩經》中亦非沒有。譬如去羅馬，儘進咖啡館。但若讀了《詩經》還讀楚辭，楚辭中亦有神話，卻少見民間文學。讀了楚辭，更讀漢賦，連神話氣息也少了。這如遊了羅馬再去意大利其他城市，在遊者心中，渺不見各城市除卻馬路、汽車、咖啡館外，更有何關聯之點，便肆口說意大利無可遊。

其實憑此心情，再去巴黎、倫敦，乃及英、法其他各城市，亦將感英、法無可遊。只因此遊者先憑自己觀點、自己主張，要去異地亦如家鄉，宜其感到無可留戀，只有廢然而返。但今天我們中國讀書人心情，卻又顛倒正轉，只感異地好，家鄉一無是處。我是江南太湖流域人，「上有天堂，下有蘇、杭」，洞庭、西湖，名勝古蹟，廟宇園亭，人情風俗，花草樹木，飲膳衣著，自幼浸染，一到外地，亦懂得欣賞新異，但總抹不去我那一番戀舊思鄉之情緒。我讀《詩經》十五國風，不論是鄭風，邶、鄘、衛、魏、秦諸國，每感他們之間，各各有別。讀三千年前人古詩，亦如遊神往古，抑且遍歷異地。較我讀後人詩，如范石湖，如陸放翁，他們所詠，正多在我家鄉太湖流域一帶。但我縱愛太湖，亦愛其他地區。如讀陶淵明詩，便想像到廬山栗里；讀鄭子尹詩，便想像到貴州遵義。我幸而也都曾去過。異鄉正如家鄉，往代正如現代。讀書也等如遊歷，而遊歷還等如讀書，使我在內心情緒上，平增無限愉快。

我不幸不能讀外國書。我又不幸而不能漫遊世界各地，只困居在家鄉太湖流域之一帶。常愛孔子一車兩馬，周遊列國。愛司馬遷年二十即「南遊江、淮，上會稽，探禹域，闚九疑，浮於沅、湘；北涉汶、泗，講業齊、魯之都，觀孔子之遺風，鄉射鄒、嶧；戹困鄱、薛、彭城，過梁、楚以歸」。後人所謂行萬里路讀萬卷書之想像，即從司馬遷來。我則只能藉讀書為臥遊。又幸中國書中異地廣，歷史久。我常愛讀酈道元之《水經注》，不僅多歷異地，亦復多歷異時。古代北方中國，依稀彷彿，如或遇之。

我中年後，去北京教書，那時北大、清華、燕京諸校，每年有教授休假，出國進修，以一年或半年為期。一則多數教授由海外學成歸來，舊地重遊，亦一快事。二則自然科學方面，日新月異，出國吸收新知，事更重要。亦有初次出國，心胸眼界，得一新展拓。此項制度，備受歡迎。

但我認為，我們究是中國人，負中國高等教育之大任。多讀外國書，也不應不讀些中國書。多去國外遊歷，也不應不在國內稍稍走走。我更想中國人文地理，意義無窮。我家鄉三、四華里內，有一鴻山，亦名讓皇山，實則僅是一小土丘，但相傳西周吳泰伯，逃避來此，即葬此山。東漢梁鴻、孟光，亦隱居在此。每逢清明，鄉人來此瞻拜祭奠者麕集。我幼年即常遊此山。稍後讀書愈多，於吳泰伯、梁鴻，仰慕備至。遊山如讀書，讀書如遊山。舉此為例，中國各地，名勝古蹟何限。中國幾千年歷史人物，及其文化積累，即散布在全中國各地。我愛讀中國地理書籍，上自《漢書・地理志》，下迄清代《嘉慶一統志》；而吾鄉周圍數十里內，有《梅里志》一書，上自吳泰伯，下迄清人如浦二田、錢梅溪之流，幾乎三里五里，即有人物，即有故事，即有歷史，即有古蹟，時代已過，而影像猶存。由此推想，中國各地，大如一部活書，遊歷即如讀書，而又身歷其境，風景如舊，江山猶昔。黃鶴已去，而又如丁令威重返。讀中國書而不履中國地，豈不大可惋惜！所以我當時曾提倡，北京每年一批休假學人，何不分出一部分，結隊漫遊中國本土，較之只往國外，應有異樣心情，異樣興感。而惜乎我那年雖亦有休假機會，而並未輪到。

但第二年正值抗戰，北方學人，大批去西南，我獲遊歷了廣東、湖南、廣西、雲南、四川、貴州各省，加之在北方幾年，亦曾遊歷了河北、山東、河南、陝西、察哈爾、綏遠各省，更加以東南浙江、福建、江西、湖北各省，足跡所到亦不少，然心中想去而沒有能去的太多了，想多留而不能多留的又太多了。中國書讀不完，中國地也走不完。而更所遺憾的，當吾世之中國人，似乎心不愛中國，不愛讀中國書，亦不愛遊中國地。更主要的，是不愛中國古人，因此中國古人所活動的天地，也連帶受輕忽、受厭棄。像是天地景物都變了，總似乎外國的天地景物，都勝過了中國。不讀中國書，則地上一切全平面化了，電燈、自來水、汽車、馬路都比不上外國；但中國古人所想像天人合一的境界，則實是在中國地面上具體化了。即論北京一城，歷史相傳，已經有八百年以上，一遊其地，至少八百年歷史，可以逐一浮上心頭，較之遊羅馬，至少無愧遜；較遊巴黎、倫敦，則遠為勝之。外國人遊中國，都稱中國社會人情味濃。若彼輩來遊者，能多讀幾本中國書，則知中國地面上之人情味，乃是包涵古今。三、四千年前中國古社會之人情，仍兼融在中國地面上，可使遊者心領神會，如在目前。如遊臺灣嘉義吳鳳廟，瞻謁之餘，兩百多年前吳鳳一番深情密意，忠肝義膽，其感天地而泣鬼神者，固猶可躍然重現於遊人之心中乎？中國人稱「人傑地靈」，中國歷史悠久，文化深厚，三、四千年來全國人物，遍及各地，又一一善為保留其供後人以瞻拜遊眺之資。故就全世界言，地之最靈，宜莫過於中國，而中國書則為其最好之導遊。

余嘗愛讀王漁洋詩，觀其每歷一地，山陬水澨，一野亭、一古廟、一小市、一荒墟，乃至都邑官廨、道路驛舍，凡所經駐，不論久暫，無不有詩。而其詩又流連古今，就眼前之風光，融會之於以往之人事，上自忠臣義士，下至孤嫠窮儒、高僧老道、娼妓武俠，遺聞軼事，可歌可泣，莫不因地而興感，觸目而成詠。乃知中國各地，不僅皆畫境，亦皆是詩境。詩之與畫，全在地上。畫屬自然，詩屬人文，地靈即見於人傑。中國人又稱「天下名山僧占盡」，其實是中國各地乃無不為歷史人物所占盡。亦可謂中國人生於斯，長於斯，老於斯，葬於斯，子子孫孫永念於斯。三、四千年來之中國文化、中國人生、中國歷史，乃永與中國土地結不解緣。余嘗讀中國詩人之歌詠其所遊歷而悟得此一意，而尤於漁洋詩為然。久而又悟得漁洋詩之風情與技巧，固自有其獨至，然漁洋又有一祕訣，為讀其詩者驟所不曉。蓋漁洋每至一地，必隨地瀏覽其方志小說之屬，此乃漁洋之善擇其導遊。否則縱博聞強記，又烏得先自堆藏此許多瑣雜叢碎於胸中？若果先堆藏此許多瑣雜叢碎於胸中，則早已窒塞了其詩情。然其詩情則正由其許多瑣雜叢碎中來。若果漫遊一地，而於其地先無所知，無有導遊，何來遊興？今日國人，已多不喜讀中國書，則又何望其能安居中國之土地，而不生其僑遷異邦之遐想乎？

猶憶十九年前在美國，偶曾參加一集會，兩牧師考察大陸，返國報告，攜有許多攝影放映，多名勝古蹟，南方如杭州之西湖，北方如山東之泰山，更北如萬里長城等。預會者見所未見，欣賞不置，因嘆美中國之大陸，而連帶嚮往共黨之統治。認為在此統治下而有此美境，此種統治決不差。兩牧師宣傳宗旨，果獲成績。不悟此種名勝古蹟，乃從中國歷史文化中產出，與現實政權無關。即論西湖，遠自唐代白樂天與白堤，中歷五代吳越國錢武肅王勤疏濬，宋初林和靖高隱，中葉蘇東坡興蘇堤，下逮南渡，建都餘杭，西湖規模始約略粗定。這已有了三、四百年以上不斷創建之歷史。泰山更悠遠。戰國不論，秦皇、漢武，登臨封禪，下迄宋真宗。其他儒、道人物，種種興建及其遺跡，遂得為中國五嶽之冠冕。其歷史年代，尤遠在西湖之上。而萬里長城，更與中國國防歷史古今聯貫。一登其遺址，自起人生無窮之懷思。故知凡屬中國之地理，都已與中國歷史融成一片。不讀書，何能遊！不親身遊歷，徒睹歷史記載，亦終為一憾事。余在香港，又識一比利時青年，因遊大陸，深慕中國文化，而痛惡共黨統治。轉來臺灣，娶一中國籍女子為妻。又轉來香港，受讀新亞，面告余，他年共黨潰敗，必再履大陸謀終老。其人讀中國書尚淺，而其在中國大陸之遊歷，則影響其心靈者實深。

余亦因遊倫敦、巴黎、羅馬，乃始於西歐歷史文化稍有悟解，較之從讀書中得來者，遠為親切。每恨未能遍遊歐土。然每念如多瑙、萊因兩河，在彼土已兼融古今，並包諸邦，若移來中國，殆亦如四川嘉陵江、湖南湘江之類，只屬偏遠省區一河流。若如中國之長江、大河，在歐、美殆無其匹。而如廣西之漓江、浙江之富春江，其風景之幽美，恐在歐土，亦將遍找不得。即如洞庭、彭蠡、太湖，以擬美國之五湖，不論人文涵蘊之深厚，即論自然地理方面，其形勢風光之優美多變，殆亦有無限之越出。而天台、太華、五嶽之勝，人文自然，各擅絕頂。又如雲南一省，天時地理，雲霞花草，論其偉大複雜，應遠在瑞士之上。惟瑞士在歐土之中，雲南居中國之偏，若加修治，必當為世界之瑞士。以瑞士比雲南，將如小巫之比大巫無疑。若如長安、洛陽，較之歐土之有維也納，在歷史人文上，更超出不可以道里計。縱在中國宋後一千年來，不斷荒廢墮落，然稍經整葺，猶可回復其往古盛況之依稀，供人之憑弔想望於無盡。

故中國地理，得天既厚，而中國人四千年來經之營之，人文賡續自然之參贊培植之功，亦在此世獨占鼇頭。計此後，在中國欲復興文化，勸人讀中國書，莫如先導人遊中國地。身履其地，不啻即是讀了中國一部活歷史；而此一部活歷史，實從天地大自然中孕育醞釀而來。不僅是所謂「天人合一」之人文大理想，而實具有幾千年來吾中華民族躬修實踐之大智大慧而得此成果，可以有目而共睹。求之歷史，不易驟入；求之地理，則驚心動魄，不啻耳提而面命。

舉其一例言之。中國以農立國，水利工程，夙所注意。四川省灌縣有都江堰，可謂至今尚為世界上最偉大最奇險之一工程。抗戰時，多有歐、美農業水利專家來此參觀。吾國人好問如此工程當作何改進？彼輩答：如此工程，作長期研究尚瞭解不易，何敢遽言改進！此工程遠起秦代李冰，已具有兩千年以上之歷史。只求國人能一遊其地，即可知科學落後，是近代事，在古代固不然。尤值發人深思者，中國科學建設，不僅專著眼在民生實利上，又兼深造於藝術美學上。遊人初履其地，反易忽略其對農田灌溉上之用心，而震駭於其化險為夷、巧奪天工處。而其江山之美，風景之勝，則又如天地之故意呈顯其奇祕於吾人之耳目，而人類之智慧與努力，乃轉隱藏而不彰。

其次再言園亭建設。即如蘇州一地，城鄉散布，何止百數。言其歷史，有綿歷千年之上者。言其藝術價值，莫不精美絕倫，各擅勝場，舉世稀遘。再推而至於太湖流域江、浙兩省其他各縣，或屬公有，或屬私家，或在僧寺道院，或係祠墓廟宇。分言之，則星羅棋布；合言之，則實可謂遍地已園亭化。如遊北京，更可瞭然。再推言之，亦可謂全中國已成園亭化，即讀古今詩人吟詠，一一默識其所在之地，亦可知其非誇言矣。

再次如言橋樑。自唐以下，各種體製，尚保留其原型，爭奇鬥勝，各不相同。遍中國，就其膾炙人口，流傳稱述，而迄今仍可登臨瞻眺者，亦當不止二、三十處。其他模擬彷彿者可勿論。又次如雕刻。大同之雲岡、洛陽之龍門、甘肅之燉煌，特其彙聚之尤富者。而其他古雕刻或在廟，或在墓，分散各地，更難縷指。要之，此乃全中國地面園亭化之某種點綴而已。

更次如言農村。多讀中國詩，觀其所歌詠，再作實地觀察，自知中國農村，實亦如大園亭中一點綴。故中國園亭設計，苟占地稍廣，每喜特為布置農村一角，此非園亭設計家之匠心獨創，實只是其模擬中國地面園亭化之一境而已。又次言市集，亦可納入規模愈大之園亭中成為一景，即如北京頤和園之後山是也。

農村然，市集然，則城鎮又何獨不然？故中國之大城鎮，幾乎皆成為園亭化中之一角。尤可體認者，如古代之長安、洛陽、金陵、開封、餘杭，苟成為全國中央政府之所在地，無不經營成園亭化。曾一遊北京城者，便可想知。北京及其四郊，尤其是西郊，展擴益遠，共同合成一大園亭結構。除皇宮外，有名的園亭，可供分別遊覽者，何止數十處。即私家住宅，擁有宅內園亭者，若大若小，又何止百數千數。在此一園亭化之大結構內，又擁有若干農村市集，莫不如在大園亭中一小角落。

我遊歐陸，最好注意其中古時期所遺存下的堡壘。因在中國絕難見到。即在中國古籍，上自《詩經》三百首，下至《春秋》三《傳》所載二百四十年事，亦絕無見有此等堡壘之存在。同樣是封建時代，在西歐為堡壘化，在中國則為都市農村化。魏、晉、南北朝以至隋、唐時代之門第，今國人亦稱之為變相的封建，然其居家，不論本宅乃至別墅或莊園，皆園亭化。不堡壘化。余又好遊西方之教堂，亦與中國僧寺道院不同。中國僧寺道院皆園亭化，西方教堂則不論哥德式乃至文藝復興後之新式，莫不帶有堡壘化。所謂堡壘化者，乃謂其劃然獨立於四圍自然與人文界之外，其存在之意義與價值，則各自封閉隔絕，外界則僅供其吸收與攫取之資。所謂園亭化者，則內外融凝為一。天地自然、草木鳥獸、人文歷史，皆合為一體。中國人之所謂「通天人，合內外」，則胥可於其居處認取。

即言近代建築，東西雙方，亦可以堡壘化與園亭化作分別。余在民初，曾屢遊西湖，或步或艇，繞堤環水，眺矚所及，總覺整個西湖，渾成一境。縱有許多建築，又有「十景」之稱，但氣味調和，風光不別。後來再去，忽有美術學校一座西式大樓出現，平添了極濃重的占據割裂氣氛，至少那一邊的西湖舊景是破壞了。附近有「平湖秋月」一景，那只是一小亭，除其背倚堤岸的一面外，三面伸入湖中，湖光月色，沆瀣無際。但一翼新樓，巍峨崛起，把視線全擋了。只賸兩面，風景大為抹殺。固然一窗一櫺，到處可以望湖睇月，但平湖秋月舊景之取義，則渺不復睹。而且以一小亭相形於龐然大物之旁，自顧卑穢，登其亭者，將滋局促不安之感。遊者本求心情之寬暢，何耐心情之壓迫？若使此等新建築接踵繼起，各踞片隅，互爭雄長，則整個西湖，亦成一割據分裂之局面。又使西湖而現代化，首先必有大旅社，使都市娛樂，可以儘量納入。湖上必備快速汽艇，使湖水盡成雪花飛濺，而四圍景色，可以轉瞬掠過。靈隱、韜光諸寺，當先建宏偉之停車場。靜觀默賞，則以攝影機代之。湖山乃供侵略，風景不為陶冶。西方式之遊樂區，自成一套，亦將不見為不調和，但與中國式之情味則大不相同。

余又曾屢遊灌縣，漫步街市，在一排中國式房屋之一端，忽矗立一西式洋樓，使我驟睹，一如心目被刺，而整條街市，亦顯見為不調和。中國房屋，每在整條圍牆內，分門列居。其內部固各有安頓，其外面則調和渾一。而西式洋樓，則必分離獨立，互相對峙。中國式之房屋，其內部各有一天地，外面則共成一天地。西式房屋，內部無天地，四面開窗，天地盡在外面。余亦曾遊歐陸都市，一排住宅，同臨一馬路，可通電車汽車，前後開窗，可對外面天地。故住宅區與街市，形式無分。因此，西方都市比較單式化，而中國都市則較為複式化，此觀於北京與巴黎、華盛頓而即可知。亦如西方園亭較為單式化，中國園亭則較為複式化，此觀於倫敦之中央公園與北京之中央公園與北海、中南海公園而可知。凡此單式化與複式化之比，任擇一例即可知。此因中國歷史社會文化人生乃在複式中求調和，而西方歷史社會文化人生則在單式中爭雄長。此在遊歷中可獲實地觀察，而單憑讀書，則僅能作抽象之思索。但非讀書，則遊歷亦無從作觀察。

因此我又想起，從前的中國智識分子，所謂士大夫階級，自有大一統的中央政府，遠從西漢以來，因有地方察舉制度，下及隋、唐後之考試制度，全國各偏遠地區之智識分子，幾乎無不有長途跋涉，遊歷中央政府所在地之機會。而自入仕以後，又因限制不在本土服務，更多遍歷全國各地之可能。凡屬擔任國家公共事務者，則無不使其有廣大而親切的對國家土地上一切有情感有認識的方便。這也是中國有悠久的歷史傳統一大關鍵。

不幸而近代國人，多讀外國書，多遊外國地。更不幸而三十年來，青少年生長於臺灣一島之上，更無從親履中國地。僅讀中國書，亦無以親切瞭解中國之實情。不久我們重返大陸，卻宛如驟遊異地，尚不能像赴歐、美般，還比較有些影像，這實是我們當前一大堪隱憂警惕之事。

# 釋「詩言志」

## ——讀文隨筆之一

「詩言志」這句話，似乎語義甚明白，不煩再解釋。但究竟這是兩千年前人的話，他們講這句話時的真意義，是否如兩千年後我們所想像？這裡卻有問題了。

清儒治古經籍，總是尊重漢人舊說，認為漢儒去古未遠，而且有師說相承，因此漢儒對古人的瞭解，總比後代更親切、更可靠。清儒這一番意見，實值得我們再注意。讓我且舉鄭玄〈六藝論〉論詩一節略加以闡述。鄭玄說：

詩者，絃歌諷諭之聲也。自書契之興，朴略尚質，面稱不為諂，目諫不為謗，君臣之接如朋友然，在於誠懇而已。斯道稍衰，姦偽以生，上下相犯。及其制體，尊君卑臣，君道剛嚴，臣道柔順，於是箴諫者希，情志不通。故作詩者以誦其美而譏其過。

鄭玄這番話，認為詩之興起，絃歌諷諭之為用，乃在斯道稍衰，禮樂制作之後，這意見大有老、莊道家意味，在歷史事實上，確可商榷。但至少有兩點該注意：第一，詩言志，必有一所與言之對象，並不像後代如李太白〈春日醉起言志〉、〈冬夜醉宿龍門覺起言志〉之類，在自言自語地言志。第二，所謂志，乃專指政治方面言，也不似後代詩人之就於日常個人情感言。《詩經》三百首中，如雅、頌，顯然關涉政治者可不論。即如十五國風，近人都說是民間文學。夷考其實，頗不然。即有些原是民間的，但已經詩人一番整理，文字雅化了，音節配上固定的曲譜了，其使用意義，也可能與原先意義不同了。即如〈關雎〉那一首詩，褒然列為《詩》三百之第一首，鄭氏說：

關雎，后妃之德也，風之始也，所以風天下而正夫婦也。故用之鄉人焉，用之邦國焉。

既用之邦國，我們不能定說它只是一首民間的自由戀愛詩。古經師的說法，我們不能定說它全沒有根據。不論此詩是指周文王時，抑康王時，總之在賦詩言志的人，他意有所諷諭，則決不定限於某一時、某一人，與某一事。而且任何人，借著機會，唱出當時流行的某一首舊詩，而別有所諷諭，那亦是賦詩言志了。

古代貴族極重禮，列國君卿相見，必有一番宴享之禮。逢宴享時，又例必作樂唱詩。於是借著那席間唱詩的機會，雖然所唱只是些當時流行人人習熟的某一首舊詩，但在唱詩人心中則別有所指，借他所唱來作諷諭，此事在春秋時代極盛行。讓我們舉《左傳》魯襄公二十七年鄭七子賦詩言志那一番有名的故事來作證。《左傳》原文如下引：

鄭伯享趙孟於垂隴，子展、伯有、子西、子產、子大叔、二子石從，趙孟曰：「七子從君，以寵武也，請皆賦以卒君貺，武亦以觀七子之志。」子展賦〈草蟲〉，……伯有賦〈鶉之賁賁〉，……子西賦〈黍苗〉之四章，……子產賦〈隰桑〉，……子大叔賦〈野有蔓草〉，……印段賦〈蟋蟀〉，……公孫段賦〈桑扈〉。

趙孟明說我將藉以「觀七子之志」。當時七人都唱了一首詩，所唱都是些舊詩，但趙孟聽了，都瞭解他們心中所指，對每一人都有一答覆。可見詩言志，古人多運用在政治場合中。所言之志，都牽涉到政治。我嘗說：中國古代文學，大體是一種政治性的貴族文學，《詩經》三百首，亦不例外。所以章學誠要說「六經皆史」，這實在是一極大的發明。章氏所謂六經皆史，殊不如我們所想像，認為六經皆可作史料看。當知章氏所謂六經皆史之「史」字，乃指當時的官書言。在章氏本意，只說六經皆是當時的王官學而已。此在章氏原書《文史通義》中，說得很明白、很詳細。我們讀清代乾、嘉時人著作，尚易滋誤會，更何況讀兩千年前的古經籍？

我們明白得這一義，才知詩「長於諷諭，主文而譎諫。言之者無罪，聞之者足以戒」，這些話皆有其真際與分限。而中國後代言詩，皆主溫婉，不主峭直，皆由此淵源。我們並亦因此而可以明白章氏《文史通義》中所論戰國策士遊說之文，其源出於春秋時代行人辭命的這一番創見。正因由春秋到戰國，那時貴族古禮都破壞了，不再有臨宴賦詩那些事。而時代風氣，也一切在激急地變，到戰國時，也沒有像鄭玄所說「君道剛嚴，臣道柔順」那一種分別了。因此戰國策士遊說，已不是賦詩言志那一套，於是變成直抒己見，又創出了新文體。明白言之，則由詩轉成為散文，由散文來言志，不是更顯豁、更明暢了嗎？

直到近代，中國社會家宅大門外，還有寫著「詩禮傳家」的習用語。在鄭玄，把禮之變來說詩之興起，那即是我常所主張要把中國全部文化史作背景來寫中國文學史之微旨所在。清儒中有焦循，深識此微旨，因此焦循論文學，也時時有他特出的創見。

# 釋「離騷」
## ——讀文隨筆之二

「離騷」二字，太史公《史記》說：「猶離憂也。」班孟堅則謂：「離，猶遭也。騷，憂也。」是把離字認作動詞用。但據〈楚語〉，伍舉曰：「德義不行，則邇者騷離，而遠者距違。」此離字斷非一動詞。因此王應麟《困學記聞》說：「伍舉所謂騷離，屈平所謂離騷，皆楚言也。」揚雄有〈畔牢愁〉。趙令時《侯鯖錄》謂：「愁，憂也。《集韻》：『揚雄有〈畔牢愁〉，音曹，今人言心不快為心曹，當用此愁字，即憂也。』」

今按：史稱揚雄作〈反離騷〉，其實即是〈畔牢愁〉，「畔」即「反」也。然則「牢愁」即是「離騷」。「愁」與「騷」皆訓「憂」，「牢」與「離」可無訓。正如「逍遙遊」即是「遠遊」，「遙」訓「遠」，「逍」字不須訓。今語稱「牢騷」，即「離騷」也。前賢發此意者甚多，而仍若未臻為定論，因復重為之說。牢、離雙聲，牢、騷疊韻，故籬圍離其內，亦近牢義。又「籬笆」連稱，俗語「牢牢把住」，則牢與巴義亦近。離、牢皆有隔別義，隔於外斯騷其內矣。

在中國言語文字間，自有雅、俗之分。雅不能離於俗，而俗亦可以成為雅，然終有別。司馬遷訓離、騷二字，猶未失。而班固終失之。揚雄研究方言，乃始得其正解。今國人則群尊通俗，不喜古雅，其影響於學術文化之前途，忠國家愛民族之君子，亦宜有其一番不勝牢騷愁憂之心情矣。

# 略論〈九歌〉作者
## ——讀文隨筆之三

〈九歌〉仍當屬屈原作品，朱子訓釋，大體可遵從。首先我們不當承認，在那時已有這般典雅麗則的民間歌曲。其次我們也得承認，〈九歌〉原是些迎神之曲。若必分別某幾篇為送神迎神，把另外幾篇又認為是民間戀歌，此實無法證成。若單因其中有許多情語和戀辭，如〈湘夫人〉「思公子兮未敢言」，〈少司命〉「悲莫悲兮生別離，樂莫樂兮新相知」，〈河伯〉「子交手兮東行，送美人兮南浦」，〈山鬼〉「既含睇兮又宜笑，子慕予兮善窈窕」之類，說它不像對神所歌。這在朱子亦已交代明白，說：「蠻荊陋俗，詞既鄙俚，而其陰陽人鬼之間，又或不能無褻慢淫荒之雜。」此說極近情理。但為何又定要說是屈原改定呢？朱子對此又有更好的闡說。蓋巫祭降神，該是神必來降才得。否則那一番祭祀，豈不落了空？巫主降神，決不肯說神沒有來；群眾祭神，也決不預想神不肯來。因此原本的降神辭，斷不該預想神不肯來而把來作歌辭謳唱，此理顯然易見。但今〈九歌〉中，如〈湘君〉、〈湘夫人〉之類，顯然是神終不來。當知必如此，而後屈原的忠愛之忱，與其牢騷之情，始能十分透達。則試問若非有人改定其辭，哪有唱歌迎神，而歌中卻儘說神終不來之理？但若認為有人改定，則此改定人自當歸之屈原，始見身分恰切，也就不煩詳辨了。朱子說：「此卷諸篇，皆以事神不答，而不能忘其敬愛，比事君不合，而不能忘其忠赤。尤足以見其懇切之意。」此說殊好。只如〈東皇太一〉、〈雲中君〉諸篇，顯然是神既降臨，朱子在注各篇中，亦曾指陳極晰。而又謂卷中諸篇皆以「事神不答」為辭，此只好說是朱子的疏忽了。

# 略談〈湘君〉、〈湘夫人〉

## ——讀文隨筆之四

〈九歌〉決當為屈原作品，有一義可資證成者。若此諸篇乃民間之祀神歌，則斷無設為事神不答，臨祭而神不來臨之理。朱子曰：

> 此卷諸篇，皆以事神不答，而不能忘其敬愛，比事君不合，而不能忘其忠赤。尤足以見其懇切之意。

此說是也。惟〈九歌〉中設為事神不答者，亦惟〈湘君〉、〈湘夫人〉兩篇，而朱子所注仍嫌未能透切，茲姑再釋之如下：

## 湘君

君不行兮夷猶，蹇誰留兮中洲？美要眇兮宜脩。

此詩開首即望神而不至也。疑或有人相留，或是脩飾需時，要之是望神不來。

沛吾乘兮桂舟，令沅湘兮無波，使江水兮安流！望夫君兮未來，吹差參兮誰思！

此欲乘桂舟以迎神，而神終未來也。

駕飛龍兮北征，邅吾道兮洞庭。薜荔柏兮蕙綢，蓀橈兮蘭旌。望涔陽兮極浦，橫大江兮揚靈。

駕飛龍而北征者，即此迎神之舟。邅道洞庭，望涔陽，橫大江，「揚靈」猶今俗云「出神」，是懇切想望之至也。

揚靈兮未極，女嬋媛兮為余太息。橫流涕兮潺湲，隱思君兮悱側。

揚靈未極，猶云正在出神之際。女嬋媛，朱子曰：「指旁觀之人，蓋見其慕望之切，亦為之眷戀而嗟嘆也。」君，朱子曰：「湘君也。」是雖極想望迎候之誠，而湘君仍不見來也。

桂櫂兮蘭枻，斲冰兮積雪。采薜荔兮水中，搴芙蓉兮木末。心不同兮媒勞，恩不甚兮輕絕。

此已明知湘君之決不來矣。朱子曰：「自是而往，益微而益婉。」若認此為屈原作，則哀而不傷，怨悱而不亂，於屈子心情辭氣皆宛肖。若認為是民歌原唱，諒無如此迎神之理。又「斲冰積雪」，正見〈九歌〉乃在襄陽、宜城間作品。若在今湖南沅、湘境，氣候亦不合。

石瀨兮淺淺，飛龍兮翩翩。交不忠兮怨長，期不信兮告余以不閒。

此言神之決不來也。

朝騁鶩兮江皋，夕弭節兮北渚。鳥次兮屋上，水周兮堂下。

北渚，祭神之所。騁鶩江皋，即上章「駕飛龍，邅道洞庭，望涔陽，橫大江」云云也。鳥次屋上，水周堂下，只是一片淒涼，神終未至。

捐余玦兮江中，遺余佩兮澧浦。采芳洲兮杜若，將以遺兮下女。時不可兮再得，聊逍遙兮容與。

朱子曰：「此言湘君既不可見，而愛慕之心終不能忘，故猶欲解其玦珮以為贈，而又不敢顯然致之，故但委之水濱，以寄吾意。又采香草以遺其下女，使通吾意。其慕戀之心如此。」朱子此說甚是。然茍為民間巫歌娛神，則斷無如此設想與如此落筆之理。

## 湘夫人

帝子降兮北渚，目眇眇兮愁予。

北渚，即上篇之北渚，同一祀神之地。帝子降兮者，乃盼其降，非真已降也。故曰「目眇眇兮愁予」，正是盼神不至而愁也。

嫋嫋兮秋風，洞庭波兮木葉下。

此洞庭即上篇邅吾道之洞庭也。秋風嫋嫋，木葉時下，其地蓋在江皋、北渚附近。盼帝子之降，乃常眺此洞庭之波也。

登白薠兮騁望，與佳期兮夕張。鳥何萃兮蘋中，罾何為兮木上。

鳥萃蘋中，罾施木上，猶之水中采薜荔，木末搴芙蓉，已見神之必不來矣。

沅有芷兮澧有蘭，思公子兮未敢言。荒忽兮遠望，觀流水兮潺湲。

思之之切，故荒忽遠望也。

麋何食兮庭中？蛟何為兮水裔？朝馳余馬兮江皋，夕濟兮西澨。

此猶上篇「朝騁鶩」、「夕弭節」之意。

聞佳人兮召予，將騰駕兮偕逝。

此篇與上篇不同者，上篇明白斷定神之不來，而此篇復不然。神雖不來，而復又想望其或一旦而相召，則可以與之騰駕而偕逝。此亦一種想望語，非敘述語。癡想之至，正以見其忠懇之至耳。

築室兮水中，葺之兮荷蓋。蓀壁兮紫壇，匊芳椒兮成堂。桂棟兮蘭橑，辛夷楣兮葯房。罔薜荔兮為帷，擗蕙櫋兮既張。白玉兮為鎮，疏石蘭兮為芳。芷葺兮荷屋，繚之兮杜衡。合百草兮實庭，建芳馨兮廡門。

此一段承上，神或來召，故將築室水中以待也。

九嶷繽兮並迎，靈之來兮如雲。

此兩句與本節開端「聞佳人兮召予」句相呼應。已既築室水中以待，或一日有神如雲而來迎也。湘君、湘夫人既為舜之二妃，舜葬九嶷，則二神之靈亦當居九嶷。故九嶷之迎，乃湘夫人之來迎，非謂舜迎湘夫人以去。朱子釋本節似失之。

捐余袂兮江中，遺余褋兮澧浦。搴汀洲兮杜若，將以遺兮遠者。時不可兮驟得，聊逍遙兮容與。

此節與上篇「捐余玦兮江中」節相似。惟上篇祀神不來，而日已夕，故曰「時不可兮再得」。此篇乃縱想神之來迎，而此事不知在何日，故曰「時不可兮驟得」也。然則先有上篇〈湘君〉之歌，續作下篇〈湘夫人〉之歌，其辭出於一人之手，故又變其辭使不相重複耳。若出各地民歌，何以又有如此之變動與配合？此必難於為說矣。

# 為誹韓案鳴不平

昌黎韓文公，不僅為唐代一人物，實係中國全史上下古今三、四千年來少數之第一流大人物也。其創為古文，起八代之衰，下啟宋、元、明、清四代之古文學，而為不祧之祖，其在中國文學史上，少與倫比，此且不論。在其當世，有兩事大堪敘述：一則當時全國上下，群奉佛教，韓公倡言闢佛，因〈論佛骨表〉，貶潮州。但佛教實主出世，唐末五代，一世黑暗，宋初有僧智圓，在佛寺中勸和尚們讀韓文，期待國家社會稍有規模秩序，和尚們再可安居佛寺中信佛。此其一。第二是當時惟佛寺中和尚得稱「師」，全國學術界已無「師」稱，獨韓公作為〈師說〉，以師道自居。柳宗元謂：「今之世不聞有師。獨韓愈不顧流俗，犯笑侮，抗顏為師，以是得狂名。」自謂才能勇敢不如韓退之，故不為人師。但宋、元、明、清四代，中國學術界仍有師弟子一倫，此一轉變，不能不追溯到韓公。

潮州人尊韓甚摯，府城東有東山，因韓公在此遊覽，遂名韓山。又惡水，由潮出海，韓公貶潮州，經此水，稱其「濤瀧壯猛，難計程期。颶風鱷魚，患禍不測」，故其水又稱鱷谿。韓公為文驅鱷，潮人因名此水曰韓江。宋代潮州府建韓文公廟，蘇軾為之碑。後改為韓山書院。又有昌黎書院、景韓書院等。潮州一府之名宦流寓及鄉土人物，亦繁有徒，然潮人必尊舉韓公為首。其實韓公乃係得罪貶官而來，其貶在憲宗十四年正月，以三、四月間到潮府，即以是年十月，改授袁州刺史。在潮先後，只半年六月之期，而潮人千年以來敬禮追思之不已，誠為不可多得之一事。

民國以來，競務為崇洋譴華，在中國歷史上不甘仍留一好人。孔子大聖，以「子見南子」肆嘲弄；岳武穆為武聖，以「軍閥」恣誣衊。韓公亦自不免。近日潮州同鄉會有一《潮州文獻》雜誌，發行人郭某，於雜誌上特刊一文，謂韓公在潮染風流病，以致體力過度消耗，及後誤信方士硫磺鉛下補劑，離潮州不久，果卒於硫磺中毒。然公之被貶，即日上道，家屬亦遭迫遣。女挐年十二，死於途。見〈女挐壙銘〉。其到潮後〈謝上表〉，歐陽修言其「戚戚怨嗟，有不堪之窮愁，形於文字」。然韓公非不關心潮民疾苦，為文驅鱷魚是一事，又為潮置鄉校，請潮民趙德領學事，今《外集》有〈潮州請置鄉校牒〉。蘇軾謂「潮人初未知學，公命趙德為之師，自是潮之人篤於文行，延及齊民，至於今號稱易治」是也。韓公自潮移袁，有〈別趙子〉詩，曰：「揭陽去京華，其里萬有餘。不謂小郭中，有子可與娛。」是韓公當或親至其家。又傳韓公與僧大顛往來，韓公不自諱，〈與孟尚書書〉曰：「老僧大顛頗聰明，識道理，遠地無可與語，故自山召至州郭，留十數日，因與來往。及祭神至海上，遂造其廬。及來袁州，留衣服為別。」今《外集》亦有〈與大顛師書〉。大顛居址，在潮陽縣西少北五十里之靈山，故韓公海上祭神至其廬也。惟在潮海上祭神事，則《韓集》無他處可考。韓公少年苦學，備見〈答李翊書〉。〈祭十二郎文〉有曰：「吾年未四十，而視茫茫，而髮蒼蒼，而齒牙動搖。」〈與崔群書〉又曰：「近者尤衰憊，左車第二牙，無故動搖脫去，目視昏花，兩鬢半白，頭髮五分白其一，鬚亦有一莖、兩莖白者。」又有〈落齒〉詩云：「去年落一牙，今年落一齒。俄然落六七，落勢殊未已。」又〈贈劉師服〉詩云：「我今呀豁落者多，所存十餘皆兀䶗。」又曰：「祇今年才四十五，後日懸知漸莽鹵。」此皆在赴潮前。其〈潮州謝上表〉則曰：「臣少多病，年才五十，髮白齒落，理不久長。」

凡韓公在潮六月，其心情、其體況、其交遊、其政績，可知者具此。今忽有人云云，則在韓公同時，下迄於今千數百年，潮州人之信崇韓公，一何愚昧！辱及其三、四十代之祖先，在今日潮州人中，有人不服，情亦可恕。輾轉訟之法庭，乃有學術界起為郭某衛護，引白居易詩「退之服硫磺」一語為證。但此退之是否即韓公，歷代有爭議，未臻定論。縱謂是韓公，亦與在潮州時無涉。郭某謂韓公在潮得風流病，一般學人又謂法院判郭罪乃文字獄。此所謂「風流病」與「文字獄」兩語，似不宜隨便使用。

韓公〈答崔立之〉有云：「將耕於寬閑之野，釣於寂寞之濱，求國家之遺事，考賢人哲士之終始，作唐之一經，垂之於無窮，誅姦諛於既死，發潛德之幽光。」竊觀韓公，非姦不諛，應可無諍。而其德則已潛，其光則已幽。今日吾學術界，讀韓公詩文集者又幾人？必辨復興文化非復古，古亦豈易復？至聖先師如孔子，一代文宗如韓公，武聖如岳武穆，今豈易復得其人？古不易復，存而不論，可矣。《韓集》儘可置一旁，但何必為服硫磺一案造定讞？韓公〈答元侍御書〉有曰：「發《春秋》美君子樂道人之善。」夫苟能樂道人之善，則天下皆去惡為善，善人得其所，其功實大。韓公獨不得為一善人乎？若謂居今日，凡善皆在外洋，凡惡皆在我躬，此猶可也。果必求惡於古人，吾祖吾宗，積數千年來，無善可述，則今日吾國人，可與為善者又幾希？此誠當惕然自反也。

猶憶七十年前，當清末，在小學，有一暑期講習會。授古文，自上古至清末共得四十篇，韓文占一篇，為〈伯夷頌〉。余時方十二、三歲，讀而愛之。越後讀書稍多，乃知韓公實自頌也。其言曰：「士之特立獨行，適於義而已。不顧人之是非，皆豪傑之士，信道篤而自知明者也。一家非之，力行而不惑者，寡矣；至於一國一州非之，力行而不惑者，蓋天下一人而已矣；若至於舉世非之，力行而不惑者，則千百年乃一人而已耳。若伯夷者，窮天地亙萬世而不顧者也。」今日吾學術界群起為郭某辯護，為要保障學術言論之自由。然使於韓公此文廣為宣揚，使人手一篇，雒誦數十百遍，其可發旺吾人之獨立自由精神者又何限乎？

韓公〈送孟東野序〉有曰：「大凡物不得其平則鳴。人之於言也亦然。文辭之於言，又其精也。周之衰，孔子之徒鳴之，其聲大而遠。唐之有天下，陳子昂、蘇源明、元結、李白、杜甫、李觀，皆以其所能鳴。孟郊東野、李翺、張籍，三子之鳴信善矣，抑不知天將和其聲而使鳴國家之盛邪？抑將餓其身，思愁其心腸，而使自鳴其不幸邪？」竊謂此文不啻乃中國全部文學史一總宣言書也。凡文辭，皆以鳴心中之不平。鳴大不平，得大共鳴，是為文中寓大道；鳴小不平，得小共鳴，甚至於無共鳴，斯為文中寓小道，乃至於無道不道。所鳴又有正反公私。鳴國家民族之治亂興亡，斯為公而得其正；鳴一人之窮達飢飽，斯為私而近於反。宋以下，胥承韓公之意以為文。謂其文起八代之衰者，為魏、晉以下八代之文不寓大道也。然韓公之文亦有未盡得其正而大者。如《韓集》中〈三上宰相書〉，〈符讀書城南〉詩，乃如〈潮州謝上表〉之類，後世之尊韓者，多致譏議。然亦以尊韓。丘有過，人必知，終亦無害於七十子之尊孔也。

民國以來，吾學術界亦有共鳴，則為崇洋譴華，是今非古。余不幸，乃獨於前清之末即知讀韓公書，乃不能免於敬賢尊古之夙習。近代學術界亦非不敬賢尊古，惟所敬所尊乃洋賢洋古，而惟己是譴。余則譴己生之不肖，不敢譴祖宗之無德。因以自孤於一世，則每以韓公之頌伯夷者自慰自勉。偶值誹韓風潮，亦不免作不平鳴，然其聲啞以嘶，其辭晦而抑，並不能鳴舉國一世之盛，而特為國族往古鳴不平。是余之所鳴，乃得當世之私而反。惟亦竊自附於學術言論之自由，當受衛護，不受裁判，則雖遭鄙斥，又何說以效東野之不釋然哉？韓公〈答胡生書〉有曰：「別是非，分賢與不肖，愈不敢有意於是。」竊願附於此，用息不知者之謗。

# 韓、柳交誼
## ——讀文隨筆之五

韓、柳同時唱為古文，又兩家有師友淵源，生平交好，世所共知。然讀韓公〈赴江陵途中寄贈王二十補闕、李十一拾遺、李二十六員外翰林三學士〉詩有云：

孤臣昔放逐，血泣追愆尤。汗漫不省識，怳如乘桴浮。或自疑上疏，上疏豈其由？……同官盡才俊，偏善柳與劉。或慮語言洩，傳之落冤讎。二子不宜爾，將疑斷還不。

此詩乃追敘公貶陽山令事，在貞元十九年。時公與子厚、夢得同為御史，而此詩之作，則在永貞元年。事隔兩載，公已遇赦，柳、劉方遠謫。若韓公真不疑此二人，何忍於此特著此二語？故知韓公實是疑此不釋也。

又〈岳陽樓別竇司直〉詩云：

念昔始讀書，志欲干霸王。屠龍破千金，為藝亦云亢。愛才不擇行，觸事得讒謗。前年出官由，此禍最無妄。公卿採虛名，擢拜識天仗。姦猜畏彈射，斥逐恣欺誑。

公〈祭張員外文〉亦云：「彼婉孌者，實憚吾曹，側肩帖耳，有舌如刀。」是謂王叔文、韋執誼之徒畏公敢言，故加中傷，而「愛才不擇行」五字，則顯指柳、劉二人也。

又〈憶昨行和張十一〉詩云：

念昔從君渡湘水，大帆夜劃窮高桅。陽山鳥路出臨武，驛馬拒地驅頻隤。踐蛇茹蠱不擇死，忽有飛詔從天來。伾文未揃崖州熾，雖得赦宥恆愁猜。近者三姦悉破碎，羽窟無底幽黃能。眼中了了見鄉國，知有歸日眉方開。

是韓公之貶，確出王、韋，而子厚、夢得，正是王、韋親黨，則韓公之疑，更屬自然。而所謂「二子不宜爾」者，轉為對朋友之恕辭矣。

又〈永貞行〉有云：

四門肅穆賢俊登，數君匪親豈其朋。郎官清要為世稱，荒郡迫野嗟可矜。湖波連天日相騰，蠻俗生梗瘴癘烝。江氛嶺祲昏若凝，一蛇兩頭見未曾。怪鳥鳴喚令人憎，蠱蟲群飛夜撲燈。雄虺毒螫墮股肱，食中置藥肝心崩。左右使令詐難憑，慎勿浪信常兢兢。吾嘗同僚情可勝，具書目見非妄徵，嗟爾既往宜為懲。

此詩乃公量移江陵，北返途中之作。公〈岳陽樓〉詩，夢得有和篇，題云：「韓十八侍御見示〈岳陽樓別竇司直〉詩，因令屬和，重以自述，故足成六十二韻。」詩中有云：

故人南臺舊，一別如弦矢。今朝會荊蠻，斗酒相宴喜。為余出新什，笑抃隨伸紙。曄若觀五色，歡然臻四美。委曲風濤事，分明窮通旨。

是韓、劉二人顯在途中相值。何焯評公〈永貞行〉有云：「『具書目見』，亦有君來路、吾歸路之意，非長者言。」是公之內憾於柳、劉，迄是仍未釋然也。

如上所述，韓公當時所疑是否確有其事，可不論，而韓公當時之確有此疑，則明白有證。抑且不僅疑之於心，亦復形之於文辭，則即在柳、劉二人，亦當知韓公之於彼抱有此疑矣。而韓公與劉、柳此後交情，終於美滿，此亦可見古人之終為不可及也。

# 讀歐陽文忠公筆記

## ——讀文隨筆之六

我嘗謂中國文學，貴在能把作者自己放進其作品中。此一傳統，不僅文學如是，即藝術亦無不然。詩文字畫，同此標準。茲引宋歐陽永叔與梅宛陵兩人意見為證。

《歐集》有〈筆說〉篇，謂：

世之人有喜作肥字者，正如厚皮饅頭，食之未必不佳，而視其為狀，已可知其俗物。字法中絕，將五十年。近日稍稍知以字書為貴，而追迹前賢，未有三數人。古之人皆能書，獨其人之賢者傳遂遠。後世不推此，但務於書，不知前日工書，隨與紙墨泯棄者，不可勝數。使顏公書雖不佳，後世見者必寶也。楊凝式以直言諫其父，其節見於艱危。李建中清慎溫雅，愛其書者，兼取其為人也。豈有其實，然後存之久耶？非自古賢哲必能書也，惟賢者能存爾。其餘泯泯，不復見爾。

《梅集》有〈韻語答永叔內翰〉，把歐公此文譯成為詩，想來自是同情歐公意見。詩云：

世之作肥字，正如論饅頭。厚皮雖然佳，俗物已可羞。字法嘆中絕，今將五十秋。近日稍稍貴，追蹤慕前流。曾未三數人，得與古昔儔。古人皆能書，獨其賢者留。後世不推此，但務於書求。不知前日工，隨紙泯已休。顏書苟不佳，世豈不寶收？設如楊凝式，言且直節修。又若李建中，清慎實罕侔。乃知愛其書，兼取為人優。豈書能存久，賢哲人焉廋？非賢必能此，惟賢乃為尤。其餘皆泯泯，死去同馬牛。大尹歐陽公，昨日喜疾瘳。信筆寫此語，謂可忘病憂。黃昏走小校，寄我東郭陬。綴之輒成篇，聊以助吟謳。

歐、梅兩人所論，對於藝術家如何把自己精神透進其作品中此一過程，並未觸及。但對中國社會向來重視作者勝過其重視作品之心理，則已宣露無遺。其他有關歷史古蹟名勝，亦可推此理說之。如秦始皇帝阿房宮，論其建築，豈不偉瑰絕倫，堪稱中國藝術史、建築史上一大創作？但楚人入關，付之一炬，在於當時乃及後世，若曾不稍顧惜。而如嚴子陵釣臺之類，古跡黯傳，永垂不朽。

考其實乃無可憑信，而後人終是流連憑弔，相認為名勝。明知其羌無故實，亦以致仰慕想望之意焉。此亦是一種同類心理，與詩文字畫同一評價，同一觀感也。近人總愛呵斥前人，只謂中國人不懂寶貴藝術，把歷史上偉大遺產都毀了，其意似欲使秦之阿房宮亦如埃及金字塔般常留世間，永為誇耀。然誠使中國阿房宮仍能保留至今，不知中國今日是否亦如埃及，尚能有此中國存在否？世之倡為純粹藝術之說者，必不能欣賞中國人心理，必謂中國人不懂得純藝術之可貴，則亦無足深怪也。

# 記唐文人干謁之風

唐代士人干謁之風特盛，姚鉉《唐文粹》至專闢〈自薦書〉兩卷。而韓昌黎〈三上宰相書〉，乃獨為後世所知。考此風之盛，厥有數因。昔《孔叢子》載子思告曾子曰：

時移世異，各有宜也。當吾先君，周制雖毀，君臣固位，上下相持，若一體然。夫欲行其道，不執禮以求之，則不能入也。今天下諸侯，方欲力爭，競招英雄以自輔翼。此乃得士則昌，失士則亡之秋，伋於此時不自高，人將下吾；不自貴，人將賤吾。舜、禹揖讓，湯、武用師，非故相詭，乃各時也。

《孔叢子》雖偽書託辭，然戰國遊士自高自貴之風，則抉發根源，言之甚析。隋、唐以降，科舉進士之制新興，窮閻白屋之徒，皆得奮而上達。其先既許之以懷牒自列，試前又有公卷之預拔，采聲譽，觀素學，若不自炫耀，將坐致湮沉。皇甫湜〈答李生第二書〉（見《全唐文》卷六八五）謂：

近風教偷薄，進士尤甚，乃至有「一謙三十年」之說，爭為虛張，以相高自謾。詩未有劉長卿一句，已呼阮籍為老兵矣；筆語未有駱賓王一字，已罵宋玉為罪人矣。書字未識偏傍，高談稷、契；讀書未知句度，下視服、鄭。此時之大病。

此正子思之所以語曾子者。且唐代進士及第，仍未釋褐，先多遊於藩侯之幕。諸侯既得自辟署，故多士奔走，其局勢亦與戰國相近，不如西漢掾屬之視鄉評為進退。此有以長其干謁之風者一矣。且門第承蔭襲貴之風既漸替，其先我而達者，方其未顯，潦倒猶吾，凡所以激其競進之氣而生其攀援之想，此有以長其干謁之風者二矣。其言之尤坦率而傾渴者，則有如王泠然之〈論薦書〉（見《全唐文》卷二九四）。書曰：

將仕郎守太子校書郎王泠然，謹再拜上書相國燕公（張說）閣下。昔者公之有文章時，豈不欲文章者見之乎？公未富貴時，豈不欲富貴者用之乎？今公貴稱當朝，文稱命代，見天下未富貴有文章之士，不知公何以用之？公一登甲科，三至宰相，是因文章之得用，於今亦三十年。後進之士，公勿謂其無人。長安令裴耀卿，於開元五年掌天下舉，擢僕高第；今尚書右丞王邱，於開元九年掌天下選，授僕清資。二君若無明鑑，寧處要津？是僕亦有文章，思公見也；亦未富貴，思公用也。主上開張翰林，引納才子；公以傲物而富貴驕人，為相以來，竟不能進一善，拔一賢。今公富貴功成，文章命遂，惟身未退耳。僕見相公事方急，不可默諸桃李；公聞人之言或中，猶可收以桑榆。去冬有詩贈公愛子協律，有句云：「官微思倚王，文淺怯投珠。」公且看此十字，則知僕曾吟五言，亦更有舊文願呈。如公用人蓋已多矣，僕之思用其來久矣。拾遺補闕寧有種乎？僕雖不佞，亦相公一株桃李也。願相公進賢為務，下論僕身求用之路，則僕當持舊文章而再拜來也。

此已脅挾諂媚兼用，無所不至其極矣。而其〈與御史高昌宇書〉（見《全唐文》卷二九四），言之尤淺迫而無蘊。書曰：

僕雖幼小，未閑聲律，輒參舉選。公既明試，量擬點額，今年春三月及第。往者雖蒙公不送，今日亦自致青雲。天下進士有數，自河以北，惟僕而已。光華藉甚，不是不知。僕困窮如君之往昔，君之未遇似僕之今朝。因斯而言，相去何遠！君是御史，僕是詞人，雖貴賤之間，與君隔闊，而文章之道，亦謂同聲。試遣僕為御史，君在貧途，見天下文章精神

> 氣調得如王子者哉？望御史今年為僕索一婦，明年為留心一官，幸有餘力，何惜些些？此僕之宿憾，口中不言，君之此恩，頂上相戴。儻也貴人多忘，國士難期，僕一朝出其不意，與君並肩臺閣，側眼相視，公始悔而謝僕，僕安能有色於君乎！

觀王氏此等文字，其意氣狀態，何異乎戰國縱橫之策士？惟戰國諸侯分疆，而今則大唐一統；戰國重兵謀國策，今則惟文翰詩賦，僅此為異耳。至其歆富貴而尚術數，高自炫鬻，不羞陳乞，而必期於一得，則正二世之所同似也。（又卷三〇六有張楚〈與達奚侍郎書〉，卷三三一有王昌齡〈上李侍郎書〉，又卷三三二有房琯〈上張燕公書〉，皆可互看，不具舉。）

其尤恢奇自喜，直模倣戰國策士為文者，則有如袁參之〈上中書姚令公元崇書〉（見《全唐文》卷三九六）。書曰：

> 參將自託於君以重君。請以車軌所至，馬首所及，掩君之短，稱君之長。若使君遭不測之禍，參請伏死一劍以白君冤。若使君因緣謗書，卒至免逐，則參以三寸之舌，抗義犯顏，解於闕廷。朝廷之士議欲侵君，則參請以直辭先挫其口，皆血次汙其衣。使君千秋萬歲後，門闌卒有饑寒之虞，參請解裘推哺，終身奉之。參於君非有食客之舊、門生之恩，然行年已半春秋，金盡裘敝，脣腐齒落，不得成名，獨念非君無足依，故敢以五利求市於君。參

亦非天下庸人也，厚利可愛。昔蒯人賣冰於市，客有苦熱者，蒯人欲邀客數倍之利，客怒而去，俄而冰散。今亦君賣冰之秋，而士買冰之際，有利則合，豈宜失時！願少圖之，無為蒯人之事也。

與此書相類者，尚有任華〈告辭京尹賈大夫書〉（見《全唐文》卷三七六）。書曰：

昔侯嬴邀信陵君車騎過屠門，王生命廷尉結襪。僕所以邀明公枉車過陋巷者，竊見天下有識之士，品藻當世人物，或以君恃才傲物。僕故以國士報君，欲澆君恃才傲物之過而補君之闕。乃躊躇數日不我顧，意者恥從賣醪博徒遊者乎？昔平原君斬美人頭，造躄者門謝焉，賓客由是復來。今君猶惜馬蹄不顧我，僕恐君之門客於是乎解體。（又任華尚有〈與京尹杜中丞書〉、〈與庾中丞書〉，又〈上嚴大夫箋〉，及卷四五二邵說〈上中書張舍人書〉。皆可互看，不具舉。）

此則其胸襟吐屬，全肖戰國策士，無怪乎安史一起，割據河朔，番將擅制，而中國謀士文人，馳騁服事其間，而恬不以為恥矣。李白〈與韓荊州書〉（見《全唐文》卷三四八）亦謂：

白隴西布衣，流落楚、漢。十五好劍術，徧干諸侯。三十成文章，歷抵卿相。（又〈上安州裴長史書〉，可參看。）

此等意態，亦與戰國策士無異。此可見當時之士風世尚，而白之晚節不終，宜無足怪。至韓昌黎〈上宰相書〉，既一既二而不得意，乃至於三上，其書曰：

愈之待命四十餘日矣，書再上而志不得通，足三及門而閽人辭焉。古之士，三月不仕則相弔，故出疆必載贄，於周不可則去之魯，於魯不可則去之齊，於齊不可則去之宋、之鄭、之秦、之楚。今天下一君，四海一國，捨乎此則夷狄矣。故士不得於朝，則山林而已矣。山林者，不憂天下者之所能安也，如有憂天下之心，則不能矣。

昌黎以安天下自負，又不肯事夷狄，此其所以異於人，而獨見為當時之孟子也。然昌黎之筆端心頭，則亦依然一戰國耳。此必下及趙宋，學者既嚴《春秋》夷夏之防，又盛尊師道，以聖賢自居，然後豪傑之士乃始有以自安於田野。故昌黎雖魁偉，猶不為宋賢所許；而李翺〈幽懷〉一賦，獨見折服。（見《歐陽文忠集・讀李翺文》。）此亦可覘世態之變矣。

唐人干謁，其主既曰求祿仕，其次則曰求衣食。昌黎〈與李翺書〉謂：

僕在京城八、九年，無所取資，日求於人，以度時月，當時行之不覺也。今而思之，如痛定之人，思當痛之時，不知何能自處。

其言沉痛乃爾。以昌黎之賢而不能免，蓋唐代門蔭之制，將墮未墮，寒士負家累，門庭食口，往往有多至數十百人以上者。苟非仕宦，凍餒不免，此亦助進唐人干謁之一端也。李觀〈與吏部奚員外書〉（見《全唐文》卷五三二）謂：

今甚痛者莫若羈旅，曷有帝城之下，薪如桂，米如瓊，僕人不長三、四尺，而儻瘦驢以求食，有時不食，人畜間日曛黑未還，則令憂駭。一日不為則使失飧。又聞舉子其艱苦憔悴者，雖有鏗鍧其才，不如鬗肥躍駿足黨與者，雖無所長，得之必駃。觀是以益憂之。昨者有〈放歌行〉一篇，擬動李令公邀數金之恩。不知宰相貴盛，出處有節，掃門之事，不可復跡，俯仰吟悅，未知其由。今去舉已促，甚自激發，其有未知己者，大可畏也。俾未知之有聞，非十丈其誰哉？鵬飛九萬，一日未易料耳。

韓愈〈上考功崔虞部書〉亦謂：

今所病者，在於窮約，無儻屋賃僕之資，無縕袍糲食之給。

而其〈殿中少監馬君墓誌〉，則謂：

予初冠應進士貢在京師，窮不自存，以故人稚弟拜北平王於馬前。王問而憐之，因得見於安邑里第。王軫其寒饑，賜食與衣。

寒士窮窘，長安居大不易，可以想見；而況於又有家族之累。鄭太穆〈上于司空頔書〉（見《全唐文》卷六八三）謂：

太穆幼孤，二百餘口，饑凍兩京，小郡俸薄（太穆官至金州刺史），尚為衣食之憂。溝壑之期，斯須至矣。伏維賢公賜錢一千貫、絹一千匹、器物一千事、米一千石、奴婢各十人。分千樹一葉之影，即是濃陰；減四海數滴之泉，便為膏澤。

時太穆已為刺史，尚作衣食之乞，自稱家累二百餘口，此在當時亦未為少見，則毋怪寒士羈旅之不得不汲汲焉干謁請乞於貴達之門矣。

且唐代門第之制雖云漸替，而盛族衣冠之蔭，尚有存者。彼等皆以豪奢相尚。唐之官俸亦頗優饒，故貧富之相形尤顯。鄭太穆之請貸於于頔者，錢絹糧物皆以千計，又益之奴婢十人，所乞不可謂不奢，然仍謂是「千樹之一葉」。于覽太穆書曰：

鄭君所須，各依來數一半，以戎旅之際，不全副其本望也。（此見《唐語林》卷四）

韓愈〈與于襄陽書〉亦謂：

愈今者惟朝夕芻米僕賃之資是急，不過費閣下一朝之享而足。

李觀〈與房武支使書〉（見《全唐文》卷五三三）亦曰：

執事誠肯徹重味於膳夫，抽月俸於公府，實數子之囊，備二京之糧，則公之德聲日播千里，魯、衛之客爭趨其門。

此等貴門豪奢，貧富懸絕，又是足以激進當時干謁之風之又一端也。符載〈上襄陽樊大夫書〉（見《全唐文》卷六八八）謂：

天下有特達之道，可施於人者二焉：大者以位舉德，其有自泥塗布褐，一奮而登於青冥金紫者；次者以財拯困，其有自糲飯蓬戶，一變而致於膚梁廣廈者。載羽毛頹弱，未敢辱公扶搖九萬之勢；家室空耗，敢欲以次者為節下之累。誠能迴公方寸之地，為小子生涯庇庥之所；移公盈月之俸，為小子度世衣食之業。

則坦白丐乞，若不知其有所不當矣。且載之陳乞，實不為空耗，乃慕豪縱。《北夢瑣言》稱其：

以王霸自許，恥於常調，居潯陽二林間，南昌軍奏請為副倅，授奉禮郎，不赴。命小僮持一幅上于襄陽，乞百萬錢買山，四方交辟，羔雁盈於山門。草堂中以女妓二十人娛侍，聲名藉甚，於時守常藉道者號曰「兇人」。

則見當時固不以此為卑鄙可羞。施者以為豪，乞者以為榮，直相與誇道稱說之而已。干謁請乞既成風尚，乃有公然稱人為丐，而施者、受者皆夷然不以為怪者。杜牧〈送盧秀才赴舉序〉（見《全唐文》卷七五三）謂：

盧生客居於饒，年十七、八，既主一家骨肉之饑寒。常與一僕，東泛滄海，北至單于府，丐得百錢尺帛，囊而聚之，使其僕負以歸。年未三十，嘗三舉進士，以業丐資家。今之去，余知其成名而不丐矣。

然唐人之丐，固不因得舉成名而即止。杜牧〈上宰相求湖州第三啟〉（見《全唐文》卷七五三）謂：

某伏念骨肉悉皆早衰多病，常不敢以壽考自期。今更得錢二百萬，資弟妹衣食之地，假使身死，死亦無恨。湖州三考，可遂此心。

又〈上宰相求杭州啟〉（見《全唐文》卷七五三）謂：

某一院家累亦四十口，作刺史則一家骨肉四處皆泰，為京官則一家骨肉四處皆困。今天下以江、淮為國命，杭州戶十萬，稅錢五十萬，刺史有厚祿。

又其〈為堂兄慥求澧州啟〉（見《全唐文》卷七五三）謂：

家兄今在郢州汩口草市，絕俸已是累年，孤外甥及姪女堪嫁者三人，仰食待衣者不啻百口，脫粟蒿藿，才及一餐。

此則明明以乞丐謀官職也。此等風氣既盛極一時，乃有起而謀禁者。太和三年四月中書門下〈請禁自薦求遷表〉（見《全唐文》卷九六六）謂：

近日人多干競，迹罕貞修，或日詣宰司，自陳功狀；或屢瀆宸衷，曲祈恩波。

是可證唐人干謁之風，實至晚而彌烈矣。

唐人此等風氣，蓋至宋猶存。直至仁、英以下，儒風大煽，而此習遂變。《楊公筆錄》記：

范文正在睢陽掌學，有孫秀才者索游上謁，文正贈金一千。明年，孫生復過睢陽，謁文正，又贈一千。因問：「何為汲汲於道路？」生戚然動色，曰：「母老無以為養，若日得百錢，甘旨足矣。」文正曰：「吾觀子辭氣非乞客也。二年僕僕，所得幾何，而廢學多矣。吾今補子學職，月可得三千以供養，子能安於學乎？」生大喜。

此所謂孫生，即泰山孫明復也。其後學風既盛，談道日高，學者退處，以束脩自給，以清淡自甘，以鶩於仕進為恥，更何論於干謁之與請乞矣。司馬光〈答劉蒙書〉，謂：

足下以親之無以養，兄之無以葬，弟妹嫂姪之無以恤，策馬裁書，千里渡河，指某以為歸。且曰：「以鬻一下婢之資五十萬畀之，足以周事。」光雖竊託迹於侍從之臣，月俸不及數萬，爨桂炊玉，晦朔不相續，居京師已十年，囊楮舊物皆竭，安所取五十萬以佐從者之蔬糲乎？光家居食不敢常有肉，衣不敢純衣帛，何敢以五十萬市一婢乎？足下服儒衣，談孔、顏之道，啜菽飲水足以盡歡於親，簞食瓢飲足以致樂於身，而遑遑焉以貧乏有求於人，光能無疑乎？

蓋下迄宋世，門第之舊蔭既絕，朝廷之俸給亦觳，唐代士大夫豪華奢縱之習已不復存，而學者亦以清苦高節相尚，劉蒙乃猶效唐人之口吻以陳乞於當朝之大賢，是真所謂不識時務之尤矣。至於宋代科舉考試規則之謹嚴，與夫及第即釋褐得祿仕，又政權集於中央，地方幕僚自辟署者亦少，此亦唐人干謁不得再行於宋世之諸緣也。

# 記唐代文人之潤筆

《昌黎集・進王用碑文狀》：

其王用男所與臣馬一疋，並鞍銜、白玉腰帶一條，臣並未敢受領，謹奏。

又有〈謝許受王用男人事物狀〉。又〈奏韓弘人事物狀〉：

臣先奉恩敕撰〈平淮西碑〉文，聖恩以碑本賜韓弘等，今韓弘寄絹五百疋與臣充人事，未敢受領，謹錄奏聞。

又有〈謝許受韓弘物狀〉。又劉禹錫〈祭韓退之文〉：

公鼎侯碑，志隧表阡，一字之價，輦金如山。

李商隱〈書齊魯二生〉，謂：

劉乂持韓愈金數斤去，曰：「此諛墓中人所得耳，不若與劉君為壽。」

白居易〈修香山寺記〉（《全唐文》卷六七六）：

元氏之老，狀其臧獲、輿馬、綾帛，洎銀鞍、玉帶之物，價當六、七十萬，為謝文之贄，來致於予。

又杜牧〈謝許受江西送撰韋丹碑綵絹等狀〉：

聖旨令臣領江西觀察使紇干眾所寄撰〈韋丹遺愛碑〉文人事綵絹三百匹。

又《唐語林》：

裴均之子求銘於韋相，許縑萬匹。貫之曰：「寧餓不苟。」

《新唐書・皇甫湜傳》：

湜為裴度撰〈福先寺碑〉。度贈綵甚厚，湜大怒，曰：「碑三千字，字三縑，何遇我薄耶？」度笑，即餽以絹九千匹。

觀上諸稱引，可見唐代文人筆潤之優厚，然亦似是中、晚以後始然。至宋范祖禹元祐八年十二月〈辭潤筆劄子〉：

臣前奉敕撰〈故魏王神道碑〉，已具進。今月十四日，懷州防察使孝治與臣書，送臣潤筆銀二百兩、絹三百匹。臣翰墨微勤，乃其職業，豈可因公，輒受餽遺？

此則儼然仍是唐代遺風。然此等史料，在宋殊不多見，殆是唐、宋兩代社會經濟門第等別均已不同，故筆潤厚遺之事，亦不再覯耳。

# 無師自通中國文言自修讀本之編輯計畫書

一民族一國家之文化傳統，必然會大量地保存於其國家民族所使用之文字。而且其文化傳統之精微處、重要處，所保存於文字中者，必遠過其能保存於其國家民族之其他事物中。故在每一民族與國家之後代人，欲求瞭解其前代人之文化業績，亦必然將憑藉其國家民族所使用之文字為其主要之橋樑。另一國家民族，欲求瞭解其他國家民族之文化，亦必當瞭解其國家民族所使用之文字。

中國文化傳統，綿延四千年以上，而且能不斷發揚光大，其中一原因，亦為其文字具有特殊之性格與功能，故使其文化傳統，易保存，易傳遞。其一是中國文字能擺脫語言束縛，而獲得其獨立自由之發展。其次是中國文字創造，有其精妙之意義，與其活潑之使用方法，故使中國人只憑少數單字，而對歷史上不斷後起之種種新事物、新觀念，都可運用自如，儘量表達，而使舊有文字，永不感有不敷應用之困難。

若論中國文字形體，其間變化較多。如從甲骨文、鐘鼎文、大篆、小篆、隸書，而至楷書，大率自商代至秦、漢，其間已經歷近於兩千年之久，文字形體常在變動中。即秦、漢時代，亦尚只以隸書為主，楷書之起猶在後。後代人慣用楷書，驟見前代所用甲骨、鐘鼎、大、小篆、隸書，有不識其形體、不知其為何字者。

但論中國文字之結構，及其句法之組織方面，則遠較字形變化為簡單。大抵在韻文方面，如古詩三百首，其中句法，已與後代句法無不相異。如云：「一日不見，如三秋兮。」此一句八字中，只「兮」字已為後世所少用。但略去此一字，只讀上面七字，其句中意義，亦已顯豁呈露，不難瞭解。上引詩句之七字中，只一「秋」字，涵義須稍作講解。此秋字，不作春夏秋冬之秋字解，乃借作一年、兩年之「年」字解。因每年必有一秋，故三秋可借作三年解。此一字義上之變化，只須一點便明。一初識字之小學生，讀此詩句，略經講解，便可明瞭。但此詩句，已遠在三千年前。三千年後一初識字小學生，便能讀三千年前古人之詩句，而當下明其意義，此惟中國文字有此功能。此只偶舉一例，三百首詩中其他類於此等句法者尚多。

若論散文方面。孔子作《春秋》，其句法亦與後代相似，無大分別。但《春秋》著成年代，距今已兩千五百年。如云：「隕石於宋五，六鷁退飛過宋都。」此兩句中，只一「鷁」字，為小學生所不識。但只看其左邊一「益」字，便可知此字亦讀益。看其右邊一「鳥」字，便可知此字亦指鳥，只不知其為何鳥而已。又如「隕」字作落字解，一經講授，則此兩句意，亦便易明瞭。

其實中國古代造句，亦與近代人講話無大相異，只是較為簡淨化。中國近代人講話，只較中國古代人作文造句，多加進了幾箇字。其文法與語法間，則並無大變化。

中國疆域廣大，各地方音，不能一致。但使各地人同讀一部古書，無論如三千年以上之《詩經》、兩千五百年以上之《春秋》，人人易懂，只是讀音稍有不同。中國文化傳統之可久可大，其有賴於中國文字之功能者，觀於上舉，可以想見。

但近代中國人讀中國古代書，究有困難。其困難不在句法組織上，乃在字義運用上。如上句「秋」字作「年」字用，「隕」字乃「落」字義。而近代中國人說話，則只說「三年」，不說「三秋」；又只說「落」，不說「隕」。此是一例。

中國文字，多有同字異義者。同一字可解作許多義，又有在同義有細微分別者。如《論語》開端即云：「學而時習之，不亦悅乎？有朋自遠方來，不亦樂乎？」「悅」字、「樂」字，即是在同意義中有分別。而在現代人說話中，則無此分別。只說「樂」，不說「悅」。白話說樂又必說「快樂」，不單說一樂字。但在文言中，此快、樂二字意義亦有不同。單據現代人講話來運用文字，則必有不夠運用、不夠細密之病。又若單憑口語，來求瞭解中國文化，則必有不夠瞭解之處。

近代中國人提倡白話文，欲使「文字語言化」。此在普及教育及通俗應用上，不能謂無貢獻。但另一面，也該使「語言文字化」，始可使語言漸臻精密圓滿，庶可無損於此文化傳統將來之繼續發展與進步。

近代中國，因於推行白話文教育，影響所及，使多數人只能讀五十年以內書，最多亦僅能讀百年前後書。而有些書則已不能讀。百年以上一切古書，則只有進入大學文學院某幾系的學生始能讀。如是則幾於把中國文化傳統腰斬了，使絕大多數人，不能瞭解自己民族的文化傳統，於中國文化此下進展，必將受大損害。

外國人關心中國文化，想求瞭解，也多從學習中國話、認識中國字、讀中國的白話文開始。如是亦將使他們僅能認識近五十年，乃至一百年來之中國，而於中國文化傳統，終亦無從認識。

一般人總說中國文言難學，其實不然。我認識幾位外國朋友，他們並不曾費甚大精力，而也能讀中國的古書；並有能寫中國詩，能作中國文言文的。只據此例，便知中國文言並非難學，只要把學中國文言文的方法稍求變通便得。據我想像，只在四、五年內，不論中國人、外國人，從識字直到讀古書，奠定一基礎，其事並不難。

我因此有一意願，要來寫一部無師自通的中國文言自修讀本，第一目標是為中國人而作。只要是一高中學生，他已認識了不少中國字，讀我此書，自更容易。第二目標，是為外國人而作。只要曾學中國話，曾讀中國白話文者，讀我此書，自也容易。縱使未學中國話，不識中國字，也可以直接讀我此書。從識字到讀古書，費四、五年工夫，便能建立其基礎，完成其目標。

此下我將扼要敘述我編寫此書之幾項重要工作：

## 一、選擇單字

此書將選用中國古書中所常用之單字，約以四千字為度，最多將不超過五千字。

## 二、詳列字形

本書於通用楷體外，依照東漢許慎《說文解字》，兼列篆體。識字形，可以便利明字義。在小篆與楷書中間之隸體，識了小篆、楷書，自易識得。小篆以上，尚有大篆、鐘鼎、甲骨等字體，但字數不多，於讀古書無大補助，此書內不列。若要在此方面作專門研究，識了小篆，也已為他指示了入門。

## 三、兼注字音

本書選用字，均旁注國語注音符號。為外國人用，並添注國際音標。

## 四、分辨六書

東漢許慎作《說文解字》，分別指出中國造字六項原則：一曰象形，二曰指事，三曰形聲，四曰會意，五曰假借，六曰轉注，稱曰「六書」。本書於每一單字，依許書逐一注明其屬於六書中之何一項，俾讀者容易瞭解及記憶其字形，並進而瞭解及追究其字義變化之所以然。

## 五、選擇句子

解釋字義，固是一種小學工夫，但不能專依許氏書。每一字義，應從其在句子之實際使用中獲得解釋。本書不從每一箇單字來講字義，乃在從文句中來識字、來解義。如本書將采用「中國一人，天下一家」此兩句作開始。此兩句中一箇「一」字重複外，共有七箇生字。讀此兩句，便可識得七字。並識得此七字之義解。

但中國每一單字可有許多義，本書將從一字多義中來選擇成句，使讀者認識一箇字，即可進而知道此一字之許多意義及其用法。惟較生僻者除外。

如《莊子》「惟蟲能天」，此「天」字之意義與用法與普通不同。又如《詩經》「有物有則」，「物」字當可有近二十解；《孟子》「萬物皆備於我」，《大學》「致知在格物」，此諸「物」字，皆與普通字義用法不同，而自成一特殊意義，但為人所常易誤解。如此之類，須多列成句，使每一字之意義用法，均在所引成句中顯出。

## 六、指明文法

字義不同，有些當從六書講，有些當從句法組織中此字所占文法上之詞類講。本書於每句每一字皆將從旁注明其字之為名詞、代名詞、動詞、形容詞等，使讀者易於從文法而明此一句之組織，而字義亦因而定。

## 七、添加翻譯

本書選列成句，必添加翻譯。為中國人讀者，只加白話翻譯。為外國人讀者，更添加英文翻譯。期使讀者於每一句法每一字義，均易獲得明確之瞭解。

## 八、選句條例

本書選成句亦如選單字，務求選擇其為近人所熟知或常用者。其屬生僻之句，避不選列。

本書選句，必從前人普通常讀之書中選出。其生僻之書，比較少人誦讀者，亦避不選列。

本書選句，於愈古之書中愈多選，於愈後出之書中愈少選。先秦以前，群經諸子及其他史籍，將最多選列。秦、漢時代書次之，魏、晉、南北朝時代更次之，唐、宋時代更次之，此下書將不選列。讀本書者，將可憑此以讀中國一切古書，而自宋以下書，除少數特殊外，自可迎刃而解。

本書選句，將韻文、散文並列。中國韻文句法，實較散文句法更簡淨、更平易。如「海上生明月」、「松下問童子」之類，較之讀散文，更為易知易曉。從前中國人每誤將散文、韻文過於分別，本書將力矯其弊。

本書選擇每一成句所從出之古書，亦將力求平均，儘量將中國人常讀書，普遍選列。引句下必注明其出於何書，每書加一簡注，使讀者能知道中國從來許多人所常讀之書名，循此可以博覽群書，導其深入。

本書選句，將儘量選其深富意義者。如上舉「中國一人，天下一家」，字句極明顯，而涵義則極深極富。年輕人縱不深曉其意，亦易記憶。中年以上人讀之，將可接觸到許多中國文化中之傳統精義，不感枯燥與單調。

## 九、分年分量

本書共分六冊。前四冊分作四年之讀本，此四冊中以選單字與成句為主。單字以選四千字為度，成句約略估計，以選四萬句為度。期能將四千字之異義異用儘量納入。

在此四萬成句中，每一單字，可以重複疊見。讀完此四冊書，對於書中四千單字，可以不煩特費記憶力而自能記憶，不再有陌生之感。

## 十、本書編排

在此四年進程中，單字認識，當求其逐年增加。第一年只求其能認識六百字，最多至八百字。第二年當求其能認識八百字至一千字。第三、第四兩年，每年認識單字約一千二百字。

惟在前兩年中所選單字，務求其為更常使用之字，因此其異義異用必更多，則所選成句，或將超過後兩年。如此則前後四冊讀本之內容，亦將大體相當。

萬一每冊篇幅較多，則將分上下兩冊，半年讀一冊，四年總八冊。

## 一一、選句淘汰

為求本書內容之更臻理想，選句工作，初步將儘量多選，再加淘汰，期能於四五句、七八句中，選出其更恰切適用之句，而加編排。

## 一二、詩文附選

讀完本書四年進程，當再選古書中最為人傳誦之短篇散文小品，及詩詞中之名作，長短不論。每篇散文，則最多自二、三百字至五、六百字，詩文各選一百篇至一百五十篇，分成兩冊。

此兩冊詩文選，可使讀者自己考驗其讀書能力。遇不易解處，再翻查前四年之讀本；其尚有不易解者，可自查字典辭典或其他參考書。本書或偶作注釋，但將儘量以不加注釋為原則。並不加以語體與英文之翻譯。

此兩冊書，備學者自由誦讀，以能讀至精熟為度，從此再進窺古書，將不再有扞格難通之苦。

國家圖書館出版品預行編目資料

中國文學論叢／錢穆著.——初版一刷.——臺北市:
三民，2023
面； 公分.——（錢穆作品精萃）

ISBN 978-957-14-7384-0 （精裝）
1. 中國文學 2. 文學評論

820.7 111001059

# 中國文學論叢

作　　者｜錢　穆
發 行 人｜劉振強
出 版 者｜三民書局股份有限公司
地　　址｜臺北市復興北路 386 號 ( 復北門市 )
　　　　　臺北市重慶南路一段 61 號 ( 重南門市 )
電　　話｜(02)25006600
網　　址｜三民網路書店 https://www.sanmin.com.tw

出版日期｜初版一刷 2023 年 1 月
書籍編號｜S820131
I S B N｜978-957-14-7384-0



三民書局